我的大学

WODEDAXUEWODEMENG

杨国欣◎主编

我的梦

年少何以不梦想 拼搏追逐才相宜 谁敢怠慢好时节 奋斗青春最美丽

中国文联出版社
http://www.clapnet.cn

图书在版编目（CIP）数据

我的大学我的梦 / 杨国欣主编 . -- 北京：中国文联

出版社，2014.12

ISBN 978 - 7 - 5059 - 9423 - 2

Ⅰ . ①我… Ⅱ . ①杨… Ⅲ . ①散文集—中国—当代

Ⅳ . ①I267

中国版本图书馆 CIP 数据核字（2014）第 291235 号

我的大学我的梦

主　　编：杨国欣

出 版 人：朱　庆

终 审 人：奚耀华　　　　　　　复 审 人：胡　笋

责任编辑：李　媛　贺　希　　　责任校对：傅泉泽

封面设计：中联华文　　　　　　责任印制：周　欣

出版发行：中国文联出版社

地　　址：北京市朝阳区农展馆南里 10 号，100125

电　　话：010 - 65389148（咨询）65067803（发行）65389150（邮购）

传　　真：010 - 65933115（总编室），010 - 65033859（发行部）

网　　址：http://www.clapenet.cn

E - mail：clap@clapnet.cn　　liy@clapnet.cn

印　　刷：北京天正元印务有限公司

装　　订：北京天正元印务有限公司

法律顾问：北京市天驰洪范律师事务所徐波律师

本书如有破损、缺页、装订错误，请与本社联系调换

开　　本：710 × 1000　　　　　　1/16

字　　数：237 千字　　　　　　印　张：15.5

版　　次：2015 年 1 月第 1 版　　印　次：2015 年 1 月第 1 次印刷

书　　号：ISBN 978 - 7 - 5059 - 9423 - 2

定　　价：46.00 元

本书编委会

主　编：杨国欣

副主编：田志红　王　智

编　委：任　扬　韩卫红　王　钰　方传玺　翟蒲杰

　　　　李文涛　张晓洁　翟国安　罗　晴　赵秋燕

向梦想出发

千年华夏中国梦,满腔憧憬古今情。从古至今,每一个人,每一个民族,每一个国家,无不憧憬着美好生活,无不追求美好梦想。梦想成就事业,梦想给人希望。中国梦,数千载传承,彰显了中华文明的从容、大气、包容、繁荣的大国气象。正是这些梦想,如太阳的光辉,照亮了中华儿女默默前行的方向;正是这些梦想,如擂动的战鼓,激励着中华儿女勇往直前的豪情;正是这些梦想,如舒展的画卷,展现了中华儿女创造的灿烂文明。

千载传承一梦间,我们曾经这样追梦:大风歌兮"安定梦",盛唐气象"幸福梦",康乾盛世"统一梦";

百年屈辱寻梦急,我们曾经这样追梦:洋务派的"实业梦",维新派的"立宪梦",革命派的"共和梦";

峰回路转扬梦起,我们曾经这样追梦:革命实现"解放梦",发展实现"富强梦",改革开启"振兴梦";

在波澜壮阔、风雷激荡的五千年历史长河中,中国梦的身影清晰可辨:安定,统一,幸福,始终是中国梦的主旋律。实现中华民族伟大复兴,这是近代以来最伟大的中国梦想。这个梦想就是要让我们的东方文明古国再现中华民族的历史辉煌,再创领先世界的卓越地位,再次成为世界最富强、最幸福的国家。这个梦想,凝聚了几代中国人的凤愿,是每一个中华儿女的共同期盼,体现了中华民族和中国人民的整体利益。

自 2012 年习近平总书记号召全国人民实现中华民族伟大复兴的中

国梦以来,神州大地,大江南北,各行各业,人们都在思考如何将个人的梦想与国家的梦想和民族的梦想相结合,如何通过实现个人梦想来推动实现国家的梦想和民族的梦想。为了响应党中央的号召,落实中央宣传部通知精神,2013年以来,河南科技大学在广大青年学生中开展了深入的学习教育活动,先后有4000余名学生,抒写和表达自己的大学梦想与人生追求,彰显了一代优秀学子的执着追求和远大理想。

　　这里选择了一百余位大学生的大学梦想,这些梦想是青春的色彩,是前行的动力,是奋斗的目标。这些优秀大学生的梦想汇集在一起,就像复苏的万物,让我们聆听到拔节生长的声音,让我们感受到努力前行的力量。这些优秀大学生的梦想不仅激励着他们自己,也在激励和感染着更多的大学生奋斗和前行。

　　来吧,让我们一起听听他们的梦,看看他们的梦,想一想自己的梦!我们有国家的梦、民族的梦,我们也有家庭的梦、个人的梦,让我们的梦想从中国梦的源泉中汲取力量!

　　让我们一起向梦想出发!

　　让我们的青春在梦想中闪光!

河南科技大学党委书记　严全治

2014 年 10 月 30 日

目 录
CONTENTS

别浪费你的青春

李斯文，男，中共党员，机电工程学院机械制造及其自动化专业103班，吉林省梅河口市人；任学院学生会常务副主席，文艺团团长；曾荣获省"优秀学生干部"、"科大之星－创新之星"等荣誉称号；获国家发明专利两项，国家实用新型专利一项，获第十三届"挑战杯"全国大学生课外学术科技作品竞赛全国银奖，获第五届、第六届"中南六省港澳特区机械设计创新大赛"省级一等奖等。

我喜欢直奔主题，今天能够通过这种方式分享一下我自己的一点经历和感悟，我感到非常荣幸。我在河南科技大学学习生活四年了，这里的每一寸土地都记录着我的青春，2010年9月，第一次来到洛阳的时候，便被这个城市所吸引，第一次站在校门口的时候，我看着河南科技大学这几个字看了很久，父亲说，你要离家在外在这里生活四年了，无论做什么事，总要对得起自己。听了父亲的一句话，那一刻的我很想知道四年后的我走出这个校门的时候到底会成为什么样子。其实，生活的迷人之处在于总是有太多的阴差阳错，在于今天的你不知道明天会发生什么，在于你不知道会失去什么而又收获哪些。所以每天早上起来的时候，今天的生活就好像在打开一件上天送给你的礼物，你会对未来的生活给予最大的希望，愿意为了未知的生活而拼搏努力，我始终坚信每一个知道努力的人老天都会准备一份巨大的礼物在等着你。

刚来大学的时候，我的辅导员老师让我们写一份自己的人生规划书，这份规划怎么写的如今我已经忘记了，因为当时我是把它当作高考作文来写的。当我要交上去的时候，老师却说不要了，她说留给我们自己珍藏，四年后再翻开来看一下，看这四年我们是否达到了自己想要达到的那个高度。于是，我的人生观就在这一件事后有了雏形，我要努力去做河南科技大学的风云学长。如今我提起河南科技大学我很骄傲，我希望有一天河南科技大学提起"李斯文"这三个字的时候也会是一种骄傲，我要实现自己的价值，虽然我不知道自己的价值究竟是什么，但是机会永远都会青睐于有准备的人。大一的我和所有的同学一样，带着激情和热血投入了学生工作与知识学习的生活中，我非常荣幸地担任了机电10级的年级长职务，每天忙碌的工作和学习，让我不敢有丝毫懈怠。这一年，我学到了如何分配自己的时间，用老师的话说，学生干部就是要做到：别人娱乐我学习，别人学习我工作。年级长的职务让我的组织和协调能力得到了锻炼，让我学会了如何协调学习和工作的关系，这对我后来两年的发展起到了决定性的作用。2011年的夏天，学校组织我们到工程训练中心金工实习。在这次金工实习中，我报名参加了学校举行的河南科技大学第七届金工实习创新比赛。第一次接触科技创新的时候我很激动，因为科技创新可以把自己天马行空的想法实物化，那也是我第一次发现原来枯燥的理论与实践相结合是多么的具有吸引力，同时也发现了什么叫作书到用时方恨少，自己还有更多的知识需要学。课堂上能够学到的知识毕竟是有限的，所以作为学生，一定要拥有两项技能——自学与多问。后来在这次比赛中我获得了一等奖。在人的一生中你会遇到很多机遇，面对机遇的时候一定不要害羞和嫌费劲儿，一定要尽全力去抓住它，比如比赛，你报名你就有成功的机会，就会逼着自己往前走，这就变成了一个良性循环。你不报名，你就注定不会成功。你永远不知道哪次机遇会改变你的一生，你永远不知道你错过的是不是就是你最想要的，不要等到后悔的那一天，才说当时如果怎样。

2011年7月暑假，得知有学姐学长们在为"中南六省港澳特区机械设计创新大赛"做准备，我知道机会来了。当时我很迷茫，不知道学姐学长们会不会带着我这个专业知识还没有学过的毛头小子，不管怎样，只有试一试才知道行不行，于是我放弃了暑假在家悠闲的时间从东北第一时间赶回学校，联系到了学长学姐。事实胜于雄辩，河南科技大学的学长学姐永远都是乐于助人的。我开始和他们一起工作，趁着休息的时间让他们教我怎样进行三维造型，怎样解决书本上没有答案的实践问题，学习如何编辑专业语言，如何写研究报告等等,学长学姐们也不是全都会,很多东西都需要大家一起去查资料。这段时间过得很有意义,每天在修改尺寸,加工零件,连接电路,看着自己的作品从无到有一点一点完善起来心里充满了成就感。洛阳市大大小小的五金市场、建材市场都被我跑了个遍,以至到后来当我自己带队参加比赛的时候,无论需要哪一种材料,我都买得到。历经三个月的改进,终于在十月份中获得了一等奖,比赛后我为这件作品申请了国家专利,又进行了修改,开发出了二代产品。这次比赛对于学长学姐是一种谢幕,然而对于我才刚刚开始。经历了这次比赛,我发现了自学的重要性,开始不停地学习新的知识,我自学了不同软件的三维制图,还有一些不是本专业要求的我也学习。与此同时,我并没有放松学校必修课程的学习,通过了英语四级考试、计算机二级,获得了奖学金,并光荣地加入了中国共产党。9月份,喜欢跳舞的我被学院任命为院文艺团团长,然后我就开始了科技创新,正常上课和组织晚会活动三点一线的生活。很多人问,我有这么多事情要做怎么能忙得过来?我特别想说两句话,一是生命在于折腾,只要你能克服懒惰,你就会爱上勤奋。优秀是一种习惯,一个人一直都很优秀,他就会养成习惯让自己什么事都做到最好,这也是一个良性循环;二是我特别要感谢这一路陪我一起走过来的朋友们,没有任何人是欠你的,朋友们能一直陪着你是对你的一份情谊,是青春的故事里一份珍贵的礼物。

2012年8月,在第五届全国三维数字化创新设计大赛中,我设计的"630煤矿输送机刮板模具"获得了省级二等奖。九月份,我被学院任命为学生会常务副主席,在做学生会干部的同时,我的另两项作品也在紧张设计中。无碳小车这件作品我和我的队员一共准备了四个月,我们需要设计两辆小车,一辆走8字路线和一辆走S路线的,比赛前一天下午,因重物掉落将车砸坏,以至于不得不放弃了第二天全国工程综合能力训练大赛河南赛区比赛。这次比赛失败了,四个月的工作毁于一旦,不过人总是会失败的,关键是要吸取教训,不要沉浸在失败中走不出来。为了转移注意力,我开始着手我的下一件作品。这件作品名为智能环保垃圾收容桶,这是一款集自动开关盖,自动压缩以及垃圾袋自动封口打包于一体的多功能垃圾桶,最开始筹备这项作品是因为在网络上看到了一张图片。图片上是一双脏兮兮,满是伤痕的环保工人的手。由于一些人的不道德,将有腐蚀的物品和尖锐的物品不用纸包起来就乱扔,他们为了这个城市的整洁,不得不用手捡起来而被刮伤。有了想法与思路,我集结了在上次比赛中一起经历失败的好朋友,开始做起了这件最初只是一个想法的作品。2013年刚过完春节我们就从家里赶了回来开始设计制作。我觉得一个人能不能成功,在于他的魄力,在我之前有很多学长学姐为了加工制作作品,放弃回家过年的机会,他们如今大多成家立业了,都很成功,和他们聊天的时候,都会对大学的这段一起奋斗的时光记忆犹新。对于我自己,从购买材料到零件加工,装配,我们经历了很多不是语言能形容的磨炼和快乐,如今的我们再遇到一起的时候,都会对这段经常一起凌晨三点加工完零件,天气太冷,不得不吃泡面暖和的日子记忆犹新。很多事情只有自己亲身经历的才会有所感悟。我们过得很充实,很努力,尤其感谢学校和学院老师的大力支持,老师帮助我们提出改进办法,提供给我们经费,还关心我们的学习生活,陪着我们熬夜到凌晨,帮我们改进技术和撰写研究报告,我所说的这些都是真真切切感受得到的。只要你足够努力,你足够拼搏,你就会有足够的磁场去吸引别人和你一起努力。前后努力5个月,在4月份学校举办的"挑战杯"竞赛中我凭着这件作品获得了特等奖。后来在省竞赛中由于类别报错意外落榜,仅获得了河南省三等奖。但我没有就此放弃,是金子总会发光的,我把这件作品申报了国家专利,并已经进行了二代产品的改进。而后,在全国"挑战杯"竞赛中我作为第一人获得了全国银奖,接着在8月份进行的第二届中国创业创新大赛中,获得了一等奖。

　如今的我已经成为河南科技大学的一名研究生,我希望能将科技创新更多地应用于提高人们的生活质量,并且我也在为之努力着。在做事情的时候要学会沉稳,麻雀的起飞速度比海鸥快,可是能穿越大海的只有沉稳的海鸥。很多人会去抱怨,为什么人家有好的机遇,自己没有,我觉得机遇这个东西是有脾气的,你需要足够的魄力去抓住它,在它没来之前要做好充分的准备。很多事情没有调查就没有发言权,你永远不知道那些看起来很轻松获得成功的人背后究竟付出了多大的努力。如果把人生比作一条石头路,那么所有人都是光着脚在上面走,我们每个人身后都有一条麻袋,边走边捡起路边的石头往袋子里装,有的人嫌沉,只装了一小部分,有的人却在不停地留着汗背着满是石头的麻袋。背的少的人在嘲笑背的多人是不是缺心眼,干吗捡那么多。此时我会替背的多的人笑着回你一句:"傻子"。当有一天打开麻袋发现石头都变成金子的时候,你就知道当时那些满头大汗的人如今是多么的明智,你就会后悔当时为什么没有多背几块石头,你就会明白为什么当时老师和家长要苦口婆心地劝你多捡几块了。我希望大一的学生能从现在开始给自己的人生做一个规划,或许你们将来会不断地修改,不断地改变最初的目标,但是,这个规划会决定你们人生的一个大方向,会决定你们想做什么样的人,决定你们会成为什么样的人,决定你会为这个社会带来什么。作为正值青春的我们,学会书本上的知识是最重要的,但是我们也不要成为书呆子。要学会与人交际,不要抱怨这个社会,学会灵活地运用所学到的知识,对做任何事要吃得下苦,咽得下委屈,莫要轻易掉眼泪。无论你经历过什么,无论你做任何事情,有一点是肯定的,将来的你一定会感激现在拼命地自己。

梦和梦想

张艺馨,女,预备党员,人文学院对外汉语专业111班,甘肃省武威市人;荣获"科大文艺之星"、校"文明学生"、"模范团干"、"优秀团员"等荣誉称号。

今天,我又失业了。

回到这个老旧的家属区,心情又沉重起来。像我这种不断就业又不断失业的人,一直过着极不稳定的生活。第一次打击是巨大的,但我已学会了承受这一次次的失望。楼道的墙壁上又添了几个办证电话,我无奈地笑笑,开门。昏暗的小房子里,桌子上堆满了各种招聘报纸,红色马克笔圈出的零星几行字赫然醒目。我死死盯着那些字,就像落水人手中抓着救命稻草。"再试试吧,或许还有机会。"我安慰自己。

中午将近,我草草收拾一下去接儿子。儿子向我跑来,看到我一脸的愁容。"妈妈你怎么了,工作不顺利吗?"看着儿子明亮而漆黑的眸子,我慌忙换一副神情,笑着说:"怎么会?妈妈干得很棒呢!"儿子舒了口气,兴冲冲地讲起学校发生的事情。

"妈妈,今天老师让我们讲讲自己的梦想。""哦,你的梦想是什么呢?""当一名军人!"走着走着,儿子突然拉着我的手问道:"妈妈,你小时候的梦想是什么?"

我一下怔住了,不知该如何作答。我好像,已经完全不记得自己的梦想了。

回到家,忙完家务做好饭,丈夫刚进门,就叹气道:"爸身体又不好了,这次

6

拍片子检查就花了两三千,大夫还说得住院,可我这个月的工资也快花完了。你妈那边也要用钱。今天碰到刘姐说已经几天没见你上班去了,怎么回事?又被炒了?"

我无言以对,只好默不作声。而沉默的最后,往往就是争吵的爆发。我无助地哭诉着自己内心的委屈,无意间一回头,却看到镜子里一张苍老而扭曲的脸。

这,怎么可能是我!可她,偏偏就是我啊!

我惊呆了,那个貌美自信的姑娘,何时变成了一个写满无奈和愁苦的黄脸婆?生活,竟让人变到了这步田地。我像是一个被残酷的现实生活彻底击败的女人,终日周旋于如何维持那拮据繁杂的日子,完全忘记了自己年轻时的初衷。而儿子的问题却一次次在脑海中浮现:

"妈妈,你的梦想是什么?"

……

年轻时,我是一个梦想家。而现在,我却什么也不是。曾几何时,我有着无数的梦想,也曾像每一个即将放飞理想的有志青年那样踌躇满志,打算在自己的生活中写下浓墨重彩的一笔。可是后来,理想慢慢变成了梦想,变得遥不可及;而追逐的脚步,不知何时,也渐渐停了下来。最后,梦想就变成了梦。我曾想成为一名音乐家,却渐渐从台上的表演者变成台下的观众;想做一名战地记者,却因为没有选择相关的专业而放弃;想成一名心理医生,却懒得阅读那些晦涩难懂的名家巨著;想成为一名大学老师,却由于自己不够努力而最终放弃。所有这些构成了现在的我——一个碌碌无为的普通人。在抹去眼泪的时候,我注意到自己的双手。很难想象这双粗糙的手曾经和钢琴相伴走过许多个春秋。我几乎忘了自己曾经得过多少荣誉多少奖项,获得多少掌声多少鼓励。我摇摇头,那些怎么会发生在一个如此平庸的人身上呢?

年轻时荒废了时光,在最能吃苦的时候选择了安逸。我不愿努力,不愿吃苦,不愿在自己最宝贵的时光努力充实、完善自己。那时的我觉得今天就是一切,青春美好而短暂,何不开心度过,来日方长。不懂得执着的意义,不明白坚持的可贵,甚至分不清理想和现实。后来,被现实的功利心理和浮躁风气影响着,追逐梦想的脚步也随之停止。我的人生,也就隆之停止了。

"要是那时多努力一点,该多好啊!"

……

"小玉,小玉,你怎么了哭了?"我猛地打个冷战,原来自己又睡着了。我抹去眼泪,脑海中拼命回忆着什么。看到图书馆熟悉的场景,安静复习的同学,枕着的课本,还有好朋友小珍,我幸福地笑了。——我不是35岁,也没有失业。这一切,只是一个梦!

这一瞬间,我明白了梦想和现实的距离,我懂得了梦想的含义。跌倒、挫折、执着和信念,才是梦想的代名词。它就像一颗树种,我要把它种在土里,辛勤地照顾它、保护它,它才能结出成功的果实。但若没有了行动,梦想就只是一个梦。

于是我翻开笔记本,在第一页郑重地写下:

"我没有梦想,只有目标。"

从梦想到实干,就从这一步开始。

万千词曲皆成梦

郑柏奇,男,共青团员,艺术与设计学院产品设计专业112班,内蒙古呼伦贝尔人;任校大学生艺术团团长;获得"科大之星—文艺之星"荣誉称号。

郑柏奇,一个来自内蒙古呼伦贝尔的阳光男孩,2011年被河科大艺术与设计学院录取,学习产品设计专业。与别人不尽相同的是我还有一个别人没有的身份:校大学生艺术团的团长。

从小,我就有着与同龄人不同的爱好——曲艺,对传统艺术有着一份特别的痴迷。

一个偶然的机会,在电视里看到了一门艺术,在我心里它是那么的神奇:两个人站在舞台上,简单的道具,台下的观众笑得前仰后合,为什么? 慢慢地,我被这种神奇的艺术所吸引,也开始了解它,它就是相声。舞台上相声段子里的人物是那么可爱,渐渐的我也会把听会的段子说给朋友们听。有人问我:"年轻人为什么喜欢这种老的传统艺术?"我笑了:"它不老,这门艺术是与时俱进的。我之所以喜欢它是因为我快乐了,我要把快乐带给所有人!"这就成了我从小到大的梦想。

上大学了,总觉得自己的生后中缺点东西,我不断地问自己,我的梦呢? 直至来到学校大学生艺术团的话剧团,这才有了种如鱼得水的感觉。不断地穿梭在各个学院为同学们演出,看见他们开心,我更高兴。更有幸,我参加了第十三届河南省科技文化艺术节,获得了二等奖。这并不是我满意的成绩,因为我觉得没有得到评委老师的认可,我的梦想还差得很远。

在之后的大学生活中，除了自己的专业学习，我忙碌在艺术团中，很是开心。后来又担任了校艺术团话剧团团长，现任校艺术团团长。我喜欢这个职位，也喜欢艺术团，这里不但有曲艺，还有戏剧、舞蹈、演唱等等。很多同学都和我一样从小就酷爱艺术，且"术业有专攻"，看到他们跟我一样对艺术痴迷，我就看到了艺术的魅力，而艺术团就是搜集并帮助大学生成就梦想的一个地方。

我不认为对相声艺术的执着会影响我的正常学习生活，我爱它，同时它也爱着我。我也曾经想过，是不是以后要放弃它，努力挣钱。但是，相声伴随我这么多年，我也付出了很多心血，我不想让这份美好的希望夭折，要更努力地让相声成为一生的伴侣。2013我被评为"河南科技大学科大之星"的"文艺之星"。我很开心，不是因为获得了荣誉，而是因为我的表演被全校的师生所认可。前几天，我又同团里的其他同学参加了"第十四届河南省科技文化艺术节"，我很努力，因为这也是我成就梦想的一个环节。

每个人都只是芸芸众生中一个普普通通的个体。悲观，痛苦一生；乐观，则快乐一辈子！应该没有人去选择前者，那为什么还会有痛苦的人呢？也许不是因为没有梦想，只是因为他们迷失了自己梦的方向。或许我们应该坐下来，清茶一盏，静静地思考，我们梦的方向。

"太白提笔清浊分，东坡又叹月一轮；万千词曲皆成梦，尽在我心纳乾坤。"我们的生活里不可能离开艺术，没有艺术就没有了美，相声是艺术，美术是艺术，穿着、饭菜、休息都能成为艺术！无论你想拥有怎样的生活，都是你的梦，每个人的梦都是美的。我的梦是快乐，带给所有人快乐，河科大给了我梦的翅膀，我也将用它追逐梦想，展翅飞行……

做好当下

周懿,女,共青团员,管理学院工商管理1202班,浙江宁波人;任校青年志愿者协会项目管理部部长;荣获校"优秀学生干部"、校团委"先进个人"、校团委"模范团干部"等荣誉称号。

在过去的20年里,我有一大半的时间是在茫然中度过的,扮演着一个好学生的角色,按部就班地做着我"应该"做的事,却不知道为了什么而奋斗,而父母的期望就是我唯一的奋斗动力。那时的我没有梦想,在走出高考考场的那一刻感受不到丝毫的喜悦,有的只是一种被抽离的落寞。如今,当我回想过去的自己,深感梦想的力量。我感谢两年前的自己毅然决然地选择离开家乡,选择了河科大这个我梦开始的地方。

一个人的成长,取决于他的经历,而一个人的经历,则取决于他的梦想。在踏入大学校门的那一刻,我暗下决心:主宰自己的命运,成为一个能控制自己、管理别人的人,为日后的工作进入管理层打下坚实的基础。成为企业高管的梦想并不是空穴来风,而是我从小心底暗暗地希望。父亲的身体力行让我对"总经理"这个名词充满了崇拜,也充满了幻想。但是因为当时年纪太小,我理所当然的躲在父亲的保护伞下。随着年龄的增长,我对独立的渴望愈发强烈,想离开父母的保护伞,到外面闯一番自己的天地。如今,已经大二的我希望10年之后也能为父母撑起一把伞,为他们的晚年遮风挡雨,成为他们的骄傲。当然,这一切的前提是我变得足够强大。当我向父亲谈起我的梦想,父亲没有想象中的吃惊,而是平静地对我说:"说而不做,梦想只能是空想,做好当下,等待机会降临。"父亲的语气平淡得听不出一丝情绪,但我却从他的眼里看到了希望的光芒。

大学我选择了工商管理专业。一个与梦想相近的专业似乎能拉近与梦想的距离,这就是我天真的想法。但是在缤纷的大学生活中,只专心于课业未免有一些单调,于是我加入了河南科技大学青年志愿者协会。很幸运,在大批的报名者中,我顺利地通过了初试和复试,这让我在充满未知的大学生活中找到了一点自信。但很快我就发现:自己在部门中是那么平凡无奇。部门里的同仁每人都有自己的优势,有的能说会道,有的执行力强,还有的成绩优异,而我的优势在哪?选择部门时因考虑自身的性格和专业选择了项目管理部,而策划书是项目管理部的关键。安静略显内向的我适合文字工作,因此,我努力的方向显而易见。

当委员的一年里,我积极参加各种志愿活动,专心于策划书的学习,我始终记得父亲的话:"做好当下,等待机会降临。"果然,一年之后我成了项目管理部部长。原因很简单,虽然我没有交际上的优势,但是我专心做好了应该做的事。当我接过聘书的一刹那,我似乎明白了父亲的话:通往梦想的道路是一步一个脚印走出来的,走好脚下的路,才有到达终点实现梦想的一天。通往梦想的路上需要不断学习,在我们还没有力量改变世界的时候,我们只能改变自己。我不善言辞,这对工作造成一定程度的影响,要想更好地完成自己的本职工作就必须改变。我常常观察身边善于交际的朋友,希望从他们身上学到一些技巧,还在课余时间浏览了一些相关方面的书籍。刚开始我主动与别人搭讪时心里怯怯的,但还是尽力克服。久而久之,也就成了一种自然的行为习惯。从刚入学时,站在几十人面前说话两腿发软,到两年后能自信地表达自己,这两年,在梦想的激励下我成长了。很感激学生工作给我带来锻炼和一个能够发挥的平台,无论我以后到哪工作,这些经验都是宝贵的财富。

大学生活已经过半,除了课业、学生工作和少数的社会兼职,我没有做出什么惊天动地的大事。在外人看来这似乎离我的梦想越来越远,但我认为并不是这样。任何的大事都由小事累积,踏踏实实地做好当下的事,才是通往成功的捷径。机会总是留给有准备的人。我们唯有做好当下,等待机会降临。

奋斗的青春最美丽

顾兴晨,男,中共党员,机电工程学院机械制造及其自动化专业 101 班,河南省周口市人;任班级团支书、年级委员等职务;曾荣获省"优秀应届毕业生"、校"十佳"五四标兵、"学习标兵"、"优秀学生干部"等荣誉称号;曾两次荣获国家励志奖学金、全国大学生数学建模竞赛河南省二等奖。

我的青春为梦想而奋斗。

梦想是人生一道洒满阳光的风景,是一首用热情和智慧唱响的赞歌。回首看来,我最初所拥有的梦想,起于那毫无根据的自信,但是所有的一切正是从这里出发,沐浴了科大四年的恩惠,我懂得了为人生筑就一个科学的梦想,再逐步把梦想变成现实!

2010 年,我考入了河南科技大学机电工程学院。在这里,感受到了科大人的思想迸发,自信活跃,我深感懵懂与无知。我每次见到同学们侃侃而谈,自信执着,无不为之羡慕钦佩;每次见识到老师们的博学多识,谦逊睿智,无不为之震撼折服。一种无形的力量在一直激励着我学习科大文化,感受科大精神,并逐步孕育了我心中神圣的梦想——成为一位工程师!我懂得了,梦想不再是随心所欲的追求,而是一种行动,是执着进取的升华,是坚持奋斗的结晶。把握青春,追求梦想,处处是创造之地,天天是创造之时,人人是创造之人!

在科大,我懂得了学知不足,业精于勤。大志非才不就,大才非学不成。老师的言传身教告诉我们,在知识的海洋里可以尽情地遨游,那里有无尽的乐趣,那里能发掘我们的人身价值。看到专家教授们在自己的学科领域内挥舞自信,创造奇迹,游刃有余,我感叹大学之大气!琅琅晨吟,孜孜暮读,循循善诱,谆谆教诲,是科大给予我们心底不可磨灭的印记。追梦之路,任重而道远,我却不曾放弃。因为科大给了我自信,让我坚信大师就在身边,成功就在眼前,坚定一步,便可点燃智慧的火花。书山寻宝,学海泛舟,曾多少次,为一个真理,老师们传道授业,诲人不倦;求一个明白,同学间争论不休,各抒己见。但是,渴求进步,汲取知识,孜孜不倦,乐在其中。久之,我的追求促进了我的成熟,我的付出保证了我的收获。成绩优异,荣获国家励志奖学金;积极进取,受益于各类学科竞赛;努力拼搏,考取名校研究生……我感谢这样的科大生活,它使得我在追梦路上的脚步更稳健,更自信。

在科大,我懂得了志存高远,锲而不舍。青春是蓬勃向上、积极进取的象征,是奋斗的黄金时期。崇高的理想是人生的指路明灯,有了它,生活就有了方向;有了它,内心就感到充实。迈开坚定的步伐,走向既定的目标,走出自己的风采。我时常告诉自己:我不想做一个终生空虚而又碌碌无为的人,我踏下的每一步,都应该稳重而又踏实。我要有自己的理想,并为之不懈奋斗!古之成大事者,不惟有超世之才,亦有坚韧不拔之志。在科大求学的时光,也成了我人生当中为梦想而奋斗的一段刻骨铭心的历程。对母校的热爱,对梦想的憧憬使我懂得珍惜现在,不懈奋斗,而又敢于立志高远,放眼未来。加入中国共产党,考取华中科技大学研究生等难忘的时刻,正是我坚定不移奔赴梦想大道上的里程碑;河南省优秀应届毕业生,校优秀学生干部,校"十佳"五四青年标兵等诸多荣誉,正是对我为梦想而奋斗这种精神的鼓励与肯定。我满怀感激与留恋,从科大走过;将满载自信与梦想,去迎接新的生活!

奋斗的青春最美丽。努力向上,信念就躲在你的灵魂深处;做一个悠远的梦,每个梦想都会超越你的目标。四年的科大生活,我因怀揣梦想而欢乐充实,因不懈奋斗而倍感珍惜。师恩难忘,母校情深,有一种心灵深处的悸动,是感谢,是永久的纪念。青春的脚印留在校园的小路上,笑语欢歌留在花坛的馨香中,母校的每一个角落,都珍藏着我们的友情,弥漫着我们的幻想。

红叶纷飞的枫林里,我们曾拥有多少回忆。那飘舞的枫叶,将我们带进一个无比美妙的境界。踏着青年人铿锵的节奏,和着毕业歌热情的旋律,为美丽的梦洒下不悔的汗水。岁月的车轮即将驶出青春的校园,承载着希望,勇敢地接受明天的挑战。学子情怀,心系科大,追梦之旅,一往无前!

二十岁的科大梦

李佳,女,共青团员,外国语学院日语系专业 114 班,云南人;曾荣获学校"文艺之星"称号。

曾看过这样一个关于梦想的故事:有一对兄弟,他们的家住在 80 层楼上。有一天他们外出旅行回家,发现大楼停电了!虽然他们背着大包的行李,但看来没有什么别的选择,于是哥哥对弟弟说,我们就爬楼梯上去!于是,他们背着两大包行李开始爬楼梯。爬到 20 楼的时候他们开始累了,哥哥说:"包包太重了,不如这样吧,我们把包包放在这里,等来电后坐电梯来拿。"于是,他们把行李放在了 20 楼,轻松多了,继续向上爬。他们有说有笑地往上爬,但是好景不长,到了 40 楼,两人实在累了。想到还只爬了一半,两人开始互相埋怨,指责对方不注意大楼的停电公告,才会落得如此下场。他们边吵边爬,就这样一路爬到了 60 楼。到了 60 楼,他们累得连吵架的力气也没有了。弟弟对哥哥说:"我们不要吵了,爬完它吧。"于是他们默默地继续爬楼,终于 80 楼到了!兴奋地来到家门口兄弟俩才发现他们的钥匙留在了 20 楼的包包里了。

有人说,这个故事其实就是反映了我们的人生:20 岁之前,我们活在家人、老师的期望之下,背负着很多的压力、包袱,自己也不够成熟、能力不足,因此步履难免不稳。20 岁之后,离开了众人的压力,卸下了包袱,开始全力以赴地追求自己的梦想,就这样愉快地过了 20 年。可是到了 40 岁,发现青春已逝,不免产生许多的遗憾和追悔,于是开始遗憾这个、惋惜那个、抱怨这个、嫉恨那个,就这样在抱怨中度过了 20 年。到了 60 岁,发现人生已所剩不多,于是告诉自己不要在抱怨了,就珍惜剩下的日子吧!于是默默地走完了自己的余年。到了生命的尽头,才想起自己好像有什么事情没有完成,原来,我们所有的梦想都留在了二十岁的青春岁月。

二十岁,多么美妙的年龄。充满着疑问、疯狂、遗憾的二十岁。二十岁的每个人都拥有自己的梦想,或大或小,或高或低,或远或近。我的梦想很简单,只是想幸福地生活着,幸福地度过一生,能在该刻苦的时候有刻苦的权利,能在该疯狂的时候有疯狂的自由,能不为世事所累,能不为世事所伤,该笑的时候能畅快地笑,该哭的时候能放肆地哭,该拼的时候能不顾一切地拼,该想的时候能无所畏惧地想,这或许就是我理想中的幸福,这就是我简单的梦想。

前面那个关于梦想的故事不是我要的人生,我的梦想不能因岁月而埋没,我的梦想不能被留在了20岁的青春岁月里。梦想无论怎么模糊,它总潜伏在我们心底,使我们的心境永远得不到宁静,直到梦想成为事实。所以现在的梦想只能成为我将来的现实,我不容许它随着岁月的风蚀而渐渐褪色。古龙曾经说过:梦想绝不是梦,两者之间的差别通常都有一段非常值得人们深思的距离。梦想的意义就在于梦想是一个目标,是让自己活下去的原动力,是让自己开心的原因。

梦想,伴随着我们每一个人。

但是很普通的我在大一时又时常陷入迷茫。大学生活扑面而来,梦想流离失所。二十岁,什么都没有,却能不断给予;什么都觉得珍贵,却什么都敢浪费。

当一道亮光划过天际,最后一颗星星坠落之后,城市开始泛起蔚蓝色的寒光,大学的一天从这时开始。

朦胧间,刺耳的闹钟惊醒奇怪的梦魇,但不得不撑着疲惫的身体再次奔赴那一间间流动的教室。我知道,在这个大学里还潜伏着很多像我这样的茫然的影子。每张写满迷茫的失落的面孔,似乎每时每刻都在昭示着大学的生活是多么的失败,我们这些大学生是多么的不合格。

迷茫是我们必经的一个过程,是理想到现实的艰难阶段,因为有梦想便要选择为梦想而奋斗。既然如此,那么只能告诉自己既然选择了,就只能坚持,就要风雨兼程。抬头就可看见窗外,已是冬季,但还可以看到满眼绿色,想象着春暖花开的时节,窗外街景繁华,高楼耸立。突然间发现,大学离我们很近,真正的大学离我们却很远。

梦想与现实,我们该怎样把握这个平衡? 也许,梦想在现实面前已经被压挤得失去了原形,青春也随时光的流逝越来越远,但我们的青春依然在,梦想依然清晰,青春转角划下的那道耀眼伤痕,记录着生命运行的轨迹。

梦想是美丽的,它是心底最美的期望,所以美梦成真也成了我们长久以来的信仰。

梦想是阳光的,它使人们由浮躁走向踏实,由彷徨走向坚定,并走向成功。

梦想是有力量的,它是人生前行的动力之源;高远的梦想可以激发一个人生命中所有的潜能。

正因为如此,我们才会去向往梦想,把握梦想,追求梦想。

我的大学,我的梦想。

文学丰羽　行动圆梦

　　刘松鑫,男,共青团员,化工与制药学院化学工程与工艺 121 班,黑龙江省大庆市人;任校学生会办公室副主任,学院学生会常务副主席兼办公室主任等职务;荣获"社会实践先进个人"、"优秀学生干部"、"模范团干部"等荣誉称号。

　　每个人都有自己的梦想,有的人想做一名潇洒的飞行员;有的人想做一名诲人不倦的老师;有的人想做一名出色的画家。我想做一位用笔书写生活的作家。

　　我爱读书,更爱写作。我喜欢在笔记本上写下每一天的生活点滴,酸甜苦辣,这使我养成了每天写日记的好习惯,也为我写作带来了很多素材和灵感。我爱这些美丽的文字,爱这些活泼的小精灵。这些文字就像一群可爱的小精灵在我的笔尖跳跃着,嬉戏着;又像一个个奇妙的音符,奏响了一曲曲美妙的乐曲。一篇篇优美的文章就如同一首首婉转动听的歌,给我带来了美的享受,也使我感到愉悦和轻松,让我深深地陶醉在其中。如果我们每天都阅读许许多多优美的文章,那我们的生活该增添多大的乐趣啊!这种美好的生活就像一杯淡淡的茶,只有仔细品味,才能品出其中蕴含的韵味。平平淡淡,乐在其中。

　　很多次,我在体育用品商店流连忘返;望着美味佳肴摸着口袋中的钱犹豫不止;为了几本书花去了一个星期甚或一个月的零花钱;为买一沓稿纸耗尽最后一角钱……在别人眼中,我是一个小气鬼,不舍得吃,不舍得穿,但我了解自己,我所做的一切,都只为一个梦,一个长途跋涉的梦,一个神圣的文学梦!只想去守住我心灵的这片净土。名牌服装、美味佳肴、赶时髦,学流行给人的满足和快乐是暂时的,拥有一个充实的头脑和一颗健康的心灵,快乐才会与你长相伴。不必拘泥于什么题目,也不必在乎什么样的文体,突发的思维顷刻间流露于笔尖,随意写下去随情写下去,一篇拙文便一挥而就,然后揉着酸困的双眼满意地离案而去;多少次泡在图书馆、阅览室,一次次翻阅,一次次摘抄,手不释卷,眼不离书,如痴如醉;多少次四处寻找创作灵感,搜集资料,待满载而归时已是筋疲力尽,然后是整理、记录、修改完善,一连几天忙得不亦乐乎。我不希望在人生的旅途中出现磨难,每个人都希望生活之路没有丛生的荆棘,也没有挫折与失败,可是,挫折可以磨砺人的意志,使人坚强起来,迈向喜悦的成功。途中的风浪,不要埋怨,因为它是通向成功的阶梯。

还记得刚来到科大时,学院的老师曾给我们讲过这样一段话:阿里巴巴互联网的创始人马云,正是因为他对梦想的不放弃,才最终取得了现在的成功。他曾想考重点小学,失败了;他曾想考重点中学,失败了;就连大学,他也是考了三年才被录取;毕业后,马云想进哈佛,没有成功。工作了,他总是遭受别人的冷嘲热讽。但这些遭遇,并没有把他打到,反而给了他无限的动力。"宝剑锋从磨砺出,梅花香自苦寒来",经过一次次的失败与努力马云最终取得了成功。事实证明,世上无难事,只怕有心人。只要肯坚持努力,坚持自己的梦想,就一定会取得最终的成功。

在当今这个快速发展与进步的社会,要想过得幸福快乐就得有梦想,有信仰,有追求。只有这样,你才会有向前的动力,不断提高自身素质与能力。只有这样,你才能跟得上社会的快速发展与进步,成为一个对社会有用的人。只有这样,你才会感到快乐,过得幸福。所以说,拥有一个梦想真的很重要。对于曾经的我们,高考是唯一的奋斗目标。但高考并不是结束,而是一个开始。在人生的第一条十字路口,不管选择了哪条路,人生都得继续。

我相信,对于梦想,很多人都不是很清楚,而是很模糊,以为是梦想就要伟大,就要很了不起,从而导致其很难实现,最终放弃了追求梦想。很明显,这样的认识是错误的,梦想是内心深处最迫切的渴望,无论大小都是一个梦想,都会对我们的行为举止产生影响,都是我们前进的一个方向,一种动力。拥有一个属于自己、适合自己的梦想,有助于我们更好地努力,更快地进步,有助于我们健康快乐地成长。

　　青春是短暂的,能做的事有很多。或许我们的梦想没有像拯救地球般伟大,但只需做好一件件小事,从自己做起,从而带动他人;也许就是一件极其微小的事情,也许它的分量不太重要,但只要我们做了,那就是一个进步。我相信,量的改变终究会引起质的飞跃。我们的青春多么短暂,我们的梦想多么渺小,但我们坚信,作为当代大学生的我们,可以做好榜样。我们爱科大,科大也需要大家的爱,让我们的爱化为行动凝聚在一起,为科大的发展添光添彩吧!

我的大学我的梦

王鹏飞,男,中共党员,动物科技学院动科专业113班,河南省安阳市人;任学院学生会主席。曾荣获省级"优秀干部"、校级"三好学生"、"模范团干"、"优秀团员"、"青年志愿者"、"社会实践先进个人"等荣誉称号。

如果说人生是一本书,那么大学生活便是书中最美丽的彩页;如果说人生是一台戏,那么大学生活便是戏中最精彩的一幕。如果说人生是一次从降生到死亡的长途旅行,那么拥有大学生活的我们,便可以看到最灿烂的风景。

在我们跨入大学校门的那一刻,每个人都怀揣着各自美好的梦,等待着在大学里慢慢实现它。在还未进入河南科技大学的校门时,我就已经开始规划我这四年大学生活的蓝图。我起初认为大学是段很轻松的时光,也想着来到大学就可以摆脱高中时代那种整日奋笔疾书的日子,可以很悠闲地度过这美好的四年,但当我来到科大后,我才发现大学其实并不是我想象中的样子,在科大的日子仍然是美好的,丰富的校园生活使我停不下自己的脚步。

一开始,我并没有太遥远的梦想,想法很简单,就是在这有限的岁月里,能够把握好自己的时光,努力充实自己。但随着时间的推移,我渐渐感受到了大学带给我的丰富的学习和锻炼机会,这让我的想法也发生了转变。我有了自己的梦想,那就是利用自己所学的东西,帮助他人,强大自己,做一个对国家、对社会有用的人。大学是培养能力的地方,学习能力是其中的重中之重,所以我的首要任务是能够养成自主学习的好习惯,能够合理地安排各科的学习时间,制定科学的学习计划,将所学到的知识举一反三地应用到生活的各个方面。其次,学习能力是与知识的全面性与思维的创新性分不开的,想要德、智、体、美全面发展,就不能一味地死读书、读死书,要形成自己的人生观、价值观和世界观,培养自己的特长和个性。大学生活不是百分之百的专业学习,大学教育也不是百分之百的专业教育,在大学里我们要尽可能地发展提高自己的综合素质和综合能力,掌握走入社会所必需的生存技能。于是,我在课余时间参加了学院的学生会和各种社团,这使我的大学生活变得更加丰富多彩。在学习之余,我也掌握了很多工作的方法,学会了写策划、总结,还学会了运用 excel、word、ppt 等办公软件。在日常的工作和学习中,我养成了多听、多看、多思、多问的习惯,并且在学习和工作中有所发现、有所突破。大学时光的美好,不仅仅在于它给了我学习知识和掌握技能的便利,还在于在大学校园里我收获了一份份甜美的友谊。我们一起生活,一起学习,一起逛街,一起谈天说地,一起展望未来。在这样的集体生活中,我学会了包容别人,照顾别人。同时,我也从他们身上学到了许多东西,充实了我的大学生活,这将是我终生的财富。看着在周山公园的合影留念,身后的广阔天空就是我们深厚友谊的见证。春天的花娇艳动人,梦想是含苞欲放的渴望;夏天的树枝叶婆娑,梦想是生机勃勃的向往;金秋的稻子低垂着头,梦想是沉甸甸的等待;严冬的雪漫天飞舞,梦想是晶莹的遐思和畅想。梦想是一面旗帜,它一直飘扬在我心灵深处,指引着我前进的方向。

青春有梦就去追。我要为梦想不断挑战自我,在挑战中拼搏,在拼搏中成长,在成长中磨砺,在磨砺中成功。纵然自己一生都未能达到心目中的高峰,但生命的意义本就在奋斗。不要等着享受奋斗的果实,奋斗的本身就是快乐,就是种享受。我喜欢不断尝试,在尝试中体味了失败的辛酸与无奈。有位哲人说过,若想要享受成功,就得先学会如何去接受失败。的确,失败是人生中难得的一笔财富,好好把握生活赐予的荆棘,透过泪水,你会看到最美的彩虹!人生应是奔跑而不是止步不前。真正的结束,并不是到达一个有限的目标,而是完成对无限的追寻。苏格拉底曾说过,做人要知足,做事要知不足,做学问要不知足。学无止境,大学是一个新的起点。今天的我已超过昨天的我,明天的我必将会超过今天!

带着梦想行走

冯雪玲,女,中共党员,管理学院信息系统与信息管理专业 101 班,河南省商城县人;曾荣获"三好学生"、"创新之星"等荣誉称号;获得学校第四届"挑战杯"创业大赛金奖、河南省第十届"挑战杯"大学生创业大赛银奖、全国大学生数学建模竞赛河南省一等奖、第三届中国杭州大学生创业大赛一百强项目。

如果说自己 20 来岁的青春是阳光灿烂的一条射线,那么起点在科大,向着梦想的彼岸无限延伸;如果说自己是一个意志坚定的攀爬者,那么山峰的入口在科大,向着更高处一直展望;如果说每一段不完结的记忆都是一首歌曲,那么美好的旋律在科大,让自己无法忘记。

四年大学时光如白驹过隙,转瞬即逝。弹指一挥间,我已从懵懂无知的新生,成长为即将离开的大四"老油条"了。忘不了曾经在这里留下的酸、甜、苦、辣……

刚刚来科大时,心中有些不甘,一直沉浸于自己的感伤中,再加上刚来大学的迷茫,找不到自己方向,就如黑暗中船儿找不到灯塔,随风飘动,浑浑噩噩。看到室友们忙着各种事情,有的在学生会忙得热火朝天,有的在班里风生水起,只有自己困在自己的情绪里,提不起斗志。越来越鄙视整日无所事事的自己,大学生活应该是多姿多彩的,需要自己深入体会才解其中味。有人说:"平凡的大学生有着相同的平凡,而不平凡的大学却有着各自的辉煌。"你可以选择平凡,但却不可以选择平庸。也有人说,"北大有北大的草,科大也有科大的松",我该找些事情干了!

　　我觉得大学的魅力在于她的学术独立、创新精神以及那股朝气蓬勃的闯劲。大一迷茫一段时间后,幡然醒悟的我开始积极参加各种学科竞赛,努力开阔自己的思维,并享受这个过程给自己带来的快乐与挑战。

　　在 2012 年河南科技大学第四届"挑战杯"创业计划大赛中,我负责的《怀旧时光休闲网络游戏有限责任公司》以第一名的好成绩摘取金奖,并在河南省第十届"挑战杯"创业计划大赛中获得银奖的好成绩。此次比赛从院赛到校赛再到省赛,历经四个多月时间,中途遇到了很多困难、艰辛、变故:熬到凌晨三四点是常事;为一个想法争得面红耳赤也时常出现;别人的不屑也让我们懈怠过……但我们能一路走下来,作为"梦之翼"团队负责人的我感到很欣慰很自豪。

　　2012 年 9 月,我参加了全国大学生数学建模大赛,取得河南省数学建模竞赛省一等奖优异成绩。8 月在学校进行了一个月的建模培训。8 月是一年中最热的月份,在三百多人的大教室里我们挥汗如雨;为了一次又一次的评比,我们披星戴月;9 月决赛时,我们在数学学院机房奋斗了三天三夜……一个多月的时间让我成长了很多,不仅仅学到数学建模的基本思想,掌握了 MAT-LAB,LINGO 和 SPSS 数学软件的基本用法,而且学会了坚持、吃苦、团队精神、创新思维,这些都是一辈子的财富。

　　2013 年 3 月,我参加"安吉杯"全国大学生物流设计大赛。在四百多个团队中入围复赛,很遗憾最终无缘决赛,但还是在上海安吉物流公司调研中学习到很多东西。这次也算是一个小挫折,团队五个人努力那么久,结果并不如意。曾有人说过,"再狂暴汹涌的洪水终将止于平静,再动荡混乱的战役终将止于和平。"处境不如意,只要不放弃,"柳暗花明又一村"会在"山重水复疑无路"后粲然出现。

　　2013 年 5 月,我参加第三届中国杭州大学生创业大赛。我们团队的《玉兔跑腿服务有限公司》从来至全国内地 31 个省市、港澳台地区及海外 311 所高校的 2161 个参赛项目中脱颖而出,入围决赛 200 强,并以前 100 强成绩成功晋级全国决赛。在总决赛中见识很多优秀的团队和作品,真的是"天外有天,人外有人";在观看特等奖的公开答辩时,激动不已。他们果真是牛人,有海外归来的高才生,有创业成功的在校大学生,在他们激情的答辩中仿佛看到了下一个马云、李彦宏。

这些经历充实了我平淡的大学生活,其中的酸、甜、苦、辣,唯有经历过才懂。"雄关漫道真如铁,而今迈步从头越"。成绩属于过去,站在新的起点上,我们应倍加刻苦努力,倍加积极进取,倍加艰辛拼搏,继续发扬"明德博学,日新笃行"的精神,不断谱写更加绚烂多彩的青春华章。

给梦想一次开花的机会

龚宏胜,男,中共党员,林学院植物保护专业 1201 班,河南省泌阳县人;任学院学生会主席、班长等职务;曾荣获"优秀班干"、"优秀团干"、"优秀团员"等荣誉称号。

你有多少时间,可以拿来栽培一个梦想?

有人说大学是梦想起程的地方。由此看来,我的梦想起程得不是那么顺利。

尤记得那天很热,和爸坐在接新生的校车上,一阵急促的铃声过后:"等会我得赶回去了,你自己去报到行不?"没说行或不行,呆呆地望着这座靠山,恐惧着接下来的一切未知。

下车后,学长的热情让我不知所措。看着校车远去,才恍然难受起来,心里一个声音反复着:这就剩你自己了。我硬着头皮,拉着行李箱办完了入学报到。到了宿舍,反复地看着这个即将入住四年的地方。随之而来的入学新生教育:学长学姐的热情介绍、辅导员的谆谆教导、各大社团的招新,被新事物冲昏了头脑的我,丝毫感觉不到会有灾难的降临。

中秋,本是家人团聚的喜庆节日,却被小雨冲掉了原有的喜庆。和室友吃过晚餐回到宿舍,洗漱睡觉,躺在床上回忆着白天发生的趣事入梦。凌晨,一阵刺痛把我从梦中拉回现实,强忍着疼痛爬下床,才发现左脚跟无缘无故地肿胀起来,后来去医院检查才得知是骨髓炎。第一次住院,手术过后每天刺鼻的消毒水,永远也吊不完的点滴。住院四十多天后,我满怀欣喜地奔向校园,因为那里才是我应该待的地方。又是一个雨夜,剧烈的疼痛宣告了手术的失败,随后是手术的第二次失败……

当我第三次住院时,已是第一学期末。每晚看着爸妈守在病床前,不禁愤怒着上天对自己的不公:为什么要让我承受这一切?已是凌晨的一个夜晚,点滴就要打完了,看着趴在床头的爸妈,我不忍心再叫醒他们,于是自己拔掉了针头。我起床,拄着拐杖走出病房。冗长的走廊住满了病人,走廊尽头外面应该是无尽的黑夜吧,即使是我拼命地走过去,看到的依然是那番景色。仔细想想大学的第一个半年竟然是在医院度过的,我忍不住想要发出笑声,嘲笑命运在和我这个毫无缚鸡之力的柔弱青年玩耍着。"如若是这样,那我就要和你成为好朋友。"心里突然蹦出这样一个声音,于是我转身回到病房安然入睡。第二天我做出了一个决定:休学,我要出去走走。

有了这样的想法,每天就坦然地接受治疗。很幸运,第三次手术很成功。出院时已是年底,回到家中被亲人围绕,度过了一个温暖的寒假。转眼到了阳春三月,万物复苏的季节。所有的一切都在接受春天的恩赐,努力地向上生长,不同的是我走向了寻找与生活结友的征途——出去走走。

征途中,遇到了现实与幻想的碰撞、人性的泯灭,但更多的是对于生活的理解。我想成为什么样的人,就会遇到什么样的事情,就会做出什么样的决定。出去走走,路程不长,却为一个梦的萌芽奠定了基石——学会与生活成为好朋友。

一年的休学生涯结束,我又重新回到了学校。一切都是那么熟悉,再看起来却又是那么的可爱。这是我呆四年的地方,也是我浇灌梦想的地方。班委竞选、学生会竞选,一路欢笑走到了现在。有人问我:这么拼命干什么?生活要学会享受。我笑着不知该怎么回答,或许我只是为了和生活成为好朋友吧。生活给予了我这么多,我要学会浇灌。坚信着到了某时,它肯定会绚烂地绽放!放弃享受,接受挑战,只是为了给我们的梦想一次开花的机会。

四年的大学时光并不长,有人在这里收获了知识,有人在这里收获了爱情,有人却在这里一无所获。

天空不留下翅膀的痕迹,但我已飞过。我知道,我会在这里,将一粒种子浇灌成一株盛开的鲜花。

我的科大梦,就是奋进。

我的支教梦

    贾越清,男,中共预备党员,艺术与设计学院环境艺术设计专业 121 班,河南省周口市郸城县人;任河南科技大学青年传媒联盟执行主席;曾荣获校级"优秀团员"、"优秀团干"、"先进个人"、"优秀志愿者"、"三好学生"等荣誉称号。

    大一初识我院青年志愿者协会,我被志愿者精神深深感动,从那一刻起就决定要加入这样一个温暖的大家庭。我的科大梦从那一刻定格——做一名志愿者。

    曾几何时,就对"支教"二字充满敬意,总觉得那是对人格的塑造,对人生的锻炼,那将是一种不同于往日生活的体验,告诉你怎样去书写一个大写的"人"字。于是,一个支教梦便早已深藏于心中。

    2012 年 8 月 15 日,作为先行队员,在清晨的第一缕阳光照向大地之前,我和另外三位队友便已启程前往宜阳县塔泥小学。虽然只睡了三个小时,山路又很难走,但是心中有梦,一切便不是问题。我们都怀着满心的欣喜与激动,迎着希望前行。刚到小学门口,就看到孩子们激动地跑了起来,并喊着:"老师来了,老师来了……"教室里还有在打扫卫生的孩子们,整个校园里弥漫着像过年一样的气息。看着孩子们欢喜的表情,期待的眼神,内心不禁泛起波澜。在激动的同时,也觉得特别有压力,不确定自己能不能不辜负他们的期望,能否让他们的眼睛像初次见到我们时那样明亮。但是心中的信念告诉我,我会努力,我们整个团队都会努力,等待我们的定是圆满。

作为"筑梦义"教队的主力队员，从支教活动的组队到各项申请我都参与其中，可能跟一般的队员相比，多了很多情结在里面，想把每一项都做得特别好。很欣慰，第一天的"河南科技大学文化艺术传播基地授牌仪式暨烛光社暑期支教启动仪式"特别成功，得到了前来看望山区孩子的学校以及学院领导、老师的一致认可。当宣布仪式圆满结束的时候，一颗悬着的心才算放了下来，一个好的开端给了我们太多的鼓励与信心。

收拾完简单的行李，我们便开始着手学生的接收、分班及课程安排工作。根据情况，我们共分为一二年级、三四年级、五六年级三个班，我很荣幸地成了一二年级的班主任。第一次走进教室，站上讲台，和那群可爱的孩子认识，就被他们的纯真烂漫所深深吸引，我原本以为自己会很紧张，事实却没有，那种自然的放松是孩子们一颗颗未经雕琢的心灵所带给我的。跟他们在一起，会让你忘掉所有的烦恼、压力，心中满满的都是简简单单的快乐。第一天晚上例会的时候，大家都在津津有味地讨论着每个班级的孩子，对于小学生们来说，我们是新奇的，同样，对于我们这些大学生来说，转换角色变成老师，每一个孩子也都是未知的探索。我们希望用我们心目中全新的教学形式让他们对学习有一个新的认识，感受到学习的快乐。

我们常说快乐的日子总是过得很快，确实，十天好像就在眨眼之间度过，总想用一句或者一段话对这不一样的十天做出一个总结，总想把内心那种强烈的感想和大家分享，却总找不出合适的文字，于是一遍遍地翻看照片，在塔泥小学的点点滴滴就像幻灯片一样清晰地出现在我的眼前：在给孩子们上课，在拉着小朋友玩水果蹲，在排练节目，在做饭、洗碗……我很庆幸自己在放假前毫不犹豫地选择了支教，在这里收获的是我在学校、社会上都学不到的，那份纯净是我在繁忙喧嚣中的解压剂，是我在前行路上的动力。在这十天里，从孩子们身上学到了不仅仅是那种单纯和努力，还有骨子里的坚强。印象最深刻的就是一个一年级的小姑娘，原本就结痂的膝盖不小心又蹭了一下，志愿者老师帮她处理的时候发现都流血了，可是小姑娘却还是带着笑容说："不疼，谢谢老师！"所有的老师都为之动容，总觉得这里的很多孩子都有超越他们年龄的坚强。

有人说："前世一百次的回眸，才换来今生的相遇"。那么，跟"筑梦义"教队的兄弟姐妹十天的朝夕相处该是多么大的缘分！在这十天里，我们一起做饭、一起吃饭、一起备课、一起排练节目……对，还一起玩游戏，输了的刷碗，呵呵……每次回忆都仿佛在昨天发生，嘴角都会不自觉的上扬。我们十二个人就像一家人一样，男孩子把床让给女孩子，他们就睡在只铺了报纸的地上，每晚和蚊子、虫子们做斗争，还要顶着炎热，但是却没有一个人说苦喊累，因为每个人心里都是甜的。从这些兄弟姐妹身上，我看到了奉献自我的青春风采，感受到了信念所迸发出来的力量。今年的暑假热的异常，四十多度的高温居高不下，但是，我的队友们还是按时从江西、重庆、甘肃、浙江等地赶到学校集合，抛下长途的疲惫，以最饱满的精神奔赴所支教的小学。在支教的过程中，很多队友由于水土不服、高温等出现身体不适现象，但是大家都坚持了下来，保质保量地完成了教学任务，并给孩子们举办了一场别开生面的文艺会演，得到当地教育部门、学校老师、家长的一致好评。

有一种生活，你只有亲身经历了，才会懂得其中满满的感动与幸福，那就是支教。当踏上筑梦旅程，我青春的这一段故事就开始用不一样的精彩文字书写。一张张灿烂的笑脸，一句句简单纯真的话语，一行行稚嫩认真的文字，都是这群小精灵带给我的美好回忆，一段由塔泥小学的孩子们和十二位志愿者老师演绎的永远的故事。

这就是我的科大梦，一段大学生活的片段。作为科大学子，我将秉承"明德　博学　日新　笃行"校训，把公益事业进行到底，做勇于担当，胸怀大志，奋发有为的时代优秀青年。

朴素的生活　遥远的梦想

李琪,女,中共预备党员,外国语学院英语专业122班,湖北宜昌人;任外国语学院学生会副主席;曾获校级奖学金、"优秀青年志愿者"、"优秀团员"等荣誉。

一切都是从那句"我最近负能量爆棚"开始的。

一天又一天,早起,晚睡,没午休,睡不安稳。

忙的事情很多,但是每晚睡觉之前却没有想象中的充实感,仍然觉得碌碌无为。

前几天碰巧在 ONE 上看到一个小故事,问到人为什么会变成自己曾憎恨的那种人。回答是一个小小的寓言故事,在《在缅甸需找奥威尔》里面写着:缅甸的一个小村庄里有一条恶龙,每年它都要求人们献祭一个处女,这个村庄每年都会派出一个少年英雄和恶龙去搏斗,但始终无人生还。又一个英雄少年出发时,有人悄悄尾随。龙穴铺满金银财宝,英雄用剑刺死了恶龙,然后坐在尸身上,看着满穴闪烁的珠宝,慢慢地长出鳞片、尾巴和触角,最终变成了另一条恶龙。这个故事让我沉思了很久,在想成为自己国度里的英雄的同时是不是已经在一步步变成恶龙。屈服于欲望,向诱惑低头,即使英雄也会变成恶龙。请时刻铭记自己出发时的目的,不要变成恶龙。

未进入河科大之前的我,怀着满腔的梦想,有的现在还在坚持着,有的已经放弃了。但是回首在科大两年的自己,都是一步步向上走的。

对科大的态度从最开始的"阿,怎么这么荒凉啊!"到现在"我们学校基础设施师资力量都超赞的。"自己也说不上原因。这两年,科大在不断的变得越来越好,我也在科大里不断变化。有一句大家都不愿意承认却需要认可的话:人都是会变的。尽管都认可,但大多数人都有喜欢指责别人变化的毛病,好像这是对自己感情的一种变化。我们不可以一成不变,那样永远得不到进步,理想中的变化就是由一颗被庇护的小草变成一棵参天大树,风风雨雨的经历自然是少不了的,但这应该就是理想中的成长了吧。

叠罗汉时,你最喜欢哪一个位置?最上面的可能会摔得很惨,最下面的会被压的很痛,中间的又似乎不够刺激,所以人们总是在后悔自己的选择。我也总在后悔自己的选择,想如果当初……现在会是怎么样呢?在大学里,每天都要面对不同的选择,再也不像以前一样走着老师家长为我安排好的道路了。有了渴望已久的自主权,反而胆怯了。一次次失败,一次次摔跟头之后,开始缩手缩脚,失去了最初对生活对未来的那份热情。我做过不少错的选择,也为此付出过很多代价,但也从失败中学到很多经验。生活、学习、工作,这三者的主次关系大概是环绕我们的一个永恒的话题。大一入校面试学生会的时候,我给这三者排序是:工作重于生活重于学习。理由是我学了十二年学够了,要好好锻炼自己的能力了。但是却在之后的工作中发现我是不断在学习的,不管是工作还是生活还是玩耍,都在学习。科大教会我,学习不仅仅是课堂学习,那对于广泛意义上的学习来说只是九牛一毛。大二的时候担任部长,我在心里给这三者又排了一次序:学习重于工作重于生活。理由是学习是学生的首要任务,不管何时都不能落下,工作能力也要不断锻炼。但是却在这一年的学习和工作里,逐渐感觉到我已经不再乐意熬夜写着策划或是满心工作打乱作息。通过这一年的学习和工作,我突然明白学会生活,过好生活才是学习和工作的首要前提。生活最重要,不管学习还是工作都要做的尽职做的精彩。我想以后我心中的排序会变成:生活重于学习重于工作。这个排序并不代表我要去享乐要去自我颓废,生活并不等于这些。生活要朴素有致,但是梦想却要遥遥可望。只有在过好生活,处理好自己各方面的基础之上才能更好地学习,更好地工作。

大家耳熟能详而且爱挂着嘴上说的一句"被窝是青春的坟墓"是七堇年的

名句,但是却很少有人知道七堇年还说过"要拥有最朴素的生活和最遥远的梦想,即使天寒地冻,路遥马荒。"

　　在科大,保持自我本色,追求所想所要。过最朴素的生活,却拥有最遥远的梦想,实现自己的价值。这,就是我的科大梦。

寻找青春正能量

孙俊伟,男,中共党员,农学院生物技术专业 114 班,河南省周口市人;任学院学生会主席,班级班长兼团支书等职务;曾荣获河南省"优秀学生干部"、校级"模范团干"、"优秀学生干部"等荣誉称号。

"每一次,都在徘徊孤单中坚强,每一次,就算很受伤,也不闪泪光,我知道,我一直有双隐形的翅膀,带我飞,飞过绝望……"每一次听到这首歌,我都会感慨万千,我确实拥有一双隐形的翅膀,它带我追逐着,前进着,一点点地改变着我。

曾几何时,我们是如此的向往可以像雄鹰一样翱翔于天际之间,然而,却忽略了自己身上那一双隐形的翅膀——梦想。现在我们懂得,每个人都是一朵花,只有在朝圣过阳光雨露后才能绽放;每个人都是一把六弦琴,只有在经历过双手磨炼成茧的痛苦后才能演奏出华丽的乐章;每个人都是一滴水,只有在经历过无数次的峰回路转后才能汇聚于大海。同样,每个人都是自己心中的雄鹰,或者是有一只雄鹰住在自己的心中,赐予你那双无形的翅膀,激励你拼搏,进取,给你在生活这片广阔天空飞翔的勇气。

从走入科大校园的那天起,一直走到大三的现在,自己无时无刻不在编织着自己的大学梦。以自己的思维方式,编织着一个又一个抑或美丽的不切实际,抑或华丽的放荡不羁的梦。

梦想其实很简单,我刚刚走进大学期间的梦想就是当一名班长。转眼间,我已经当 3 年班长了,作为一名班长,我竭尽自己的全力,认真组织同学在学习、工作、生活上相互帮助,共同进步,坚信全心全意地为他们着想,就一定会有收获,所以学校的任何荣誉我们班级都先后获得过,同学之间和谐友好,团结一心,创造了一个又一个辉煌。

后来,我又有了新的梦——学生会的梦。进入大一下学期,我就确立自己的目标,一定要进入学生会,锻炼自己的能力,为更多的人服务。经过三轮的竞选,我顺利进入了这个优秀的组织。从以前的小小委员到现在的主席,一路走来我付出了大量的时间、精力,得到的是更加宝贵的友谊、经验、能力。在这里,我更加懂得如何做人做事,如何更加高效地完成自己的任务,如何和成员处理好合作和竞争的关系,如何提高自己的能力,使自己低调的做人,高调的做事。

再到后来,进入大二,我把主要的精力转移到学习上,努力学习专业知识、通过英语四级考试。在这一年里,我学会了如何处理学习、工作、生活的关系。自己的学习,班级的工作,学生会的工作,自己和寝室人的相处,这些都需要我去权衡,从最开始的手忙脚乱,到现在处理这些事情游刃有余,一步一步地向自己最初的梦想靠近。

现在的我已经处在大三的末端,临近大四了,我同样拥有自己的梦想——考研。积极地准备,详尽的复习计划,面对未来的大四,我仍然会用饱满的热情,积极的态度去面对,做好全面复习,积极备考,争取考上自己理想的重点大学。坚信自己有这个能力和实力会完成自己大学期间的最后一个梦想。

当然,上帝赐予了我们梦想的权利,却不是眷顾着每一位梦想者。我们拥有这双翅膀,让它从隐形到有形的转变,是要以汗与累的代价。梦想是人生的羽翼,通向幸福的道路不止一条,而降低飞翔的高度,绝不是拒绝蓝天的邀请,而是为了更好地与白云拥抱,与成功握手。梦想的根源在于能否有良好的心理素质,能否承受得住压力,能否学会找到自己适合的一条路去实现梦想。因此,梦想的过程,也就转变成了一个思考的过程。我还在努力着、思考着,用汗水和智慧浇灌着我的梦之花。

叶出叶落,流年似水,当年青涩的少年如今已在象牙塔里走出了生命里与众不同的印记。长长的时空隧道,我从一个懵懵懂懂的孩子,渐渐地变得成熟,自从在人生的起点出发,一直在路上行走,遇见过不同的风、触摸过万千的黑夜,但是,心中的梦想一直像早晨的启明星,在路上为我指引方向!

寻梦,传递我们的青春正能量!

梦起梦圆的地方

李希,女,共青团员,林学院植物保护专业 1203 班,河南省新乡市人;任学院团委副书记,班级心理委员等职务;曾荣获校级"优秀团员"、"模范团干"等荣誉称号。

苏格拉底:世界上最快乐的事,莫过于为梦想而奋斗。

当鸦片战争击破"天朝上国"迷梦,当西方文明剧烈冲击"天不变,道亦不变"的心理,当中华民族面临"千年未有之变局"、面对"千年未有之强敌",中华儿女就有一个梦想,一个民族复兴的梦想。1840 年至今,174 年来,无数中华儿女就执着于这个梦,为民族复兴上下求索。而今,在实现这个梦想的新的历史征程上,习总书记深情阐述"中国梦",他引用了三句诗"雄关漫道真如铁"、"人间正道是沧桑"、"长风破浪会有时",将中华民族的昨天、今天和明天,熔铸于百余年中国沧桑巨变的历史图景,展现于几代人为民族复兴奋斗的艰辛历程,令人感慨、催人奋进。

那年,姚明在退役发布会上感言:"感谢这个伟大进步的时代,使我有机会去实现自己的梦想和价值。"今天,我们每个人未必像姚明那样尽情绽放了梦想,但我们都有自己的梦,也都或多或少地实现着自己的梦想。也许,执着于自己的梦想久了,我们可能忘了梦想生长的土壤。也许,有的人认为,自己梦想的实现,得益于自己的奋斗,这个时代,我们国家并没有直接为自己做过什么。

然而,百余年前的中国人不敢有梦,百余年后的中国人都有自己的梦,其间的差别就在于"中国梦"。当"中国梦"没有绽放,大学梦和个人的梦又如何开花?从根本上说,我们每个人梦想生长的土壤,都深深植根于"中国梦"。我们每个人梦想的成长,都有"中国梦"的成长相伴。有了"中国梦"的茁壮成长,我们才有了做自己的梦的自由。

梦想伴随每个人的一生,并随人的不同阶段而变化。小学时我梦想着长大了要当一名科学家,没人阻止我天真的想法;初中时就一心想着考上重点高中;当如愿到了重点高中,我开始励志要上"985"、"211"。但是,梦想与现实总是有着差距,我来到了河南科技大学,但这不会是我梦想的终止,反而是我新的梦想的开始。我发誓我要让我的大学生活是充实的,实现大学梦,我的梦。

当我背着行囊来到河南科技大学的时候,我就有一个梦想,我梦想我能有一个展示自己的舞台、我梦想我能学有所成、我梦想我有一天能报效祖国、我梦想我有一天能成为父母的骄傲……然后,我竞选加入学生会,加入这个号称步入社会前必经的小社会中接受磨炼与洗礼;竞选班委,希望在小集体中奉献自己的力量;参加各种比赛,希望在不同的舞台展现不一样的自己……

中国梦的本质是实现国家富强、民族复兴、人民幸福和社会和谐。我们每个人的大学梦又何尝不是中国梦的一部分呢?我们是接受高等教育的大学生,我们的未来和国家的未来息息相关。有的大学生迷失自我,无所事事,那是因为他们的大学梦早已不再。然而看看身边的另外一些人吧。我们以为自己周末9点好不容易起床已经很不容易了,可是有的人8点就已经起床去图书馆开始学习了;我们以为自己每天背了10个单词已经很不错了,有的人则每天背了20个;我们以为只要大学考试不挂科就好了,反正能拿到毕业证,可是有的人会为了以后毕业好找工作而努力使自己的学分绩点在很高的位置。有些人以为自己足够努力了,却不知道比你更努力地大有人在。很喜欢一句话"我必须很努力,才能看起来毫不费力"。大学里我们应该保持进取心,不要让过于轻松的氛围吞食了我们,四年的光阴不能虚度,要好好把握。因此,我每天都在努力着,努力地为了自己的大学梦、科大梦的实现而不断拼搏。

当我步入大二的时候,我的梦想发生了改变,我梦想可以成功举办每一次的活动,让更多的人满意,让更多的人得到锻炼;我梦想可以学好所有的专业知识,方便我将来服务社会,服务人民;我梦想着可以成为一个优秀且与众不同的人。我开始给自己施加压力，因为没有压力的井不出油，有压力才有动力，才会更好地督促我成为一个优秀的人。我开始忙碌奔波于各个组织，各个会议，各个办公室，即使路途中很辛苦，但距离梦想成真那天越来越近，就觉得一切的付出都是有回报的。

现在，我马上就步入大三，我的大学也已经过半，我的科大梦还在进行中。我知道我有很多的不足和缺点，在追梦的路途上，是一个修正自我的过程，会感到艰辛，但也充满幸福，因为追梦的人是满足的、充实的、快乐的。作为河南科技大学的一名大学生，我们必须传承科大的校训：明德博学，日新笃行。

中国的未来命运掌握在年轻人手中，少年强则中国强。如今的时代，是一个科技化信息化的时代，我们作为当代年轻人，就必须按照科教兴国和人才强国战略决策，传承和发扬老一辈革命家自强不息艰苦奋斗的精神，努力学习科学文化知识，博学多才，精益求精，为中国梦的实现尽自己的一分力量。

梦想的起点

刘银威,男,共青团员,体育学院体育教育专业 123 班,河南省项城市人;曾荣获"国家励志奖学金"。

大学在我心中的印象由模糊到清晰,曾经无限的幻想与憧憬,好像大学就是自己多年来奋斗目标的终极。然而终于步入了大学的校园,却发现自己竟然无所适从。未来的路还有很长很长,还要继续走下去,可往哪里走,怎么走一直纠缠着自己,不知道是否能够重新启程,把脚下当作起点,是否还有从零做起的心态?带着疑问,如此中规中矩的过完了自己的大一生活,虽然综合成绩在年级稍微靠前,但那种不充实的感觉还是那么强烈,不愿如此!

一次随手翻开自己的摘抄本,一句话让我惊醒,"年岁有加,并非垂老,理想丢弃,方堕暮年;岁月悠悠,衰微只及肌肤,热诚抛却,颓唐必至灵魂"一句激励中青年的话闪亮地刺到了我的双眼,我的大学不应如此碌碌无为。我有自己的理想,我要成为一名智慧的钢铁军人,很传统的"文武双全"。从小就尚武爱动,高二时先斩后奏报了体育生,只为把身体练得棒棒的,然后走进军营,做一个铮铮男儿汉,撑起贫困的家庭,回报社会。如今身处大学,一个很好锻炼自己的平台,不愿匆匆无为路过,希望能够顺利完成自己的学业,把自己的专项提升到一个崭新的高度,练出强壮的身体,坚强的意志品质。

我一直认为经历就是财富,所以总希望去独自去感受去磨炼,经历会让自己离梦想更近。大一暑假的打工之行让我获益匪浅。一个人跑去上海打工,通过中介在物流做搬运工,主要卸水、饮料、啤酒、大豆油等一些货物。当时上海天天都是高温橙色预警,我们一行搬运工就这样顶着太阳一件一件卸,晚上天太热就睡在公共宿舍楼顶,吃饭更是毫无油水。每天都有人被介绍过去,每天都有人离开。一行的人身份各种各样,有做过网站编辑的,有当过教师的,有还在上学的等等,年龄也从十六七岁到四五十岁不等,都有各自的故事,不同的心酸。自己就一直坚持着,我的两个搭档给了我很大的力量,一个是四十多岁还每天坚持健身的安徽大哥,一个是三十出头看起来像同龄的同专业河南老乡,他们骨子里的那股韧劲,那种逆境中的坚守。他让我看到了什么是责任,什么是追求。他们有各自的梦想,简单但不凡!虽然目前落魄,为了生活出着苦力,但相信有梦想谁都能精彩,未来的他们一定能实现各自的梦想,达到人生的高峰。

青春不应是堕落的资本,而应是追梦的筹码。回到学校的自己仿佛成长了不少,大学是一个人意志品行的形成阶段,也是人生辉煌前的铺垫,再不疯狂我们就老了。我开始变得愈发珍惜时间,珍惜大好的青春,每天坚持运动健身,认真练习自己的专项;每天蹦蹦跳跳,真真切切地充实,实实在在累并快乐着。静下来去图书馆看看书,练练钢笔字,偶尔灵感来了就写下两句诗,感觉每天都在进步,都在向自己的目标一步步前进。

如此,朝着梦想,一步一步,简单而充实,这才是自己想要的大学生活。

因为梦想而相逢

裴玉新,男,中共党员,医学院临床医学专业1107班,河南省三门峡市人;任学院学生会副主席兼年级长一职;曾获校"优秀学生干部"、"模范团干"、"优秀青年志愿者"等荣誉称号。

时光荏苒,接受着高等教育的洗礼,我已悄然度过了大学生活的一半。在科大生活的日子里,感受着这所大学浓厚的古韵气息,却也不失当代社会蓬勃的朝气。怀揣着一个成为祖国需要的高科技人才的梦想,我毅然选择了科大;怀揣着成为一名救死扶伤、甘于奉献的白衣天使的梦想,我毅然选择了临床医学这个专业。如今,作为一名光荣的科大学子,我大步向前走向我的未来!

马丁·路德·金在美利坚众人瞩目下呼喊:"我有一个梦想",唤出了黑人开天辟地的历史地位,为千万人民赢得了人权。中共中央总书记习近平在参观"复兴之路"展览时,提出了实现中华民族伟大复兴的中国梦,为实现这个梦想,全国人民任重而道远。身处于河南科技大学这所历史悠久的大学,厚重的文化底蕴熏陶着我,和谐的大学气氛影响着我。在这里,我怀揣我的梦想,在这所曾经与我丝毫没有关系的大学找到了我未来的生活点,这也许就是我的科大梦,或者说就是河南科技大学赋予我的梦想。

河南科技大学,一所处于牡丹之都洛阳的综合性大学,已为社会输送了20多万人才,为经济社会发展做出了突出贡献。也正是因为这所学校的种种优势,让我在这里更加感受到了未来生活的种种美好。虽然现在我只是一名大三的临床学生,也可以说是没有过多的学习和实践经验,但是我明白自己需要什么,在这里科大可以赋予我什么。一个人只要有了属于自己的目标,就可以坚定信念地朝着目标前进。在这里,每一个科大的学子,都在汲取着这所学校的文化底蕴,他们在感受着古都洛阳的民风乡俗,无论是来自于生活,还是来自于学习,我们从这里获取的都是财富,一种金山银山都不换的精神财富。

我的科大梦,不如更加直接的说是,我们每一个学生的未来就业之梦。现在来说,每个家庭基本都是一个孩子,上大学,在绝大多数父母的心中,还是认为是非常重要的,要读就读有保障的学校,学适合自己的专业,使我们更好地就业,实际问题只有实际对待,才会看到我们目标的正确性。在大学,我们接受着教师们传授的知识。就我个人来说,我是一名临床医学的学生,对于医生来说,医学知识是基础,实践操作能力是关键,没有雄厚的知识作为后盾,一切实践都成为空谈。在科大,为我们传授知识的老师,都是拥有多年医学经验和讲授经验的资深老师,他们用更加具体的教学案例为我们解读医学的奥秘。我喜欢我的这个专业,我热爱我现在的这种生活,所以我感觉科大赋予我太多的意想不到,让我对我的未来充满憧憬,我相信我们每个科大的学子,都可以在若干年后拥有好的事业,这定是我们来到科大共同的梦!

我需要的是让自己在以后可以更好地去从事我这份职业的能力,科大为我们提供标本,让我们真实地去了解生理病态;为我们提供实习医院,让我们熟知自己将来所从事的行业。我在今年参加了学校组织的科大附属医院实习工作,我虽然只是作为医生助理,却深切感受到了作为一名医生所需要的种种硬件知识、工作能力及严谨的工作态度。知识需要去积累,能力需要去培养。在科大,我学会了很多。我相信,在未来的明天,我会努力追求我的梦想。

"十年磨一剑,双刃未曾试"。在将来,我们还有更多未知需要去面对,科大是我们知识的源泉,虽然我们只是一个汲取者,却无形中担任着科大的未来。我们未来的成功,是科大最有力的象征。每一批从这里走出去的科大学子,虽然走向了不同的地方,就职于不同的岗位,付出着不一样的贡献,却都是科大的种子。这些种子担负着科大每一届的希望,是我们母校的梦想,也是中国的梦想。

未来需要自己打拼,成功需要无数的努力和付出,我们要相信自己,科大梦,中国梦,同一片天空,承载我们共同的梦想!

朝着梦想前行

孙丽,女,共青团员,人文学院汉语国际教育专业132班,河南省南阳市人;任人文学院学生会记者团成员。

2013年9月5日,拖着装满各种梦想的行李来到洛阳,开始了我与河南科技大学的初次邂逅。未来四年,这里将承载我成长的记叙,速写我在象牙塔中的光荣与梦想。

学至高等学府,梦想几经更迭。最初的原点早已被新的追求所覆盖,层层叠叠,尘封殆尽,由最初的教书育人到成为某个领域的专家,各种有趣的想法推动我在人生的路上奔波游走,而高考赋予我一种选择梦想的可能。

2013年11月18日,是我的18岁生日,我首次以成年人的姿态面对大学生活,彼时,我的大学已过去三个月。于是,我重新审视自己,读书为了什么?读书不仅是完成大学必修课,更是在拓宽学识广度的同时,寻求一段有意义的生命。作为当代学子,在不断延展的视野中,我发现这个世界并非完美,或许这个社会并不总是沿着公平正义的道路前行,或许跌倒的老人依旧无人去扶,或许将来的求职路充满荆棘坎坷,或许只是这个世界缺乏沟通与交流。我选择的是汉语国际教育专业,它的目的是向世界传播中国优秀传统文化,让外籍人士学习汉语,了解中国,是一座沟通中国与世界的桥梁。同样,在中原崛起的伟大战略中,河南与世界的联通,不仅推动中原经济区的建设,同样也是文化的交融,文明的交汇,沟通与对话依然是解决此类问题的良策。或许我不能从事跟这个专业有关的工作,或许我无法将我所学发挥到淋漓尽致,或许这个世界不能发生大的改变，但我依然坚信，只要努力，生命自会升华，使我们的社会因我的努力而发生点滴改变，更是对我曾经作为河南科技大学学子的无悔表白。

　　现在，我学习的专业课基本上以中国的文学、文化、语言为主。通过系统全面地学习，我对它有了更深入的了解，愈发感受到它独特的魅力和其中深刻的意蕴。它真的太美，太深邃。秦汉的磅礴，魏晋的风流，隋唐的壮美，宋元的精致，明清的谨慎，现代的自由，当代的多元。无论哪个时代，总有自己独特的风格，同时又不动声色地将中国的传统文化包含其中，流传至今，千百年来生生不息。中国就是以它现代化中贯通古今，传统中与时俱进的文化精神吸引了众多外国友人，也让我们为它叹服。我越来越喜欢我所选择的这个专业，也越来越感觉到责任重大。看清了前路，看清了方向。

　　到现在，我终于明白，当对未来迷茫的时候，不如试着去思考当下自己可以做的事。人们推崇梦想、追逐梦想，可最终有些人一辈子也没达成梦想，也有人没有梦想，浑浑噩噩。成年人的责任与使命使我摸索着找到了出口，这个世界势必与我的命运息息相关，我的思考开始渐渐有了结果，于是我摆脱迷惘，解开迷惑，怀揣着希望进入新的思维领域，虽然依旧看不清前路，但本能的朝着前方的光亮走去。

　　人生只有一次，要脚踏实地，不做虚妄的梦想，那样只会伤心受罪，没有答案的热情最后只得到心痛。人生只有一次，没有了梦想会不知道如何把选择的路走完，选我想要达到的目标，而不是唾手可得的东西。

书写科大梦想

王飞,男,共青团员,信息工程学院电子信息工程专业1203班,江西九江人;任校青年志愿者协会外务部部长;曾获2012-2013年度"先进个人"和"优秀学生干部"、2013-2014年度"模范团干部"等荣誉称号。

人生需要有梦想才能活出味儿来,活出范儿来。人生中我们会经历很多的不同时期,通常情况下不同时期会有不同梦想,例如,高中的梦想就是考上一所好大学。还有因人而异,不同人的梦想也是不同的。然而人各有志,无论什么时期,能做到心之所想,行之所动就行。所以美好的大学四年,也必定会有梦想随行。2012年,我来到了河科大,在度过短暂的大学迷茫期后,我也随后有了清晰的大学梦想。"学好知识,拓展能力,培养兴趣",我将在科大,书写属于我自己的梦想篇章。

学好知识。知识这一名词很大,但在我的梦想规划中,它仅指一小部分,知识等同于专业知识。大学归根结底它还是学校,我们也还是学生,做好学生的最基本的一点就是学好知识。我在科大就读的是电子信息工程专业,我想说的是我的专业蛮难学的。今后如果想在专业方面有所成就的话,数学和英语的学习是尤为重要的,所以我也是一直努力奋发,知难而上。如今社会,竞争压力太大,如何在这社会上立足,有所作为,我想唯有拥有一技之长,专业知识也许就是我们在社会上的立足之本吧!

拓展能力。人们不是常说么,光会读书是没有太大用的,你需要有全方位的能力。大学,一个聚集了和你几乎同一高度的小伙伴,你想脱颖而出,你就需要在某方面有所作为,有所长。如今我大二了,我的大学两年是一直与河南科技大学青年志愿者协会相伴的。我从大一担任委员到现在的外务部部长,我付出了很大,但无疑也收获不少。两年来,我的人际交往能力,某种程度上的管理能力都得到了很大的提高,在此我由衷地感谢河南科技大学青年志愿者协会给了我这一平台。我有个观点,想有所出息,首先你必须得学会做人,即使你能力很强。所以人际交往能力的提高无疑是很重要的。提高能力在大学也是一门必修课。

培养兴趣。一个人,如果他没有一两个自己的兴趣,我想他这一生也就白忙活了。迎合内心,做某件事能使你感到无比快乐,这也就是兴趣之所在吧。我立志要做一个有素养、有文化、有修养的现代大学生。我的大学我将会与阅读、旅游、篮球相伴。阅读,作为工科生的我在提高自己的文化修养方面太有必要了,所以图书馆就成了我的大学中很重要的活动地点之一。阅读文学、历史、地理……我在阅读中找到了快乐,在我的努力坚持下,我已经成功蜕变成了喜欢阅读的人了。旅游,我们拥有青春就拥有激情与活力,节假日能来一次旅游是太好不过了。有段时间由于想去旅游困于没人陪伴后放弃了,但我的这种观念自从上次一个人爬华山回来后已然改变。我发现了一个人的旅途同样是快乐的。你可以跟从你的喜好看你想看的,玩你想玩的,可谓无穷乐趣。篮球一直是我的热爱。女生不是常说打篮球的男生最帅。然而我喜爱篮球是为什么呢?我想理由很简单,因为兴趣所使。课余时间、阳光微微去球场打一场篮球多好,不仅能锻炼身体,还能释放压力、情绪。

人生,烟火,一念之间。岁月如梭,人生短暂,然而我们正值青春,人生之中最美好的时期,它无疑赋予了你我以朝气、活力。我们现在处于大学中,美好的大学时光我们正在享受,梦想也不曾离开我们,我们是多么的幸福,就好像正是乘着风驶向梦想的彼岸。"学好知识,拓展能力,培养兴趣",我在科大,书写梦想篇章。我相信我的努力与坚持会使我成为一个合格的科大学子,因为我有梦想所以我会更加焕发光彩。

梦在飞　我在追

王贺威,男,共青团员,艺术与设计学院包装工程专业112班,河南省驻马店市西平县人;任艺术与设计学院学生会主席、11级团总支书记等职务;获得省级"优秀干部"、校"优秀团干"、"三好学生"等荣誉称号。

梦想就像天空中的蝴蝶,一直在飞呀飞,而我们则是一直追呀追,追上一只还会跑着追更远的一只。

在进入大学前,我就有一个小小的梦想,那就是做一个大学的班长,然后带着我们一个班,大家共同努力奋斗,取得一些荣誉,建立深厚的友谊,让大家毕业之后都记得我这个班长。于是我在一入学就开始为自己的梦想去努力。我在入学以后就开始主动接触代班长,积极为班级的每位同学开始服务,通过服务中认识班里的每一个人,和大家建立友谊。在一个月的生活中我逐渐被大家所认识,他们也习惯了班里面的事由我去处理。竞选班长那肯定是手到擒来的事情。但不幸的事情还是发生了,我被学院老师任命为年级团总支书记一职,梦想就这么破灭。

生活总是在关闭一扇门的时候给你打开另外一扇窗,这时候我又开始去追另一个梦想,那就是在我大三的时候竞选上院学生会主席一职,有一天我也要站在讲台上面对全院的领导老师去讲话。光有梦想不行,重要的是怎么去追逐自己的梦想。在大一期间我就开始利用自己的职务之便和学生会的各个部门打交道,知道各个部门的运作。同时把自己的年级团总支书记的工作做好,积极配合老师的工作。在大二期间我成功地加入了学生会,担任办公室副主任一职,由于大一对学生会的各个部门运作都了解,所以今年便跟着学长学姐们处理一些事情,自己成功组织一些活动,例如策划组织艺术与设计学院设计基础作品展等活动。通过大二的锻炼让我更加了解学生会,同时也提高了自己处理事情的能力,让自己更加成熟。自己同时兼任年级干部,老师也会教我一些处理事情的方法,比如教我怎么处理好学生干部与同学的关系,教我怎么建立在学生中的威信,怎么让大家佩服你等等好多事情。在大三刚开学,自己终于选上学生会主席一职。当我有机会站在讲台上面对着学院的领导、老师讲话,心里是多么的喜悦,让自己感觉到多么的自信。

一个蝴蝶虽然追到了,但是我自己又开始迷茫了,不知道自己该做什么,在迷茫中自己发现了一个很漂亮的蝴蝶——考公务员。虽然一个梦想实现了,但是一个飞的更高的梦想还一直在飞。于是我就要开始我接下来地奋斗了。公务员也许在中国是最热门的就业门路之一,但是职位很有限,可以用"压力山大"来表示我的心情。但是我不灰心,我相信我有这个能力。但是成功往往需要更多的汗水,更注重过程。于是,我便开始我的准备阶段。首先,我咨询了以前的学长学姐关于考公务员的信息,了解我们专业可以报考的岗位,考试大概考什么内容,重点学什么。然后,我自己买了一套题,里面有申论和行测还有一套往年的试题。复习阶段是枯燥无味的,但是也是自己必须经历的,我开始利用早起的时间开始复习,每天坚持看几章申论再看几章行测,每两周抽点时间做套模拟题,让自己慢慢提高。同时,我每天都关注国家的重要新闻,了解国家的新政策,利用课余时间多看看国家最近几年的大事,自己结合实际分析一下。时间一天一天地过着,我时刻不停地往前跑着,跑着……

我的梦是微小的,微不足道的,但是中国有 13 亿人,就有 13 亿个梦想,让它们汇集到一起就是一个伟大的中华民族的梦想,是让中国国富民强的梦想。现在让我们去实现我们自己微小的梦想而推动整个中国梦的实现,让我们为我们的民族、国家的梦想而努力奋斗吧!

男护士的成长梦

王凯华,男,共青团员,护理学院护理学专业1103班,陕西省延安市人;荣获校级"模范团干"荣誉称号。

初秋的季节,我来到历史名城——洛阳上大学,一切都是陌生的,一切也都充满着好奇和憧憬。爸爸把我送到学校,等我报到完就回去了,我却没有感到自己真正离开父母的那种难过,或许这是男生特有的吧。之后的五年我的人生是远离家乡的大学生活,我也踏上了护理这一梦想的道路。

在学姐的带领和指导下,我们熟悉了学校环境并认识了许多同学。最初的寝室有我们专业和药学,我们专业只有十个男生,这可能和我们的专业性质有关吧,也因此招来了许多人的异样的眼光和看法。我并没有在乎,可是内心有了一个想转专业的想法,就给爸妈说了,家里也为我这事忙了一段,事情失败告终的同时,我的室友告诉一个让我从此坚定的理由——护理毕业就能找到一份好的工作,可临床你要付出至少八年也不一定能找到。在思考了许久,并多方面地了解护士这一职业,发现了它那种超越自我,责任心,爱心,耐心的精神,让我下定决心,我要成为一名像南丁格尔一样的提灯男神。

虽不是我最初的梦想,但这是在大学以后要为之而努力奋斗的梦想——护士。护士这个神圣的职业,我既然选择并决定从事,我就要立志做一名合格的救死扶伤的"白衣天使"。在三百六十行中,为什么只有护士成为白衣天使呢?那是因为我们超越了自己,我们痛苦着病人的痛苦,更快乐着病人的快乐。无论男女,只要选择了护理工作,就带着病人的呼唤。

时间的流逝,大学的生活。我已度过了3个年头,我坚持这梦想并为此不断努力。逝去的时间里,我了解了国内外的护理行业和考研等一些信息,护理是一个急缺的行业,而男护更是少,我们发展的道路十分宽广。

三年来,我们从临床基础课到护理基础课,不断地提高自己的理论知识。在理论的基础上,我们进行着实践,从基础的护理操作,到一些简单的临床操作,我们认真对待,强化自己的动手能力,为以后我们在医院的实习和工作打下良好的基础。

护士是一个要求非常高的行业,因为他们面对的是生命,不是随便的一个事物。每天与各种病人接触,最能体会病人肉体与心灵上的痛苦,更应该以无限的爱心关爱患者,要永远将患者的健康放在第一位。护理人员只有对患者真心关爱,并且具备熟练的业务技术,才能得到病人的信赖。

护理工作包括"促进人类健康、预防疾病发生、促进疾病的恢复、减轻病患的痛苦"。一个社会的发展与民众健康水平的提高有着不可分割的密切关系,护理人员还肩负着增强民众健康意识的重任,要不断推广健康教育,提高民众的健康意识和保健知识。

在新世纪,我们护理学生和护士人员要努力提高业务水平,除了具备自己专业领域的知识外,还要跟上时代的步伐,不断完善自身素质,配合医疗科技的发展,开展护理服务工作。我们应适应社会的发展全方位提高专业水平,完善护理管理,不断增强突发事件应急能力,处理好医患关系。同时,要不断提高护士的社会地位,呼吁全社会广大民众尊重护士,尊重护士的劳动成果。

我想说,我既然选择了这一光荣而神圣的职业,我愿意去做一名男白衣天使。我们河南科技大学培养出来的男护士,一定能把护理工作做到极致。我甘心情愿做一名男护士,矢志不渝。

不了科大情

文增辉,男,预备党员,车辆与交通工程学院热能与动力工程热发专业112班;河南省西平县人;任学院学生会主席;荣获校"优秀团员"荣誉称号。

酷夏的六月,也是将离别的季节。看着学长学姐们游走在校园里的每一个角落,忙碌地拍着毕业照,是在留恋,留恋这个校园的每一个足迹;又似在寻找,寻找自己这四年里发生的故事。不知道他们会以什么样的心情告别自己的这段青春,是感慨?是留恋?还是急不可耐?每个人都不会一样,最后的滋味,想必是用大学的整个时光写下的五味陈杂。不可否认,每个人都有自己的理想,只是不知即将离别的学长们用什么符号给初入大学校门时的满怀憧憬画上结尾。

大学里的时间就那么多,你用来睡觉了就少了学习,你用来做事了就少了睡觉,你用来恋爱了就少了做事。生活的节奏全由自己来调控,可快亦可慢。有的人喜欢多姿多彩的生活,紧凑的节奏,不同的尝试,只是为了体验不一样的感觉;有的人就是喜欢学习,朝五晚九的静坐在图书馆、自习室;有的人散漫慵懒地漫步在校园里;有的人终日乾乾,始终奋斗在最前线;有的人浑浑噩噩,每天不知方向地彷徨在电脑跟前……总之,每个人都有自己的梦想,自己的生活方式。而我近三年的大学生活同样围绕着一个中心在转圈——不留遗憾!

我的心中,大学是一个开放的平台,我的梦想就是通过它锻炼自己,提高自己,升华自己。以期走出大学校门后,在这竞争日益激烈、现实愈发残酷的社会中能够证明自己。所以我从新生报到入学后就参加了学院学生会的招新,并顺利完成了大学里的第一个梦想。没有去想过在这个新的团队中如何脱颖而出,只是尽心地做着自己该做的事——作为大一新人,学长带着懵懂的我们从头开始。

自从来到车动学院,我始终是骄傲的,因为我是车动学院的一分子,集体的荣誉感存在于我们每个人的心底。然而大多心态或态度的转变都是在遭遇过惨痛教训后发生的,在学校第九届运动会中,车动学院以9分之差与冠军失之交臂,也失去了五连冠的辉煌。我能想象得到学长们是如何抱头痛哭,但仍无法体会学长们当时的心情。或许是我的理解浅显,但是作为学生,我所能做的就是积极参加学校、学院举办的各种活动。从最初的参与到后来的组织筹备,这中间有很多故事,很多汗水,但都离不开"脚踏实地"这四个字。角色的转变,是消逝的流年换回的成长。我不敢说我做得不错,但我敢大声地对所有人说,我是尽我最大的努力去做到最好,我问心无愧!

学生会的工作让我体会到了充实的生活节奏,在这片园地我有耕耘也有收获。虽然大学生活有五光十色的绚丽,但在这青春的最后一站,我又怎敢让自己留有遗憾?所以在平时我仍是活跃的一分子,做着自己想做的事,恋着自己喜欢的人。如果说还有什么没有实现,那也并不算没有实现,因为我把它们放到了大四——那个期待却又不期望它到来的季节。

铁打的营盘流水的兵,六十多年来,科大早已是桃李满天下。明年此时,就是我们即将离别的季节。四年的时光匆匆而逝,带走了我们的青春年华,带不走的却是一份留恋、一份怀念永存心间。而科大,是散落天涯的学子们共同眷恋的故乡。我期待若干年后,河南科技大学因她的儿女骄傲,她的儿女们因她而自豪!

不求完美　但求精彩

　　谢雨,女,预备党员,管理学院工商管理111班,江苏徐州人;任校学生会主席兼管理学院学生会主席;荣获省"三好学生"、洛阳牡丹文化节"优秀志愿者"、校优秀学生干部、优秀团干等荣誉称号,获得校三等奖学金。

　　说实话,河科大远不是我的梦想,她与梦想中的985、211似乎隔着一片看不到边际的海。也曾想过复读,再拼搏一年吧,也许会离梦想更近一点。长辈们劝导,名校毕业生并不一定比我们强,在哪里都可以实现自己的价值,将来还可以通过努力考上一所理想大学的研究生。的确,任何人的优秀都是通过后天的努力获得的,只要你付出了努力,无论在哪里都可以成为优秀的人。有句话说得好,平庸的人是相似的,不平庸的人各有各的辉煌。我怀揣着不平庸的梦想来到科大,告诉自己要把自己的大学生活过得精彩。

　　大学给我最大的感觉就是有更多的时间和空间,我们不必因为喜欢看课外书但怕被老师发现而东躲西藏。在大学里有你可以去参加和体验各种各样的活动,从这些事情中我们也能学到许多课本里并没有的知识,学到许多经验或是教训,学到大学的丰富多彩。正因为有了这么多自己可以支配的时间和空间,就更需要规划好我们得课外时间。

　　大一的时候,我加入了管理学院学生会和河科大校记者团摄影组。当看到自己的运动会摄影作品和征文刊登在校报上的时候,那种喜悦和兴奋是发自内心最深处的,那些烈日下追逐着运动员奔跑的汗水,那些在夜深人静时修改稿子的键盘,让我明白努力真的会有回报! 同样,学生会文艺部也是我喜欢的工作,从学长学姐那里学习到了很多经验,不论是工作、学习还是生活,从最开始帮助他们整理资料、听从他们的安排进行工作,到自己可以完成一个活动的策划,再到可以上台主持一台晚会等等,让我明白,做什么都要一步一个脚印,你想要的会在前方等着你。

我看到梦的方向渐渐清晰,生活也充实起来。每天迎着夺目的晨晖,开始井然有序、内容充实的一天。天真烂漫的我也开始描绘自己的人生,把所有的梦想都当作一种信仰,铭刻在大学的每一个角落。我的大学,每时每刻都有梦,每分每秒都在努力。我想把隽永的人生信条植于大学,找到自己的发光点,点缀我的大学我的梦。

大二,很庆幸自己没有和很多人一样因为累而放弃留在学生会,也许是因为发自内心对这份工作感兴趣,既然决定做了就一定要把它做好。每个人都可以在不同的平台找到自己的位置实现自己的价值,很感谢学生会给了我这样一个平台,让我可以为丰富多彩的学生活动添一分力量。当看到自己策划的迎新晚会给新生带来欢笑和感动,当看到第30届牡丹花会开幕式有自己训练的一部分群众演员,一切都是值得的!当然,我始终没忘记,学习始终是一名学生最重要的任务,我没有忘记将来还要考研继续深造。所以,成绩是从来不敢怠慢的。而我也清楚地知道,整天泡图书馆上自习绝不是我想要的大学生活,对于我来说,更重要的是如何安排好学习和工作的时间。除了上课的时间,我把课外时间分成三块,一小部分用来娱乐生活,一小部分用来学习,大部分时间都交给了工作。这样的安排很适合我自己,基本上做到了学习工作两不误。我认为,比成绩更重要的是能力,而能力地培养需要一个过程,大学则是这样一个很好的过程。

大学是一个充满才华、学问,同时又是充满竞争、挑战的小舞台、小社会。我们每一个人就在这个舞台上扮演着不同的角色,我要努力将自己的角色扮演好!

时间转眼来到了大三,从竞选成为校学生会主席和院学生会主席那一刻,我明白,从这一刻起将承担着更多的责任。这虽然与大三放下一切努力考研的初衷有很大偏差,但既然选择了就要把它做好。他们经常问我,你做这些有意义吗?你时间能忙过来吗?你还有时间学习吗?我总是笑笑,我相信人的潜力是无穷大的,关键看你愿不愿意释放。我也把自己的座右铭改成了:多年以后你一定会感谢现在拼命努力的自己。是啊,不要在最能奋斗的时候选择了安逸!面对考研和找工作的压力,我也曾有过迷茫、紧张和害怕。找家人、找朋友倾诉倾诉,找老师开导开导,没有什么过不去的坎。因为年少轻狂,我们很可能会失败,可也正是年轻给了我们勇往直前、永不言弃的资本。只要我们满怀激情,踏踏实实地走好脚下的路,我们终究会取得胜利。

即将来到大四,大学生活还有最后的四分之一,未来这半年我会把全部时间交给学习,争取那个最初的梦想!

我的科大梦,当毕业那一天,希望可以自豪地对自己说,也许她不完美,但她同样精彩!

梦醒科大

杨亚皇,男,共青团员,食品与生物工程学院生物工程专业 123 班,河南省巩义市孝义镇人;任学院学生会副主席;荣获省"优秀学生干部"荣誉称号。

我永远无法忘记大学录取通知书邮到我家前一天发生的事情,那天夜里,父亲突发脑溢血。凌晨,手足无措的我在母亲的提醒下慌忙拨打了急救电话,在医院急诊数个小时,最后却仍不能留住父亲,那一刻,母亲蹲在墙角哭泣,我的眼睛也模糊了。第二天,我的通知书到了,父亲却再也看不到,回想当初整天与父亲吵架,却并未注意到父亲斑白的头发和日夜操劳憔悴的身体。我也不敢想象,年迈的母亲如何能够一边供我上学一边抚养年仅三岁的妹妹,那一刻,我的梦惊醒了。

高中时期,每天浑浑噩噩地过日子,没有上进心,也没有所谓的梦想,更不懂得珍惜,尤其是父母对我的爱。即使现在想起来,那天晚上的情形仿佛发生在昨天,直到现在我也不知道当初我是怎么度过那段时间的。后来,我在电视上看到了崔永元的一段话:"人生就像饺子,岁月是皮,经历是馅。酸甜苦辣皆为滋味,毅力和信心正是饺子皮上的褶皱,人生中难免被狠狠挤一下,被开水煮一下,被人咬一下,倘若没有经历,硬装成熟,总会有露馅的时候。"这段话印在我的脑海,怎么也挥之不去。

来到科大,我的心情并不像大多数同学那样。看着帮我提着行李的母亲,我的心仿佛被什么东西狠狠地扎了一下,那一刻,我决定,为了不让母亲活得那么累,为了珍惜那剩下的母爱,我想要变得优秀,我想让母亲为我感到骄傲。

大学时光转眼间已过去了两年,在这两年时间里,我努力使自己变得优秀,更优秀,我积极参加学生工作,先是竞选并担任我们班的班长,到现在担任食品学院学生会副主席,并有幸成为青年马克思主义者培养学院明德班的一名学员。期间的艰涩,让我感到精疲力竭,有时会感到自己快坚持不下去了,但每当我想到父亲临走时叫我的名字,想着母亲那斑白的白发,终于坚定着自己的梦想走了下去。

　　世间最难把握的是时间,世间最能令人遗忘的是时间,世间最令我们后悔的同样也是时间。时间匆匆而过,从我们的指尖溜走,从我们身边的点点滴滴逃走,我们在无意之间失去最多的便是时间。也许我们现在感觉时间充足,但想想大学生活在点滴中消失了,甚至我们从未知道它是如何逃走的,我们入学时的梦想跑去哪里了,我们的科大梦又不知消逝到哪里,想想现在,我们是时候深思自己最初的梦想,自己的科大梦。有人说:"大一,是梦想不断产生和破灭的时候;大二,是渐渐思考现实和接受现实的时候;大三,是坦然面对现实和自我反思的时候;大四,迫于现实的无奈,开始准备去做一个现实的社会人。"其实我想说,可能社会真的不如自己想象的美好,但我们都必须坚持自己的梦想,不要让它破碎。即使是寒冬的早晨,湖边总有朗朗的读书声;即使是万籁俱寂的深夜,教室内依然有埋头苦学的身影。环境不能决定我们的一切,一颗强大的能抵制一切诱惑的内心才是决定我们走向成功的核心。坚持自己,把握自己的舵盘,终会吹尽黄沙始到金。

　　日子被一页一页撕去,散乱的布满房间,像秋日的落叶。生命是一棵植根在大地上的植物,难道从一开始,迎接的就是义无反顾的凋零么?日子,把乳白色的芽儿掀出土层,把嫩绿色的叶子一片一片地张开,把花朵一枝一枝的释放出香味,把果实酝酿成希望的色彩。即便是岁月把日子这棵大树砍伐,也会有泥土下斩不断挖不尽的根系,重新繁殖出苗圃来,还会有顽强的种子,用他们独特的旅行方式,走遍世界,去繁衍理想的部落、美丽的风景。

　　庄周梦蝶,梦的是内在的宁静;慧能参禅,参透的是仁者的心态,找到真正属于自己的乐园,拿出心灵的钥匙,才能徜徉在那专为自己建造的无边海洋之中。因为梦在那里,路在脚下,人在途中,心,也就在那里。成功,就在前方。

自由飞翔

杨玉婉,女,中共党员,农业工程学院农业机械化及其自动化农自专业101班,河南省南阳市人;任学院学生会副主席;获得国家励志奖学金。

记得初到大学,自己是多么激动,感觉到自己的大学原来是这么的美丽,想用自己的激情迎合她。于是,我定下了自己的梦想,希望自己能在大学里过得充实、开心。

每一天,我都笑迎每个人,勇敢面对每件事情。我参加学院分团委,做主持人参加了几场辩论赛;我参加科技创新协会,学会做一些小零件。而平时的我,更多的会待在图书馆,一个人沉浸在书的海洋里,尽管那时的图书馆很简陋,可是那么安静,那么舒心,这里是我永久的怀念。大一的生活很简单,而正是这一年,每个人都不断变化着,我有自己的追求,每一天尽管平淡无奇,可自己过得很快乐。

生活变得很紧凑,自己褪去了很多羞涩和胆怯,变得自信、阳光。我们从开元校区搬到了西苑校区,平日里的忙碌没有给自己太多时间去好好了解这里。除了学习和考试,跑步训练成了我生命里的一部分。自从参加了校第九届运动会,在女子长跑项目上夺得佳绩,自己就与跑步结下了缘。我参加了校田径队,每周都在训练,自己在学院训练,也要跟着校田径队一起训练。记得那时的我又黑又瘦,每天都穿着宽松的衣服和跑鞋,无论去上课还是吃饭都要赶时间,现在已经成了习惯,吃饭总是十分迅速。永远都记得,在本部尘土飞扬的操场上,早上和下午总有我的身影,总会跑八九圈,总会冲刺最后一圈,直到衣服湿透,直到白色的袜子变成黑色。只有在周末的时候,才会到新区训练,太阳火辣辣的晒着我们,塑胶操场的气味很刺鼻,大家只要跑起来却是那么快乐。那是一段快乐的时光,因为和队友在一起无话不谈,这种友谊很纯真,很真挚。

紧接着我的成绩大幅度提高。参加第十届运动会,在长跑项目上依旧取得了佳绩。也许我的勤奋与坚韧,让我在学习上坚持不懈,依旧拿到了专业第一。我感到很快乐,因为一直追求的充实快乐,我真的做到了。晚上,走在校园里,经常会对着月亮凝望,月亮真美,平日里的艰辛,似乎只有它懂,它是那么的圣洁,一直映刻在我的心里。

我逐渐从忙碌走向担当,竞选为学院学生会副主席,开始与更多的人打交道。不仅自己要刻苦训练,还要学会照顾他人,处理日常学生工作,我的生活似乎更加丰富,更加多彩多姿。为了早上能早起及时到操场,我定了多个闹钟叫醒自己。平日里宿舍里的同学会有看电影、逛街、出游的时间,而我却没有,有时候真的特别羡慕她们,可我知道,她们也是羡慕我的。由于平日里工作努力,得到了老师和同学们的一致好评。工作的忙碌,让我明白无论以后自己干什么,都应该兢兢业业。努力付出才有回报,学习也是一样,我有意培养自己上课听课效率,做事绝不拖拉。

一个辉煌壮丽的舞台,有精彩纷呈的时候,也有尾声落幕的时候,而我在大学里要做的最后一件重要事情,就是考研。自己要退出大家的视线,要在自习室里从早到晚坚持到考研最后。我觉得这个尾声会很好,我会在这个过程中回味自己的大学生活,并且展望未来。

现在我已经考上理想的学校,在学校里静静地感受这里母校的美。每天早上自己还会早起,到枫林路上感受一天的美好,看着大家照毕业照,是那么的快乐。可是谁不知,我们每个人心里对这里总有一份抹不去的记忆,无论是美好的,还是凄凉的,我们已经把它们珍藏在了心底。

这是我大学四年的生活和工作,没有华丽的言语,没有太多的修饰,只是一杯白开水,简单而有内涵。我的科大梦就是脚踏实地地努力和追求,让自己过得充实而有意义。回首这一切,我的内心平静了许多,我不会带着太多遗憾离开学校,我会开心地过每一天!

塑别样的我

张开放,男,共青团员,医学技术与工程学院医疗器械工程专业1201班,河南省新乡人;任学院学生会办公室副主任一职;荣获校"模范团干部"荣誉称号;学校第五届"挑战杯"创业计划大赛铜奖。

我今天选择了科大,就是选择了一个再塑自我的学府。每个人在实现自己梦想的轨迹上,会在一定的时间、一定的地点选择一个合适的栖息地,在这里你会遇到不同的人和事,它们是再塑自我的众多元素,你的人生观与价值观将会得到不一样的完善,科大给了我一个这样的平台。我的知识储备,自我价值,人际交往等众多有助于我完成人生目标的因素将会得到不断地完善。

人与人的差异不在于自身有多么的优秀,而在于自己如何让他人、让社会认识到自己的优秀,自己如何将自己的才能与优点展现于他人与社会面前是决定你成功的关键因素。古人云:千里马常在而伯乐不常有。确实,每个人都有自己的才华与优势,而为什么自己得不到赏识呢?我认为原因有两个:一是没有认识到自己的才能过于自卑;二是认识到自己的才华与优势,但是没有用合适的方式展现在伯乐面前,或者自己没有自信展现在他人面前。这些因素造就你终究只是社会的一卒,或许你只是拿"金子总是要发光的思想"来安慰你恐惧的心理,但是这样只会使你越来越懒惰,你的才能与优点只会慢慢地消逝在茫茫成功者当中。如何将你的才华展现在伯乐面前呢?从我的科大梦,我的"再塑"梦中可以发现:

勇敢地迈出我的第一步。记得刚来到科大的时候,看到来自祖国五湖四海的同学用淡定的语言表达自己的兴趣爱好时，我的内心充满了羡慕，此时我已经认识到了自己的缺点，于是就默默地暗示自己，我已不再是一个只读圣贤书的莘莘学子，而是一个需要综合素质全面发展的当代大学生。此时我的任务就是勇敢地克服恐惧，迈出第一步。于是我制定了我的"再塑"计划：竞选班委，做一名课代表。大家或许都认为课代表只是一个帮老师收发作业的体力工，但正是这一小小职位使我在同学们心目中留下了深刻印象。于是我计划的第一步实现了：让与我一起度过大学四年美好时光的同学立刻记住我。我很快融入到了这个来自五湖四海的大家庭中。据统计分析，很少有大学生在大一期间就能将本班的学生全部记住，能让大家记住的是那些给人留下深刻印象的人。大一结束的时候，当同学俯身到我的耳朵旁悄悄地问我："那个学生是咱班的吗，我怎么没有见过，他叫什么名字啊？"，我就庆幸地想：如果我是那个学生该是多么的痛苦啊。这就是我来到科大实现自己梦想的第一步：让我周围的人迅速的记住我。在以后的学习生活中将会很愉悦轻松，我们很快成了朋友，我们互相了解自己的家乡，畅谈自己的梦想。甚至现在，当我的某个做法得到认可的时候，同学就会调侃我说：不愧是当年的课代表。欢快的交谈伴随在笑容当中……

相信自己，我能行。大学是一个充分展示自己的舞台，这期间你有很多的机会展示自己的才能，在这个平台上你可以充分发挥与展现自己。大学里有各种各样的社团组织，他们是由各种兴趣爱好的人发起的，当你发现一个以自己的兴趣为主题的社团时，就意味着你找到了一个展现自己的舞台。但是，我发现我没有勇气在众人面前展现自己，因为我害怕失败，害怕比我优秀的人将我狠狠地击败，那种狼狈的样子，我不愿被别人嘲笑，这种心理使我错过了很多活动。李开复老师在《做最好的自己》中写道："自信是你成功的关键，永远不要抱怨自己不足够优秀，只因自己没有足够的自信。"于是我鼓足信心做最好的自己，我给我的兴趣指明了方向，在兴趣面前没有成败，没有退路，失败并不可怕，可怕的是你不敢面对，你争取过了，就无悔了。这种信仰支持我参加了以后的很多活动。同学说我的字写得不错，于是我就参加了书法绘画大赛，获得了硬笔类优秀奖；我参加了学校职业生涯规划大赛，获得了一等奖；我和几个拥有创业梦想的朋友，将自己的创业理念经过几个月的讨论，最终写出了自己人生中的第一份商业项目书,参加学校"挑战杯"创业计划大赛,并获得了铜奖。成功的喜悦使我们完全忘记了当初的忙碌与汗水,我们也收获了自己的一点点成就,找到了与自己兴趣相投的朋友。这是我参加活动最真挚的感受,这种感受只有自己亲身经历才能体会到它的魅力。这是我"再塑"计划的第二步:充分发现并展现自己的兴趣,使自己的自信心越来越强大。

锻炼自己的组织、交际、沟通能力。在学生会办公室工作给我最大的感受就是,考虑问题越来越全面,与人沟通的方式越来越合理,工作的效率越来越高。我十分感谢学生会这个平台,我也十分高兴自己加入了这一组织,在这里我跟老师接触的机会比其他同学多,也接触到了很多优秀的学长,从他们身上我学到了很多办事方法与技巧。慢慢地,我学会了如何策划一场完美的活动,如何让活动的效果达到预期的效果。一位老师曾经讲过,你现在的工作可能决定了你将来从事的职业。学生会办公室工作培养了我细心、负责任的态度,为我将来的工作打下了良好基础。其实,这种生活使我提前体会到了一些社会生活,社会是残酷的,社会是现实的,它的生存法则是:没有付出就没有回报。社会生活需要你具备各种沟通技巧,因为你面对是各种各样得陌生人,你需要用一种合适的方式与他们交流。办一场活动和开一家公司是一样的,你需要考虑其他活动是否和自己的活动目的一样,这就需要你做一个前期的调查,分析各种因素确定了你的计划后,然后实施;实施阶段你得考虑时间、地点、宣传、经费等众多因素,紧急预案是必不可少的。所以,这种能力的锻炼必将对我今后的人生产生极其重要的影响。这是我"再塑"计划的第三步:加入学生组织锻炼自己的交际、沟通、组织能力。

和优秀的人交朋友。有一句话说得很好:和优秀的人交朋友只会使你变得更优秀。我充分利用了大学里的资源和平台,在两年的时间里我认识了很多有才华的朋友,我们有着相同的兴趣爱好,我们来自祖国的五湖四海,我们有着相同的梦想,就是让自己能够成功。我们学习工作之余一块儿组织策划活动,一块儿领略自然的美丽,我们坚信我们的友谊必将成为我们今后通向成功的基石。我的"再塑"计划第四步:结交更多的优秀的朋友,共同实现自己的梦想。

努力学好专业课知识。因为学习是我的主要任务,努力学好专业课,掌握专业技能是我能力的体现。我所学的是医疗器械工程专业,我对这一专业的发展,是十分有信心的。因为随着生活质量的提高,人们越来越注重自己的健康,会定期对自己的健康状况做检查;再者,未来医生的诊断依据是建立在先进的诊疗检验仪器上的,医院检验科的效益直接决定了医院的整体效益。但是,目前我国大型医疗器械主要依靠国外进口的现状,造成了医疗器械这一领域未来在中国的发展将会有很大的提高,所以我的梦想就是为中国的医疗器械领域奉献一份自己的力量。努力学习专业课是我"再塑"之梦计划的第五步,我也坚信这是社会给赋予我的责任。

　　自步入科大以来,我的"再塑"之梦就已萌发,以上五步计划是我大学生活的总体规划。我定将不断地完善自我,使自己足够优秀,让自己的价值、自己的信仰体现在积极乐观的人生态度上。当你认识到自己已是大学生的时候,请从"再塑"做起。

青涩蜕变　青春崛起

张市力,男,中共党员,医学技术与工程学院生物医学工程112班;河南省商丘市柘城县人;任院学生会主席;荣获省"优秀学生干部"、校"优秀学生干部"等荣誉称号。

有人说,梦想很丰满,现实很骨感。可是我们可曾认真想过我们拥有怎样一个梦想? 而又为这个梦想付出了多少? 我想用自己的大学经历和大同学们分享我的梦想历程——青涩蜕变、青春崛起。

2011年九月份,拿着录取通知书,我怀着几分激动的心情来到学校报到,然而令我诧异的是迎接我的除了老师,还有那可爱的学长学姐们。这是我第一次一个人来到外地,第一次见到那么大的校园。在我眼里这个学校充满神秘,我有些不知所措。大学的课与高中比起来少得可怜,教室的不固定让我更不适应。每天忙碌地吃饭、上课、回宿舍,这样的生活我没有看到一丝生机和活力,我怕我的大学就此沉沦。

学生会的招新让我仿佛看到一丝转机。对学生会的部门一无所知,而且那么多同学都去报名,那时青涩的我感觉又是一场空。听过学生会的宣讲会后,我初步了解到大学原来是那么丰富多彩的,学长学姐们的见识、口才让我钦佩不已,那时我心底闪过一个信念——我也要加入学生会锻炼自己,让自己成为一名多方面都优秀的精英。刚开始极不自信的我下定决心一定要勇敢去争取这次机会去改变自己。充满着这种渴望,我精心准备着,经过层层选拔,我搭上了学生会组织部的末班车。从此我向我的大学梦迈出了第一步。

　　人的成长都要经过一次痛苦的经历,我也有着晦涩难言的痛处。进入学生会的我又高兴又害怕,我高兴的是终于有机会锻炼自己了,害怕是我深知自己什么都不懂,怕办不好部长交代下来的任务。起初工作就是简单的搬搬桌子、黑板,部长让干什么就干什么,也不敢在开会时多说话,害怕别人笑话自己见识短浅。有一次,部长让写会议总结,这是我人生的第一次,斟酌了好几遍才完成。比写总结更困难的是必须要发电子稿,当时宿舍没电脑,我就去了校门口的网吧,这也是我第一次用电子邮箱发东西,我打字速度极慢,旁边的人看到我那笨拙的手法,投过来鄙夷的目光,我永远忘不了那种耻辱。短短500字我用了一个小时才敲完。自那以后,每次下课后我都去机房练习打字、学习制表。从此我变得不再青涩,我开始主动说话,主动去帮其他部门组织活动,我的努力和勤快也换来了好多朋友,他们也经常帮助我,我们互相学习,那一年我成长得很快。这些成长也让部长和主席团的人发现了,在换届时我被他们破格提拔为学生会副主席,对我来说,这个平台给我提供了未来发展的机会以及精神上的极大鼓舞。

　　在担任学生会副主席期间,我几乎参与学院举办的所有活动,这一年很累但又很充实的。我的组织能力,交际能力得到了充分锻炼,这种锻炼和成长,使我在第二年的学生会换届中成功担任学生会主席。

　　任职学生会主席,更多的是责任。平台越高,机会越大,责任也越大。当我认识到学生会的锻炼不足以让自己更具有竞争力时,我开始把自己发展方向转向社会。学生会这一平台,使我认识了一些社会上小有所成的人士,去创造机会跟他们合作。在雅安地震时,我通过朋友认识王老吉凉茶洛阳代理,联手他们为灾区募捐,效果比传统的募捐更好,并且为学生会积累了一定物质财富。我又通过朋友与一家考研机构合作,资助学院一批品学兼优的学子。通过各种关系为同学们在社会上介绍兼职岗位,这些都需要去接触社会,寻找机会。平时我经常关注一些身边的社会信息,我得知一家绿色纺织品公司刚进驻洛阳,正在招聘市场推广员和销售员,强烈的学习欲望驱使我去应聘销售员,并成功做了一名兼职市场推广销售员,这份兼职使我在这些社会人身上学会了很多社会知识。成长阶段的经验积累和锻炼,为自己的大学梦想打下了坚实基础。

　　大学中充满各种诱惑,支撑我们不断努力进步的始终是信念,而这个信念就是自己梦想,自己行之可及的梦想,自己的大学梦想。其实我们都一样,没有一个确定梦想,都是走一步看一步,朝着自己擅长的方向努力。不管未来的我们将事从何处,我们都应该为自己无悔的青春洒下汗水和泪水。当我们不满足自己时,那时请重新审视自己,我们的梦想离我们还有多远。不断地用梦想去鞭策自己。正如我一样,开始的青涩、沉默,不懂得去怎样待人做事。我不想就此一直沉默,不想变成只会读书的书呆子,不想步入社会再去接受种种打击。所以我的大学梦想就是彻底使自己转型,把自己锻炼成为有理想,有担当,有社会素养,有生存能力的大男子汉。这就是我的科大梦——青涩蜕变、青春崛起。

把握今天　成就未来

张爽,女,预备党员,车辆与交通工程学院制冷专业 111 班,河南省周口市人;曾荣获国家励志奖学金、国家奖学金。

时光荏苒,岁月如梭,转眼间,我已经来到科大快三年了,回首过去,有欢乐,有泪水,无论如何,它都将成为我记忆里最美好的回忆。

此刻的我,安静地坐在教室里,写下这些。想想自己,我觉得自己只是一个平凡的大学生,只是在大学期间做了自己认为应该做的事,值得做的事。

我很平凡,也很简单,那就是我充实地度过每一天。我喜欢安安静静的待在自习室,学习,看书,遨游于知识的海洋。我喜欢和老师、同学交流、讨论问题,因为对于我来说,这是一种乐趣,一种幸福。

一直以来,我都告诉自己,不要随波逐流,一定要活出自己的本色。在大学期间,诱惑很多,没有的家长、老师的督促,一切全靠自己的安排,稍不注意,就有可能虚度光阴,甚至荒废学业。看到身边的同学不好好学习,我会为他们感到心痛,我会督促、帮助、鼓励他们。在我看来,学习是一份义务,也是一份责任,为了自己,为了家人,为了社会,这份责任是重大的,我能明白它的分量。所以,每天,我都会充分利用时间,来学习,来补充知识,来提高自己。每天,我都会给自己一个计划,这样才知道该干什么、不该干什么;每天,我都要开开心心,自信满满地度过;每天,我都要怀着一颗感恩的心来度过。这样,每一天,都是那么的有意义。

我想每个人都有梦想,都想要梦想成真。梦想的实现最重要的在于努力的过程,只有好好度过每一天,并为梦想坚持不懈的努力,梦想才会实现。其实,成功并不难。它需要一个目标,需要努力,需要坚持,需要方法。当我们静下心来,想着今天,活在当下,为今天而努力,活在完全独立的今天,这样,成功也就指日可待了。

不要给自己太多的借口,也不要给自己太多的"如果","如果"只是一个假设,一个可能,生活没有那么多"如果",生活只有"现在"。我们只有相信现在,把握现在,才会有一个美好的未来。

所以,让我们每一个人都好好地珍惜时间,把握现在,把每一天当作生命中的最后一天来度过,利用每一个今天,在大学里好好学习,好好锻炼自己,不要给自己留下遗憾。就算以后,在生活、工作当中,我们仍然需要这样做,因为日子是由一个个今天组成的,我们很难预料到明天会发生什么,所以,在有限的生命里,在有限的今天里,多做一些有益,有价值的事,让自己人生真正有意义。

当你无所事事,为未来感到迷茫,不知所措时,请静下心来,给自己一个计划,然后把握今天,并为自己的目标而努力,我想这样你一定会收获圆满的结果。

写下这些,只希望能给大家多多少少带点启发,提供点帮助,我希望我们的大学生都是有理想,有抱负,有志气的大学生,我也相信我们的大学生。我想通过我们大家一起的努力,生活会越来越好,这个社会也会变的越来越好。

"我相信,总会有一天,我流过的所有泪水,将会变成美丽的花环;我遭受过的千百次遍体鳞伤,都将使我一身灿烂。"让我们一起把握今天,成就未来!

永不放弃梦想

张欣,男,共青团员,土木工程学院建筑工程专业112班,江西吉安人;任学院第十二届学生会主席;曾荣获校级"五四优秀团干"、"社会实践先进个人"、"优秀青年志愿者"等荣誉称号。

我已经成为一名大学生,我离自己的梦想舞台更近了一步,在大学这个开放的平台上,我有机会锻炼能力,有时间开阔视野,可是越是开放的地方,越容易导致堕落。经常有很多大学生沉迷网络,迷失自我;经常有很多大学生无所事事,不务正业;经常有很多大学生灰心丧气,浪费时间,因为他们没有梦想。而我,拥有一个梦想,一个值得我终生奋斗的梦想!

谁说做医生,做航天员,做科学家才是梦想,我的梦想就是这么简单,为我爱的人撑起一片幸福的天空。没有感受过贫穷,永远都不会知道那种切肤之痛,没有人会看到你的存在,没有人会听取你的意见,没有人会刻意为你做些什么,反倒是会在你做错事时给予可恶的嘲笑,在你将要忘记的时候无情地揭开你的伤疤,将其曝晒在空气中,反复玩弄。回忆会开花,但却是不同的颜色,面对这些灰色的回忆,我们该怎么办?化之为动力,撑起一片蓝天,如此的简单的一个梦想,却需要我付出很多汗水去浇灌它。

作为当代大学生,也许你会觉得"梦想"在你听来是多么的空洞不切实际,也有人对此不屑一顾。但我想说,那是因为他们已经丧失了追求梦想的勇气,这是非常危险的。所以,我们要摆正态度,重新捍卫我们的梦想,执着我们的信念。考上大学并不是我们人生的终点,未来还有很长的路要走。我们要了解并接受这一事实,那就是这个世界不会在意我们的自尊,人们看见的只是我们的成就,在我们没有成就以前,切勿过分强调自尊,那样只能更被别人瞧不起。所以我们必须要明确自己的梦想,并有为之奋斗的信念。也许我不能确定未来的我能具体实现什么,但我很明确我要的是什么,我要做最有尊严的人!梦想是很容易说出来的,我只想说,让梦想成真的最好办法就是醒来,不要只想不做,其实懒惰像生锈一样,比操劳更消耗身体。大家都知道泪水和汗水的化学成分相似,但前者只能为我们换来同情,后者却可以为我们赢得成功,所以让我们行动起来,为了捍卫梦想而拼搏奋斗。

立志要如山,行道要如水。不如山,不能坚定;不如水,不能曲达。我们都知道,上天吝啬完美,一席雨后的天空,会在瞬间绚丽,也会在顷刻降临夜幕。这时我们要坚定地追求梦想、捍卫梦想,努力地用俯视的姿态看着自己的最高点,看着自己是怎样在混乱与迷茫之中做一枝崛起的梅花,并且一如既往的相信,下一站就是春光。

记得《幸福来敲门》里说的:如果你有梦想,你就应该去捍卫它!如今的大学生更应该如此。有梦想的人是幸福的,有梦想的人生是充满希望的。愿每一个大学生都能在后悔之前找到自己梦想的价值,不要放弃梦想,只要你想,终归会实现的。

我的医学梦

赵心,男,中共预备党员,医学院临床专业 1107 班学生,河南省南阳市人;任学院团委副书记兼两会一团办公室主任,学院 2011 级年级组织宣传委员等职务;荣获"省优秀学生干部"荣誉称号。

梦想宣言:仁心仁术,医生不易,且行且珍惜。

带着心中的梦想,我来到了河南科技大学,终于看到了心中的那道光,没有颓废,没有迟疑,有的是脚踏实地地追随自己的梦想。

大学应该是人生中最重要的时段,在这里你找到了最好的朋友,最适合你的专业,最系统的教育,明确自己的目标,也许还会收获一段令人无法忘记的爱情。从小我便是一个体弱多病的孩子,医院对我来说就是家常便饭,所以医生这个职业深入脑海。在选择专业的时候,便直接选择了医学专业,想给自己的家人带来些便利,其实是看到医院里的医生总有种崇拜的感觉,他们治病救人,救死扶伤,以及人们对医生职业的无上崇敬,吸引着无数的有志青年选择从医,然而受医疗环境极度恶化的影响,医患关系迅速对立起来,更有甚者,将医生的治病救人误读为"杀人"。面对这样畸形的医患关系,很多学医的学生思想都出现过小小的波动。一些曾积极投身于此的人选择了离去。当然,更多的还是坚守者。我是一个从小就很羡慕医生的人,他们就像是有神奇的力量,可以帮助到那些需要帮助的人。直到我成为一名医学生的时候,我才发现医生的那些神奇的力量是多么辛苦得来的。虽然现在的我知道医生是一个很不容易的职业,也许未来会有非常多的障碍,但是不能放弃,因为这是一种梦想,是我的梦想。首先自己要充满信心,才能让自己的病人有希望,时时刻刻鼓励自己,不论发生什么,总要乐观的去面对,总要带给别人希望和安慰。也许有的人会在痛苦地追求中慢慢丧失对梦想的渴望,有人说:"理想,戒了。"但是,人不可以没有理想,正是因为理想和现实是有差距的,所以我们才那么的渴望。所以,不管未来会遇到多少障碍,我想说学医是我的梦想,不可以戒。

我的科大梦,我的医学梦,让我懂得我要走的路还很遥远,因为在这条追梦之路上有着各种各样的疾病等待着我去挑战,但我不会放弃,因为这是我的选择,我会毫不回头地走下去,更何况在这条追梦之路上,还有着许许多多与我志同道合的人一起努力奋斗。或许对于我的决心,每个人都可以质疑,因为我还没有任何实际性的行动,但他们却不能质疑我的梦想,因为这是我心中最美好的憧憬。

当一名好医生的梦想一定能够实现,但是这还不够,因为时常听到人们在感叹着:"时代再高速发展,物质再高速发展,心却堕落了!"这时才知道,他们的身体是完好健康了,可是心理上的空虚,精神上出现了疾病,他们还没有完全康复啊!他们仅仅只是身体完好健康了。史铁生在《活着的事》中,提到了康复理论的概念:除了拥有一具完好健康的身体外,更能够创造生活、改造生活、享受生活。否则那不是康复,而只是修复罢了。

正因为如此,我们的路还很遥远。但这样也好,因为这又是一个新的开始,一个新的梦想啊,让我们不至于因为战胜身体上的疾病之后而无梦。

命若琴弦,一端连接着追求,另一端连接着目的。只有两端都相连在一起,才能弹奏优美的旋律。除了要拥有完好健康的身体,更应有追求和目标,只有这样才能让生命散发出更灿烂的光和热。所以当人们拥有了完好健康的身体时,他们仅仅只是拥有了承载梦想的载体罢了,更重要的是要弥补他们心灵上的空虚啊。

"梦想绝不是梦,两者之间的差别通常都有一段非常值得人们深思的距离"。梦想不是梦,只说不做的梦想,那不是梦想,那只是梦,是幻想罢了。而现在存在这样一种情况,"说"梦的人多,"做"梦的人少,很少有人进一步行动,就算有行动,也很少持之以恒,最后梦想也还只是梦。这也是为什么年轻人敢大声说自己有梦想,甚至说出自己的梦想,因为他们说完就忘了,也不怕别人笑,更因为在他们的字典里,梦想的定义更接近"念头",一闪而过。

　　我们悉心培育着这个梦想,期待着它茁壮成长,憧憬着它开花结果,虽然那偶尔的暴雨依然无法逃避。但是我们的梦想依旧那样坚实,它鼓励我们走过学医之路最艰难的、最坎坷的部分,它让我们在思想动摇的时候继续坚定方向,一路向前。

　　我们希望通过我们的绵薄之力,让更多拥有医生梦的人为这个梦想骄傲,让更多还未找到梦想的人对这个梦想产生兴趣。这就是我们医学生的梦想。我们在这里为这个梦想而奋斗。

生活是清晰的

朱丽燕,女,共青团员,法学院法学专业 124 班,浙江嘉兴人;荣获校级"优秀团干"荣誉称号。

"大学之道,在明明德,在亲民,在止于至善。"儒家之经典《大学》开篇明义阐述了大学宗旨亦是我们的校训——明德。做一个明德之人,当下不必手足无措;做一个明德之人,未来不致黑暗迷茫;做一个明德之人,一生都能受益匪浅。

以前,老师总是告诉我们说,想要成功就必须要有目标,明确的目标可以为我们带来动力,可以让我们更快地成功。可我们却总以为是老师多此一举,只要努力,不差目标。殊不知,我们的删繁就简只是一条通往成功路上的岔道口,在起点与终点间,我们没有选择"目标明确"这条直线段。自以为是使我们丢失了能最快达到终点的捷径。

进入大学,如射线般无穷无尽的新鲜生活,让一个走出高考不久的新生倍感新奇。翘课,打球,逛街,吃饭……唯一没有包含在内的便是学习。天天风轻云淡,游走在学与不学之间,吃喝玩乐,徘徊在市井小巷之中。就这样,我浑浑噩噩地过完了大一。

暑假,三五好友聚会,惊奇地发现,他们早已都在各自的学习生涯中收获了成果,有的拿了奖学金,有的已经开始实习,有的参加学校的暑期建模训练,唯独只有我,每天在家上网做宅女,毫无一点操心未来的急躁,捧着书,脑中却发散性思维地到了各种吃喝之地。猛地发现,一年的大学生活,我就已经距离他们这么远了。

自尊心受挫,回家便与父母讨论,细细思索了一番,父母说得很有道理,作为一个学生,在学校,不管你的兴趣在哪里,最大的任务还是学习。"莫要让给你开后门的人都觉得丢脸!"这是父母留给我印象最深的一句话,这句话让我突然对大学生活有了180度的转变。确实如此,大学里好多学生都吃喝混过,只换来一张文凭,却没有任何的能力,当要工作时,各种途径托人找关系。为了生存,不得不低声下气求人。细细想来,何不在该学习的时候好好学习,该玩的时候好好玩呢。

我的大学是为了装备自己而存在的,从前的我已经享受够了生活,现在的我可以心无旁骛地学习了。于是我开始给自己制定目标,这时的我才幡然醒悟,当初老师让我们定目标,是多么有用的一个行为啊。身在大学,花花世界已接触一半,没有了课堂老师的监督,课后班主任的督促,无谓,放纵,自由,让大学变得不再有学习的氛围。大家都在迷茫中嬉笑而过,看不见现在,更看不清未来,所剩的只有一副空皮囊留在世间行走。

此刻,父母的话成了我的指路明灯,我似乎清楚地看到了我的未来。我没有高昂的头颅,没有远大的抱负,只有一颗静静思考的心。我安静努力地学习,为了司法考试这一纸文凭;我认真做着学生工作,为我将来为人处世打下一丝基础;我汗流浃背地打着篮球,为革命的本钱锻炼身体;我有空就出去走走,让自己的人生增加一些阅历,开阔一点视野。

大学,我有自己要做的事,有自己想要完成的梦想。每一天,我都在为自己的未来努力,睁开眼,我就要为我的学习奋斗。看得见的是我的梦想,看不见的是我的迷茫。生活就应该朝着一个方向努力。绝不做思想上的巨人,行动上的矮子。

生活本不应该是枯燥的,大学本不应该是迷茫的,可惜,我看到太多的人生活枯燥,看到太多的大学生未来迷茫。且行且珍惜,我们走到现在这一步不容易,不要因为安逸而忘记了奋斗,不要因为舒适而忘记了拼搏,居安思危是我们一生都该有的态度,是我们时刻都应铭记的信条。骄奢淫逸只会糜烂我们的生活,吞噬我们的大脑。

春天,我播种下我的梦想;秋天,我想收获一份喜悦。辛勤的耕耘才能换回丰硕的收获,辛劳的耕作才能换来累累的果实。今天,我在科大努力,明天,科大见证我的成功! 相信每一天的我们都是不同的,每一天的我们都在进步,每一天的我们都朝幸福走近了一点点,成功就在不远处向我们招手!

怀有梦想　成就未来

豆勤丰，男，共青团员，食品与生物工程学院生物工程122班学生，河南省商丘市梁园区人；任学院分团委办公室副主任；曾荣获学院"暑期社会实践先进个人"、"优秀青年志愿者"、"党课培训优秀学员"等荣誉称号。

慢慢，慢慢，慢慢地，不知在何时，我发觉自己身上多了许多线，我的手脚都被束缚着，我俨然已成为了一个木偶人，没有思想，没有语言，麻木地行走着……

——题记

美国著名企业家和电视节目主持人奥普拉曾经说过："一个人可以非常清贫、困顿、低微，但是不可以没有梦想。只要梦想一天，只要梦想存在一天，就可以改变自己的处境"。人因梦想而伟大，因无梦想而渺小。然而"梦想"又是一个多么"虚无缥缈不切实际"的词啊。在很多人的眼里，梦想只是白日做梦，可是，如果你不曾真切的拥有过梦想，你就不会理解梦想的珍贵。

2012年9月，我带着满腔的热情与激动来到了河南科技大学。怀着对大学的期待开始了我的大学生活。当我迈进校门，成为一名真正的大学生时，对大学充满了兴趣，感觉一切都是新鲜的，随之而来的又是迷茫。望着母亲远去的背影，泪水模糊了我的眼睛。我的脑海中充满着亲人的关爱，往昔同学们的笑脸。我那无助的心灵仿似更加无助。

我是来自农村家庭的一名学生，家庭经济条件并不是太好。自从初中开始,我的父母便外出打工了,我便寄住在我的外婆家里,每当我想他们的时候,我都是在夜里独自流泪,白天的时候,我不会哭泣,因为我明白,我的父母都是为了我和妹妹,我爱他们! 于是,在大学中,我申请了国家贷款,同时我也在双休的时候做些兼职来为家庭承载一些负担。

　　进入大学,我发现大学生活,并不像高中生活。在大学,没有整天盯着你学习的老师,也没有天天照顾你生活的父母,你得学会为自己负责。在这里,有各种各样的活动可以提供给学生去体验和实践;在这里,可以感受不同地方的风土人情;在这里,可以秀出自己的长处,展现自己独特的魅力。当然在这里,还可以看到每天沉迷于电脑游戏的同学,可以看到上课玩手机的同学,可以看到许多情侣在视若无人的情况下做着一些不雅的事情。慢慢地,慢慢地,我失去了目标,失去了梦想,失去了为之奋斗的动力。我不知每天要做些什么事情,每天闲着,闲着怀念过去,怀念过去的人,过去的事,当然,我也想象着未来,但就是不知道未来要做些什么,现在要做些什么,我是一个被偷去梦想的人,一个可怜的人。

　　我并不是一个善于言谈的人,所以有一段时间,我一直在思考,自我反省,想是谁偷走了我的梦想,我想我已经找到了答案——正是我们自己偷了我们最初的梦想!

　　"业精于勤荒于嬉,行成于思而毁于随",大学的生活过于多姿多彩,诱惑太多,我们很难能够耐得住寂寞,经受得住诱惑,于是,出现了"不按时上课"、"宿舍玩游戏"、"上课玩手机,下课抄作业"等种种不好现象,所以导致的后果也是严重的。这样的生活我们还要继续下去吗? 很显然不可以。

　　我要改变自己。在学习上,我态度端正,努力刻苦,严于律己,始终坚持学习第一位的原则。为了能够实现自己的目标和理想,我利用大部分的课余时间把所学的各门功课进行仔细的整理,并且反复地背诵,把它们变成自己的东西,只有自己学到的知识,才是最珍贵的财富。同时我选择了进入学生会进行锻炼,为我们学院服务,学生会工作很忙,有的时候会忙得要死,每天工作到凌晨两三点也是常有的事情,但是我不后悔我的选择,既然选择了,便要坚持下去!

　　2013年暑假我参加了学院组织的暑期社会实践团,我表现积极被评为"优秀个人",积极参加校青协活动,被评为"优秀青年志愿者",积极向党组织靠拢,今年10月份,我从"优秀团员"成了一名"入党积极分子"向党组织又迈进了一步。同时,我还获得了国家助学金3000元,接受国家资助的我更懂得一点一滴来之不易,浪费只会遭受良心的谴责。我会时刻反省自己,用不断努力来提高自己专业素质,充实和完善自己!

当我获得国家助学金时,我的内心充满了无限的感动与感激。国家资助对于我们这样的贫困生而言,不仅仅是物质上的帮助,更重要的是精神上的鼓励和心灵上的慰藉,让我们感受到了国家和学校对我们经济困难学生的关爱,使我们变得更加自信、自立、自强。我们这些受资助的贫困生真的非常感谢国家的助学政策,是它让我的生活充满了阳光和希望,它就像是沙漠中的一泓清泉,让生命充满希望与活力。除了感恩与感谢,我想不出来更好的辞藻来表达我内心的感受。

盖文王拘而演周易,仲尼厄而作春秋;屈原放逐,乃赋离骚;左丘失明,厥有国语;孙子膑脚,兵法修列;不韦迁蜀,世传吕览;韩非囚秦,说难、孤愤;诗三百篇,大抵贤圣发愤之所为作也。古往今来,哪一个伟人名士不是经历一番苦难才成就其梦想? 哪一个成功伟人不是发奋努力才取得其成就?

今天,我们是怀着梦想来到大学校园,那便带着胜利的微笑走向社会成就未来吧!

梦想终将实现

安文科,男,共青团员,体育学院体育教育专业 123 班,河南省漯河市人;任体育教育 123 班班长。

我是一个沉默少言但却很有主见的大学生。这些都是天生的,无法完全改变,但我仍在不懈努力着改变自己,力求让自己变得既有主见有能言善辩。从前是这样现在仍然是!

我为这些事情所做的努力归根结底其实是为了曾经和现在都在追求的一个梦想。也许这个梦想在别人看来不算什么,甚至是唾手可得的,但是对于我却有着不同的意义!我不是富二代、不是官二代、更不是星二代,我的父母都是普通的老百姓,我更是和成千上万的大学生一样是一个普普通通人。没有父母给的千万资产,没有父母给的别人所没有的特权,更没有父母给的明星光环。所有的一切都要靠我自己去努力奋斗才可以得来,在实现梦想的道路上一定会有艰难险阻,但是我想要的就是这些!奋斗的结果很重要,但过程更重要!

我的梦想始于高中开始学习体育专业之时,每天训练很辛苦,正是因为辛苦,所以我觉得辛苦不可以白费,一定要学有所成并且对将来有用。正在我迷惑将来要干什么时,我的体育老师给我了一个明确方向。结果与我的想法不谋而合,于是我便定下我的目标——开一家具有一定影响力的健身俱乐部。这是我作为一个体育学院学生的梦想。

2012 年仲夏,一纸高校录取通知书犹如美丽的蝴蝶翩然飞入我家。试想一个学习成绩一般般,老师心目中考学无望的学生,能迈进河南重点名校河南科技大学神圣的知识殿堂,是何等幸运何等荣耀啊!

我怀揣着我的梦想,决心一定要学有所成,让父母为我而骄傲。踏上大学的道路,一切都是新的。离开了曾经熟悉的一切,留下的仅是我一个人。新的开始我默默地给自己定目标,做计划,积极参加各种集体活动,从中接触更多的人,了解这个小社会,增长见识不断的磨炼自己,提高自己为人处事的能力。在选专业时我毫不犹豫地选择了健美操专业,其实也是为我的梦想做一些铺垫。

如今我是123班的班长、学院学生会心理健康部的副部长,职位不高,但是我对自己的每一项工作都认真对待,做到一丝不苟。很多棘手的问题我都要想尽办法去解决。如果解决不好我会很自责,会想尽办法弥补。所以做班长、副部长这一年时间里我学到了不少东西。学会了"用人要用可靠的人用自己放心的人,做事要做利于大众的事做大家都认可的事。"所以做事不可以蛮干,要讲究方法,有策略,让大家愿意去做,这样才是最好的。当然这些也是我以后实现梦想所必备的素质!创建一个有影响力的健身俱乐部需要这些素质,不是人人都可以,所以我要不断提高自己的能力,不断为自己梦想地实现做准备,时刻不敢松懈。在学生会的工作我会努力地做下去,我要积极参加换届选举,去竞选更高的职务,接触更多层次的人,做更多的工作,给自己更多的锻炼机会。做到这些我想我的目标就实现了三分之一。

想要达成自己的愿望,这些努力其实是远远不够的!在以后的日子里,我会更加充实我的学习生活,不会再沉迷于网络。我要学习行政管理之类的书籍,想做一个高层管理人员我想这是必需的!所以理想既然已定那么就不要让它荒废,既然做就要做好。好要全面的好,要学习所有相关的知识,才可以做得更好,让梦想实现的可能性更大。既然选择了体育就要在这方面有所成就,干出自己的一番事业!在我看来这是实现人生价值的最好途径。

为了梦想的实现,今后我要在学习上更加努力,认真学习专业知识,认真学习管理方面的知识,认真做好学生干部,提前掌握管理技巧。每一个人都有自己独特的人生道路,不管别人的路如何走,向何方走。总而言之,我的道路已经确定方向,计划好了走法,我要坚持不懈地走下去。

　　虽然梦想已确立,方向已经确定,计划也已列好,只剩下将之一一实现,但是我仍然任重道远。说了这么多计划,真正实施起来还是很有难度的,事情往往都是说起来容易做起来难。道路很难走,要做的事情很多,需要做的努力很多,即将遇到的困难很多,我会一一克服,坚持到底,直到梦想实现!

梦长一步

敖宁,男,共青团员,材料科学与工程学院无机非金属材料专业 112 班,辽宁省北票市人;任学院学生会主席。

梦的春风,自十八大以来吹拂着祖国大地,梦想的力量改变着我们的生活。当今时代中国这个巨人不光要靠蛮力吃饭,还有更多的开动我们的头脑,中国需要思考,而我们的大学就是思考的天然温床。每每提到梦想,总是能扣动每一个人的心弦。大学伊始,每一个科大学子心中大大小小的梦想开始悄悄地萌发,当梦想实现时,品尝梦想成真的甜蜜滋味。

一步,就是我科大梦的长度。"这就是我的中国梦,它很简单也容易懂,踮起脚尖就能够着,不是悬在半空中",黄渤在春晚上演唱的《我的要求不算高》,确是唱出了很多人的心声,我也包括在其中,尤其是这句格外有共鸣。梦想不应该是遥不可及,而是有远有近,脚踏实地一步一步走出来的。当初给自己定位的总目标就是:一是在大学阶段借助学校的有利条件继续充实自己;二是尽快完成从青年学生到一个有责任的社会公民的转化;三是勇于尝试,在大学给自己一个无悔的青春。当初之所以定下以上几条目标,觉得自己应该成为有责任心、有能力、有作为的社会一员,我们都生活在社会当中,社会意识和社会责任应该是青少年不可或缺的必备素质。其次青春只有一次,不给自己留下任何遗憾才能在未来的道路上坦然前行。在尝试的过程中给自己一个准确的定位,找到最适合自己的道路,尽量多的了解和学习,不光能帮助自己看清前路,也能为以后提供或多或少的帮助。

尝试,是我每一步科大梦的具体体现,也是我大学生活的高度概括。在这几年中除了日常的学习生活,做过支教,表演过脱口秀,自编自演过相声,辩论赛、篮球赛和演讲赛也都拼搏过,自编自导自剪过 MV,设计过舞台幕布,跟好友一起骑行,谈过恋爱,在挑战杯的道路求索过,做过主持也教了新人……此外也从未敢舍下每年 1000 万字的阅读量和 10 万字读书笔记。这些小事承载着我的科大梦,每一件小事都只有一步的长度,串联起来就是我梦想的高度!

梦一直都在,我现在最大的梦想也是我的"一步梦"中最大的一步。主要是推行由我们学生会自下而上的一项活动——"求索材料人",该活动致力于促进学生本科阶段对学术研究的启蒙和引导,用最直接的方式促进学生对科学的兴趣,将同学们从游戏中,懒惰里引导出来。这项活动不同于以往的学生会工作,也需要广大任教老师的配合。正因为如此也带来了我们以前从没遇到的困难,不过我们有信心把这些问题一一克服。因为我坚信星星之火可以燎原,我愿意跟材料学子一道,为科大学子甚至全中国的大学生做这个尝试。如果有幸达到预期效果,叫醒那些睡在大学温床的同学们,我们很愿意将这个方法推广开来,从我的小小"一步梦"成长到"科大梦",从我们的"科大梦"汇入我们强大的"中国梦"!

中国梦是个巨大的网络,我们的"科大梦"是网络的一条线,我的"一步梦"是网络的一个节点,千千万万的小梦想是我们迈向强国之路的一个个小步,也成就中国梦的大步向前。

因为有梦,每一步都在向前。

梦无止境

蔡敬泽,男,共青团员,软件学院软件工程131班,河南省淮阳县人;任院学生会办公室副主任、班长等职务。

据说,如果一个人在14岁时不是梦想主义者,他一定庸俗得可怕;如果在40岁时仍是梦想主义者,又未免幼稚得可笑。在这个浮躁的年代,有的人认为梦想会是一件很无聊的事情,如果在这样的情况下,仍然坚持做梦想主义者,就必定不会是因为幼稚,而是因为精神上的成熟。

对不同的人,世界对它呈现出来的是不同的面貌。在精神贫乏者的眼里,世界亦是贫乏的。世界的美是对于每个人心灵丰富的程度而言的。

对于音盲来说,贝多芬等于不存在。对于画盲来说,毕加索是不存在的。对于只爱读流行小报的人来说,从大仲马到海明威都是不存在的。对于终年在名利场上奔忙的人来说,大自然的美等于不存在。对于一个不相信梦想的人来说,梦想是个笑话。

在大学之前,我是一个梦想迷茫者。大学之前的学习只是为了高考。那时,梦想对于我来说就是一个童话故事,只能看不能摸。在高中时的班主任经常这样说:你们为什么坐在这里,你们为什么学习,因为你们要考理想中的大学,你们要为梦想而奋斗。听了那番话后经常想:我理想中的大学是什么? 我的梦想又是什么? 从出生到上小学,从小学升入初中,然后考上重点高中,参加高考,考大学,毕业,找工作,谈婚论嫁,为生活而奔波,最后到老死,只有一盒骨灰能证明你来过这个世界。很多人都是这样的人生,一生都碌碌无为。

但是我不甘心,我的一生不能这么平凡,我要奋斗,我要创出属于我的历史。但我也只是想想,却不知从何做起,到了大学之后一切都变了。

2013年9月,我来到了河南科技大学。踏入了我的大学,科大将成为我梦想的起点,事实上科大确实是我梦想的起点。在军训期间我又仔细想了想我的梦想,当时我确立了两个目标,一是我在科大要锻炼和提升自己;二是毕业后自己的发展方向。现在我正向着梦想一步步前进着。

关于第一个目标我是这样做的,我参与了我们学院学生会的竞选,并成功当选为学生会办公室副主任。我很荣幸,因为我的奋斗有了一个好的开端,这是我成功的第一步。任职期间我严于律己,时刻注意自己的一言一行,我要好好把握和珍惜现在的机会,不能让自己的良好开端有不好的污点。今年我又看到了一个机遇,那就是明德班。青年马克思培养学院明德班是学校响应国务院文件,在学校培养优秀的青年马克思主义接班人的班级。在明德班我学到了很多,教授们的讲座为我们讲述了很多很深奥而且很严峻的问题。其中赵祥禄教授讲的关于意识形态领域复杂斗志的讲座,让青年大学生认识了一个很严峻的问题。对于意识形态的斗争我们要抓紧,不能输在意识形态上。明德班的课洗涤了我的心灵,让我更加坚持了我的理想。

我的理念就是要做文明人,而并身体力行改变那些道德上有缺陷的人,我要让全世界的人都以定居中国为荣。而要做到这一步最主要的就是要宣扬我们的传统美德,用自身的行动去感化更多人。作为一名在校大学生,我想借助于学生组织,更好地去宣传,因此我参加了学生会,竞选学生干部。下一步我要做的就是竞选学院学生会主席,以后还可能去竞选校学生会主席。我要做的就是一步一步地前进,以自身的行动去感化周围的人,让大家都相信并积极践行中国精神。

梦想就是这样,它是一个让人们愿意为它而付出了一切的东西,有了梦想人生才有奋斗的目标,有了梦想人生才更有意义。

平凡的生活　高贵的梦想

曹博,男,共青团员,经济学院国际经济与贸易专业 122 班,河南省商丘市人;任学院分团委学生会办公室主任;曾获校级"优秀班干部"、"优秀志愿者"等荣誉称号。

我低下头时,看到的是我卑微的生活;抬起头时,看到的是我高贵的梦想。

我有一块土地,那是我的大学;我有一个支点,那是我的学科;我有一根杠杆,那是我的梦想。我要撑起一片天空,然后挂上太阳,放上月亮和星星。我要为它添上色彩,我要为它种上花朵。我希望众人会在不经意的回首中发现这片不起眼的天空,发现它的绚丽多姿和丰盈充实。

我的大学没有北大那么悠久的历史,没有清华那么好的教育资源,但所有的一切都不能阻止一个意志坚强的男孩前进的路。因为我一直以来都喜欢一句话,金子在哪都会发光。不管是怎么样的大学校园都会给你提供许多施展才华的机会。记得刚入学的那段时光,眼前的一切都是如此的新鲜,我也只想在高中时代的结束来个解放尽情地玩。大学自己支配的时间多了,稍加不注意就放纵自己了。没有早读的硬性要求,早起的人儿少了,没有晚自习的规定,自习教室的位子总是有空缺。在大学这种完全有别于高中的氛围下,部分学子慢慢地迷失了。看书读报的少了,抱怨闲扯的多了;耐不住寂寞的人寻找自己的另一半去了;无聊之人只想在电子游戏中寻求刺激;懒惰之人则是一觉睡到第二天中午,就连午餐也是叫他人打包或是直接叫外卖。我也彷徨过、迷茫过,但庆幸地是我一直拷问自己:人生是如此短暂,是该好好利用有限的时间做点有意义的事情了。后来的我有空就去图书馆博览群书,在知识的海洋里尽情遨游,让自己的头脑储备更多的知识,而不是把大量时间浪费在无谓的事情上。时间如流水,一去不复返,只有不断地挤时间、充分利用时间,你的大学过的才充实。给自己制定计划,好好地规划自己的未来。大学收获的不仅仅是知识,友谊之花也在开放着。大家相处在同一片蓝天下,要的是相互关照,互助学习,有福一起享,有难共担当。来到大学不只是学习理论知识,最根本的是学会做人,做一个有德有才的人,如此才能为社会做贡献。

大学短短四年说长也不长,都是一眨眼就过去了。我不想留有遗憾,趁现在还有时间做些有意义的事。大一时我加入学院学生会锻炼了一年,也参加体育比赛。如今马上要大三了,我开始为考研做准备了,心中有种莫名的紧张。考研竞争之激烈是无法想象的,都说水火无情,当然考研的竞争也是无情的,优胜劣汰是一直以来是人类进步的动力,如今只能用知识武装自己,为将来在社会上争得一席之地而努力。也许未来的我做不到像周恩来总理那般为中华之崛起而读书的伟大,但找份自己喜欢的工作为社会的发展贡献绵薄之力却是可以的。

我的大学没有浪漫的爱情,只有一个人默默地前进;我的大学没有过多的时间去游玩,只有在图书馆中穿梭的身影;我的大学没有时间去烦恼,只有每天保持微笑以饱满的精神迎接未来的挑战。这就是我的大学,这就是我的梦想。

春天的花娇艳动人,梦想是含苞欲放的渴望;夏天的树枝叶婆娑,梦想是生机勃勃的向往;金秋的稻子低垂着头,梦想是沉甸甸的等待;严冬的雪漫天飞舞,梦想是晶莹的遐思和畅想。青春有梦就去追,为自己的梦想而努力,为自己的梦想而奋斗。虽然一路走来很辛苦,但也无怨无悔,因为我们时刻有梦想在心中,也时刻在努力着。

时光不负

曹文芳,女,共青团员,人文学院汉语言文学专业 132 班,宁夏自治区吴忠市人;任人文学院学生会编辑部成员,参与人文学院院报《人文朝华》的编辑工作;曾荣获"缤纷校园"征文大赛一等奖。

初到科大,我带了一箱满满的行囊和一副空空的皮囊。空壳一样的身体里除了五脏六腑还有一些零散的梦想。梦想像一幅三千片的巨大拼图,我似乎终于等到了适合的年纪和合适的寸土,去花费时间,去慢慢拼凑,我知道这将是一场历经四年的巨大工程。

我总是不敢启齿我的梦想。我想成为一个作家,不被看好也好,名不见经传也行,虽然有些理想主义,但这确实就是我的梦想,从很久很久以前开始。

小时候我告诉过别人我的梦想,当所有小伙伴还不知这个职业存在的时候,我就把它当作了我的梦想。他们一面嘲笑我没有科学家的伟大梦想,一面质疑我是否只是想看起来与众不同而编造了这么一个大家都不知道的职业。后来,当我再告诉别人这个梦想时,大家又一面鼓励我,一面对我说,人呀,其实要实际一些。那么什么是实际呢?我并不觉得的成为科学家会比作家来的实际。当然,我只是这样想想。

初中的时候,因为家在宁夏,念书的小镇大半都是回族,而且那个小镇毒贩比较猖獗。一次缉毒所在学校办了一场远离毒品的教育大会,他们用大客车带来好多犯人,当众"展示",丝毫不顾及他们的尊严,用他们做教化演说。学生挤挤攘攘的围观,小贩也乘机进到学校兜售,好像这里在举办什么欢庆的盛会。我从人群出来,在厕所后面的角落听到了一阵与人群嬉笑有着鲜明反差的哭声,是一个我认识的女孩。女孩的爸爸在被"展示"的犯人里,她羞愧而悲伤,无处言说。我想帮她,但我无能为力。我既没有言语安抚她的伤悲,也不能轻易出去使她隐藏的羞愧泄露。那天我用我初中生的言辞记录了这件事,我把愤怒和安慰都写在文字里,虽然我知道,这样的作为在当时还没有一点意义。但我希望有一天我可以用我的梦想解救我当时的无能为力,解救他们的自尊,解救她十四岁的羞愧和伤悲。

有时候在别人的梦想面前,我觉得我的梦想太不切实际。但在我看来作家是神圣的职业,它不是对春花秋月的玩弄或者对言词的信手编排。我的言词还太幼稚,不足以支撑起我日积月累下厚重的梦想,所以我一直希望有一天我能够有名正言顺地朝梦想进发的机会,切于实际,而不是只把梦想当作梦,供奉在一场场无尽的黑夜里。

当我上大学的时候,我任性而果断地选择了中文专业。我不知道它对我的梦想到底有多大的支撑,但我总算心安理得并且名正言顺。

三毛在撒哈拉的故事里写了一篇娃娃新娘的故事让我印象深刻。在非洲那个落后地区,三毛十岁的小邻居姑卡已经到了被出嫁的年纪。三毛同情那个女孩,她厌恶当地让人愤怒的习俗,但她还是无能为力。她本身是无法与这些抗衡的,所以她用文字记录的方式写下这个故事,虽然力量微薄。这让我想起高中时班级许多回族女孩,虽然不像姑卡那样十岁就被迫出嫁,但作为回族女孩来说,只要没有念书的本事,就会回家出嫁。所以有好多女孩子可能上学期还坐在教室同你说笑,下学期你就听说她已出嫁。我憎恶这样的习俗,但我主观的喜恶惊动不起别人的波澜。大学之前我去参加了一个同学的婚礼,她很惊讶并尴尬于我的到来。她一直是个不能成熟的小孩子,十七岁的突然出嫁,让她觉得羞愧难堪。我同情她,但我祝福了她。当看到三毛这篇娃娃新娘时我希望我也能做点什么,但写下来的东西总有文不能尽其意的沮丧。

我现在在大学学习着实现梦想的方式,虽然有时候会被现实捉弄的气馁,但还是希望有一天能够像许多作家一样,把想说的话、想记录的事、想被人知道的真实用写下来的方式被人知道。我希望我也可以,也有能力用我的思想、我的笔墨去讲述和传达。因为没有与生俱来的天赋,所以我需要去学习。我没有对待一个人一件事长久的耐心，唯此除外。

　　我不希望我的大学是被我在安于现状又空谈梦想的状态下度过，虽然我跟别人说过梦想都变成梦了这样的话，但那只是我羞于把梦想挂在嘴巴上的借口。我的梦想几乎与我同龄，既然它没有在幼年的被嘲笑中夭折，那么我希望它可以长寿无疆。在现在还可以为了梦想执着并专一的年纪和时光，我愿意在我的大学把奔向梦想的技能学的多一点、好一点。我知道梦想和未来一样无可预知，但当下和时光可以掌控。在我正当大学的年纪，我并不畏惧梦想和梦在未来的鸿沟。

　　未知的未来不过未知，当下的梦想生于当下。即使梦想终究还是变成梦，但在不可预知未来的当下，我还是愿意梦想不弃，时光不负。

飞鸟的梦想

曹阳,男,预备党员,管理学院信息管理与信息系统专业121班,天津人;任院学生会文艺部部长、校艺术团演唱团团长、杏苑书画社社长等职务;曾荣获"优秀志愿者"荣誉称号;获得2013年校"公寓安全文化月主题书画大赛"一等奖,2013年河南省高校书画巡回展二等奖,2013年"科大好声音"校园歌手大赛十强。

我是一只来自渤海之滨的飞鸟。挥动自己的翅膀,我飞到了这中原沃土,神都洛阳,飞到了河南科技大学。不断地历练使我的羽翼渐渐丰满。在这里,我不断地寻找,寻找着机遇,实现着梦想。我的梦想,便是羽翼的梦想,便是无悔奋斗的青春之梦。就在这里——科大。

我不敢说自己是什么大鹏,也正因如此,我只有在慢慢地道路上扎扎实实做事。作为一名科大学子,为实现自己的青春梦想,首当其冲烙印于心的便是校训:明德博学,日新笃行。我记得老师和我说过,我们的校训是灵魂,是学校的核心;是标尺,是丈量行为的准则;是文化,是一种潜移默化,无须提醒的外力。学会明德,在大学不断养成光明正大的品德,而这"德"字,我认为包括"五识":常识、知识、胆识、见识、德识。学会做人,善于学习,勤于思考,是一个人一生中要习得的技能,在追寻梦想的道路上,这些都是强有力的保障。飞得越高,坠得更惨,所以我必会谨记"明德",有了正确的思想指导,我便不会偏离梦的方向。

"博学",最初我单纯的以为就是很有学识,但当我更深入的加入各种组织,参加各种活动的时候,我才深刻地体会到,博学不仅仅如此。它是一种态度,是一种追求,是答案,是谦虚,同样也是人生美德。广泛地学习,详细地研究,谨慎地思考,清晰地辨别,忠实地践行,在实现"中国梦"的道路上,习近平主席总是凭借着他的博学,将中国文化的自信激发,由此从内心深处将中国精神唤醒,传承中国文化,宣扬中国风。这种新时代的博学之道,必须靠奋斗去实现。修身、齐家、治国、平天下,无一不需博学,无一不需奋斗,而这便是实现自我价值,人生梦想的唯一捷径。梦想的远近,不是口中直言,只有实干者才能度量。作为一只飞鸟,若想躲过猎人的枪炮飞向广阔的天空,不"博学聪慧"怎行,不"奋斗挥翼"怎可。

"苟日新,日日新,又日新"。每日破晓黎明便又是崭新的开始,天天更新,日日进步,弃旧图新,以饱满焕发的面貌迎接每一天,这便是青春。如果问什么最美丽,我会毫不犹豫地说:奋斗的青春最美丽! 人生在世能有几载? 青春之日又有几何? 正值青春的我们,怎能终日愁眉苦脸,闷闷不乐。少年,"右键刷新"一下自己吧! 校训中的"日新"既意蕴创新进步,又蕴涵每天以最新的面貌面对学习和生活。确实如此,学会日新,善于日新,对于大学生的我们有着至关重要的作用。不仅仅是口头上的信,更重要的是思想、感官、认知的信,这对我们养成创新思维习惯有极大帮助。在飞向梦想的旅途中,拥有更好想法,更新颖理念的人往往会在"捷径"上更有力,更快的挥动羽翼。

"博学而不穷,笃行而不倦"。当我们掌握了足够的技能时,我们便要投注于实践。"实践是检验真理的唯一标准",但是如何更好地完成它呢?"笃行",为学的最后阶段,既然学有所得,就要努力践履所学,使所学最终有所落实,做到"知行合一"。"笃"有忠贞不渝,踏踏实实,一心一意,坚持不懈之意。只有有明确的目标、坚定的意志的人,才能真正做到"笃行"。梦并非不可及,空谈理论误事,毫无建树可言。为了梦想,充实自己的羽翼,学有所长,并最终真真正正地去做,那便是好样的。

飞鸟的世界,有高度、深度、广度,人生便是如此;飞鸟的梦想,有超越、凌空、盘旋,人生亦是如此。我的梦想是拥有奋斗、不悔的青春。"明德博学,日新笃行",我将铭记于心中,书写那青春的不朽篇章。

寻 梦

陈九环,女,共青团员,物理工程学院应物专业 1203 班,河南省周口市人;任学院学生会分团委副书记、班级团支书。

梦想是什么?对不同的人或许意味着不同的答案。一日三餐,一个拥抱,一份事业,一缕阳光,健康的体魄或许就是我们的梦想。

学生有一个成才的梦想,因此他们在教室里奋笔疾书;工人有一个养家糊口的梦想,因此他们在寒霜酷暑下卖力工作着;专家学者有一个出人头地的梦想,因此他们白天黑夜地奋斗着;画家渴望画出自己的非凡之作,因此他们在画室里不厌其烦地描绘着;摄影家渴望拍出独具一格的照片,因此他们不辞辛劳地找寻着那些瞬间……梦想犹如一盏明灯,为他们指引着前进的方向,梦想犹如一缕清风唤醒人们昏睡的大脑。俗话说拥有梦想就相当于成功了一半,在奋斗的道路上,有梦想、有理念就可以坚强地度过人生中的坎坎坷坷。若没有了梦想,就没有了为之奋斗的目标,没有了前进的动力,生活也就进入了低谷。只有拥有梦想,才能在生活中不断前进,打破平庸,让我们的生活更加精彩。

在非洲的一片茂密丛林中,走着四个皮包骨头的男子,他们扛着一只沉重的箱子,在密林里跟跟跄跄地往前走。他们跟随队长进入丛林探险,可是,队长却在任务即将完成时患疾病而不幸长眠于丛林中了。临终前队长把他亲手制作的箱子托付给他们,并十分诚恳地说:"如果你们能把这个箱子送到我朋友手里,你们将得到比金子还贵重的东西。"

埋葬了队长之后,他们便扛着箱子上路了。道路越来越难走,他们的力气也越来越小了，但他们依然鼓着劲往前走着。

终于有一天，绿色的屏障突然拉开，他们历经千辛万苦之后终于走出了丛林，找到了队长的朋友。可是那个朋友却说："我一无所知啊！"于是，打开箱子一看，竟是一堆无用的木头！

就是这么个故事，看起来，队长给他们的只是一箱无用的木头。其实，他却给了他们行动的目标，使他们获得了"比金子还贵重的东西"——生命。从哲学角度上讲，人不同于动物之处，就在于人具有高级思维能力。所以人不能像其他动物一样浑浑噩噩地活着，人的行动必须有明确的目的和奋斗的目标。

大学，对于求学的学子来说，是自由的"天堂"，是我们高中奋斗的目标所在，是我们不懈努力的动力源泉。考入自己梦想的大学，正是拥有这个梦想，让我们能够忍受"三点一线"枯燥的生活，让我们能在数九寒冬依旧起早贪黑，让我们能在汗流浃背之际依旧埋头苦读，让我们面对铺天盖地的试卷依旧不厌其烦地演算，并最终走进梦寐以求的大学校园。

告别高中，走进科大，我开始了自己新一段的征程。回首过去的点点滴滴，不知不觉自己的大学生活已过半。大一初来乍到，对大学的生活充满好奇、迷茫。突然间身边没了父母的唠叨，没了老师的管教，虽说自由了，但感觉好像少了点什么。回首两年的自己，每天就是去上上课，忙点学院班级的事情，到学期结束，却发现自己一年来貌似什么都没做，也貌似没闲着，但却不知道自己做了什么。不过两年的大学生活，也给了不少生活感悟。大学的自由是好的，也是不好的！关键看自己如何把握。随着时间的移动，大学生分为两类：一类是不断利用周围的环境充实自己；另一类则是在"自由"中不断放纵自己，在不知不觉中迷失自我，丧失自我，最终堕落。在我看来，主要原因在于你是否有目标，是否心存梦想。只有这样，你才知道自己该做什么，如何去做。大学两年的经历，也让我逐渐成长，看到了自己的很多不足之处，也找寻了前进的方向。面对严峻的就业压力，我必须不断充实自己，坚定考研目标，尽自己最大的努力提高综合素质！

拥有梦想，才能在繁杂的生活中拥有奋斗的目标，才能在迷茫彷徨时找寻前进的方向。找寻自己的方向，为自己的大学树立目标，让自己的大学生活变得更加充实，更加精彩！

大学里的青春梦

陈坤,男,中共党员,护理学院护理学专业101班,河南省济源市人;任护理学院学生会主席;曾荣获省级"优秀学生干部"、校级"优秀学生干部"、"模范团干"、"优秀青年志愿者"等荣誉称号。

白岩松说过:"没有一代人的青春是容易的"。我们的青春就像是奔流不息的江河,呼啸着追求我们想要的一切。从来没有想过,也从来没有问过,我们想要的又是何物?中学时,我们为了考大学,秉烛夜战、闻鸡起舞,那段黑色的岁月每个人都会在心中留个位置。那时的我们向往大学的自由。转眼大学了,我们自由了,可是自由的代价我们从未想象过,只道青春年少,当青春之河呼啸而去,难道我们忍心成为岸边的枯草吗?青春的血液从未曾低沉过,但青春的我们却消沉了自我,这是青春年少的代价,还是青春成长的剧痛。今朝且吟且闻,明日且听且悟,只道青春年少,梦之方向未了。

大学的校园,活力与青春就是全部,我们将青春的快乐留在了这片土地,同时也有可能留下青春的疼痛。不曾想象,不曾回忆,青春的我们需要坚定的勇气。

带着青春的勇气走过一个又一个路口,面对一个又一个选择,青春给了我们太多五彩的世界。我们开始享受物质所带来的一切快乐,很少用笔了,只能听到键盘敲打的声音,这是属于青春的节奏——丰富多彩,快捷疯狂。我们奔着一个目标去,一切只为了寻找一份简单的快乐,而我们真的快乐吗?青春的勇气耗费了我们太多的时光,周而复始地重复着一日三餐,为了生活而生活,为了简单而简单,为了快乐而快乐。

我们期待每一天都简单而快乐,可这简单的快乐却让我们变得那么复杂,我们刻意地去追求简单,逃避所有复杂的事情,因为不想太累。有时候会忘了肩上的责任,因为不想被人注意;有时候会忘记真实的自我,因为不想留下遗憾;失去后才去弥补,却忘记了失去的不会再回来。这就是青春,这就是青春一路我们的无奈,这就是青春的疼痛。

青春需要梦想,需要方向,青春之路行千里,每一步都应为了梦想而努力。回首我们走过的错过的,还有什么能够让你悲伤或者微笑的?或许,这是一种成长,青春的成长。"没有一代人的青春是容易的",我们站在大学的校园里,是否也在努力寻找自己的方向,是否也在追求青春的梦想,是否也在用文字写下自己所有的回忆。

青春千里行,梦想始足下,青春的疼痛让我们找到了自己,青春的成长让我们找到了最初的梦想。谁言青春痛,我要感谢青春的疼痛,让我成长,让我们的努力有了方向。青春的我们需要走好每一步,践行目标,更应当让青春活力永驻,我们需要的是属于青春的快乐,我们拥有的是属于青春的色彩。青春一程,风雨兼行,谁在乎付出多少,谁在意得到多少,当青春的江河奔流呼啸而过时,我们应扬起风帆,驶向更远的彼岸,彼岸有你我未知的梦想。

愿青春的你我将青春这部戏进行到底,愿青春的你我将青春的活力洒满整个校园,愿青春的你我,将青春的梦想传遍每个角落!

山一般的梦

陈兰月,女,共青团员,农学院农学专业 1203 班,河南省平顶山人;任学院学生会副主席、班长等职务;曾获得"三好学生"、"模范团干部"等荣誉称号。

黎明的曙光揭去夜幕的轻纱,吐出了灿烂的晨光,迎来了新的一天。昨天的月亮随着那道亮光的到来而消失了。而后,亮光愈来愈呈现出金红色,愈来愈明亮了。获得了一夜休息的、快乐的城市苏醒过来了,快乐的青年也随之活跃起来……

在晨曦地照耀下,周山犹如梦醒一般,若隐若现,朦朦胧胧。山上这群科大的莘莘学子也陆陆续续从美梦中醒来,开始了一天的追梦计划。同样身为科大周山校区一名女大学生的我,也从温馨的宿舍楼走出,开始了平凡而又有激情的一天。正是因为在这片并不繁华的地带上追寻梦想,才使得每个平淡的日子变得无限激情。或许也是因为少了那份喧嚣,多了一份寂静,才安抚了这一颗颗浮躁不安,狂傲不羁的心灵,才使得每个科大学子心中都坐落着像山一般厚重却坚固的梦。梦一般的美丽周山,山一般的坚固梦想。

跨过熠熠生辉的宿舍大门,来到平阔的后操场。虽然周山校区的操场不像开元校区一样拥有像模像样的塑胶跑道,更没有像样的足球场地和四季常绿的草坪。但,奔跑在操场的生命却一样的鲜活,这足以给这片原本贫瘠的土壤注入了新鲜的血液,从而变得生动富饶。而这也正是因为每个科大学子心中都怀着一份自己的梦想,使得一切平凡都变得非凡。然而,梦想的实现不仅需要一颗无坚不摧的心灵,更加需要一个健硕硬朗的身体。为此,我付出不懈的努力,每天清晨奔跑在跑道上,呼吸着周山独有的清新空气,耳朵里听着清晰的英语美文,眼睛看着远方被薄雾笼罩的周山森林公园,心里则一步步计划着自己的学业梦想,那便是漫漫考研路,那便是希望自己能给中国的农业带来一份新的生机。无数次从汗涔涔的梦中醒来,只因并不辽阔的心中藏着像山一般厚重却坚韧的梦想。

随着脚步渐渐地停下,远方的森林也逐渐醒来,她在晨风中抖了抖身上的露珠,梳了梳慵懒的头发,又忙着往脸上擦抹着殷红的朝霞,好似一个刚出闺房娇羞的大家闺秀,庄重大气中透漏着女孩子家的羞涩。这难道不就是周山上的每个科大学子的缩影,害羞却又执着吗?这难道不正是那个刚刚停下歇息,心怀磅礴的梦想却害羞表达的女孩吗?

迈着沉重的步伐走过操场,看着初生的阳光照在操场上正在训练的汗涔涔的笑脸,忽然觉得心里那份梦突然变得更加真实,更加接近。因为只要付出努力汗水,就一定会收获灿烂的笑脸。我在心里默默地为自己喝彩!为自己有份伟大的梦想而骄傲,也为梦想离自己并不遥远而喜悦。哪怕跌倒,也要学会爬起;哪怕折翅,也要学会飞翔;哪怕牺牲,也要试着像凤凰涅槃般重生。脚底忽然生股力量,使得我的步速不由自主地加快,仿佛它就在我的前方,触手可及!

漫漫的五大节课在激情、彷徨、落寞、徘徊、后悔中度过了。秋日的阳光也渐渐淹没在大山深处。此时的周山被黑夜所笼罩着,校园里幽黄却透着温馨的灯光诉说着一天的疲劳,校园里的人儿也拖着各自疲倦抑或兴奋的身体回到自己的小窝,一番叽叽喳喳的作业讨论声,一番课程太多的抱怨声,一番急急忙忙的洗漱,各自回归到自己的轨道,继续着昨晚未完成的美梦。校园外的山也在黑夜中慢慢进入梦乡,森林里的生物也逐渐安歇下来,偶尔传来几声鸟叫,也淹没在无声的黑夜里。

每个人都知道三分钟的热度是不会让一锅水沸腾,可每个人却都不愿承认自己只有三分钟的热度。我偶尔也是,但为了捉住梦里的美丽的瞬间,我时刻警醒自己不要偏离轨道,"再苦再累也要坚强,只为那些期待眼神"。如果只沉溺于虚幻的梦境,那只有长眠不醒的人才能做到。只有脚踏实地的拼搏,才能抓住梦想的尾巴。

沉睡在梦一般的美丽山上,怀揣着像山一样厚重却坚韧的梦想,我每天都在为自己的梦想而奋斗。

做一位温暖的女子

陈耀贞,女,中共党员,管理学院信息管理与信息系统专业 112 班,河南省周口市人;任年级团总支、学生党支部书记等职务;曾荣获"社会实践先进个人"、省"三好学生"、"国家励志奖学金"等荣誉;获得 2012 年全国大学生英语竞赛优秀奖,2013 年全国大学生英语竞赛三等奖。

"陈耀贞,希望你做一个温暖的女子,做一个爱笑的女子,快乐并懂得如何快乐,快乐并感染身边的人快乐。偶尔任性,却不犀利。偶尔敏感,却不神经质。乐意和大家分享所有开心和不开心的事情。高兴,就笑,让大家都知道。悲伤,就哭,然后当做什么也没发生……"

曾经,我会觉得:成熟,不是心变老,而是眼泪在眼里打转却还能保持微笑。直到对我说这句话的人出现,才明白,成熟应该是不犀利的偶尔任性,不神经质的偶尔敏感,是拿得起、放得下、看得开、由内而外的释然与豁达。

曾经,我也会毫无保留,无所顾忌地笑,笑得很单纯,很干净,很真实。都说我随爸爸,爱笑,我也迷恋爸爸的笑,他的笑很温暖,很踏实。那时候,我常常做着每个女生都会做的梦,梦着长大要嫁给他。

后来,向日葵不见了太阳,她抬头也找不到了方向。

我一直是个安于现状的女孩,不求轰轰烈烈的生活,只愿和爱我的和我爱的人过着最平凡的生活。一场车祸,爸爸的离去,让这本来就很简单的幸福变成了一种奢望,突来的变故伤的我措手不及。那年,我 17 岁,本来的花季年华却让我瞬间感觉整个世界都没了颜色。那时的我,像没有灵魂的木偶,那时的我,也想过很多,甚至厌恶这个世界,恨世界对我的不公,不满它剥夺了我最基本的幸福。

第一次,幸福让我觉得她是高高在上的云朵,可望而不可即;她又是默默地含羞草,可远观不可亵玩;她更是眼前的海市蜃楼,可眺望而不可徜徉其间。可是,即使是心在流泪,我还是选择微笑,我相信太阳看得到,相信太阳并没有真正落下,相信爱笑的女孩运气不会太差。

终于,顺利完成高考。毕业那天,朋友抱着我,对我说"终于解放了,希望你也能解放自己!",那一刻,我彻底崩溃了自己,三年来第一次完全释放了自己,哭的歇斯底里。那三年过得应该是我一生中最累的时光了,习惯了假装坚强,习惯一个人面对所有。我不知道自己到底想怎样,有时候我可以很开心的和每个人说话,可以很放肆地笑,可是却没人知道,那不过是伪装,很刻意的伪装。我可以让自己很快乐很快乐,却找不到快乐的源头,只是傻笑。

哭过笑过,静静地坐在那里想,以前,总是觉得学习是为父母,考大学是为了圆爸爸对我的期望,却忽略了父母对我们高要求的用心之处。过好自己的人生——它不是父母的续集、子女的前传,学着活出自己的优秀与精彩。大学毕业之后,我手中是拿笔还是拿手术刀,是扫地还是坐办公室,是庸碌一生还是万人之上,这些都没有定数,唯一确定的是毕业后,我会以一个怎样的姿态屹立于这个复杂的社会。

世界以痛吻我,我为自己唱歌。我要告别曾经的我,告别假装的坚强,告别伪装的成熟,告别虚伪的笑脸,做一个乐观、向上、积极、勤奋、拼搏、健康、稳重、有思想的女子,我要做我寻找了好久的那个太阳,给自己更给别人带去光和热。怀揣着对自己满满的寄望,来到大学,期待着破茧成蝶之时的华丽蜕变。

进入大学,满满的不习惯,不习惯没有早出晚归,不习惯没有突击的班主任,不习惯没有形影不离的同桌,不习惯静下来时不知所为的自己……带着浑身不自在的身体站在了班委竞选的讲台,那天,我许下了成人后第一个重重的承诺"要么不开始,要么就做到最好!",三年大学生活,我想,我做到了。大学的军训方阵队列里,曾有我挥洒的汗水;学院健美操队里,曾有我活跃的身影;排球队里,也留下了我最美的年华。大学第一学期的积极表现,让党组织顺利接受了我的转正申请,我光荣地成了一名中共党员。

　　工作上的积极、认真、负责最终赢得了老师的认可，成了年级团总支书记并协助老师担任学生党支部书记一职。自上任这两年多来，有过苦，有过累，有过想要放弃的冲动，可是，每每想起曾在同学老师面前信誓旦旦的承诺，便再也找不到放弃的理由，我想，这就是担当，这就是成长。不能否认这是在我人生低迷时养成的一个人坚强的习惯，可我并不排斥这种感觉，至少现在我能保证不会让自己憋到内伤。

　　工作的事情占了我大学生活的三分之一，或许不止，毕竟时间不会停下来等任何一个人，经常徘徊在工作学习两难的选择中。有时候会埋怨自己为何这么要强，有时候想何必为难自己，甚至有时候会自私地想为什么要我牺牲自己的时间去忙年级的事？是的，我又不成熟了，又忘了自己的承诺，但是，这只是我心里小小的挣扎，我当然明白集体荣誉与个人荣誉的先后，当然我也会这么做。还好我够争气，慢慢地学会了自我调节，自我安排时间，这是不同于高中的自我支配时间，因为忙碌的不单单是学业。白天工作，晚上自习，加班工作到半夜这我都已习以为常，学习最终还是跟了上来。校一等奖学金、国家励志奖学金都与我有过一面之缘，全国大学生英语竞赛也为我送来了优秀奖和三等奖。

　　剩下的三分之一的时间应该算是我最放松最享受的时光了。说起来，大学三年最大的遗憾就是没有好好领略洛阳这一历史文化名城，因为在课余时间我还是放不下酷爱的排球。我享受球场驰骋时留下的汗水，在这里，我能放下身上所有的担子，彻底地释放自己。球场上的我，我最喜欢，没有杂念，没有顾忌，没有工作，没有学习；球场上的伙伴，是我家人般的队友，球场上的扶持与鼓励是在这个偌大的校园里最难得的。当然玩也要玩得出彩，最终为学院拿下了甲级第三和超级第四的荣誉，也是自己的荣誉。

　　我不知道大学这三年我遇到了多少人，做了多少事，犯了多少错，但我知道，我真的很用心，用心地交每一个朋友，做每一件事，避免每一个失误，尽力地散发着我的光和热。

　　我希望，能在心爱的白纸上画画，画出笨拙的自由，画下一只永远不会流泪的眼睛；我想画下早晨的露水，画下所能看见的微笑，画下所有最年轻的没有痛苦的爱情，然后把画寄给你，你，还有你，因为，我希望你们每天看到的，都是世界上最美好的事情。

梦的起点

苟涛,男,中共党员,医学技术与工程学院医学检验技术专业1301班,甘肃张掖甘州区人;任学院学生第二党支部副书记、学生会副主席等职务;曾获得校级"模范团干"等荣誉称号。

> 梦想是石,敲出星星之火;
> 梦想是火,点燃熄灭的灯;
> 梦想是灯,照亮夜行的路;
> 梦想是路,引你走向光明。

青春因梦想而美丽,人生因奋斗而精彩。菁菁校园,莘莘学子,科大人因梦想而团聚于此,不怕艰辛、刻苦钻研,为自己的大学梦而努力奋斗。有梦的日子,充满阳光;有梦的日子,永远馨香;科大是梦的起点,是人生的跳板,而我们是科大辛勤哺育的儿郎,是怀揣梦想种子的"雏农",我们将在此播撒梦的种子,辛勤呵护培养,最终开向世界的每个角落。

当自己刚刚离开高中那三点一线的枯燥生活,怀揣好奇来到科大时,我深陷迷茫;但是在我肆无忌惮地享受大学时光有一年时间的时候,我懂了:科大才是梦想开始的地方。因为在这之前你只是一个辛劳憨厚的坪地工人,只知道把石头运到坑坑洼洼的地方,但你却不知道在这些平地上筑造一个属于自己的摩天大楼。而大学却能让你成为一个很有资历的建筑师,并在科大尽情地设计构建自己心仪的那座大楼;科大是我从幼稚走向成熟的桥梁,让我开阔了眼界,建立了自己的社会人际圈;科大是我步入社会前的必修课,因为大学相当于一个小社会,给我提供了大量的原始资源,需要我自己合理地运用、升华和创造。在这个新的起点上,新的环境中摸索和定位,终于我有了属于自己的科大梦:学有所成、学以致用、锻炼自我、成就未来。利用大学平台学好专业技能,创造人际资源和必要科研硬件,锻炼团队管理能力。在这里我们不再有固定的教室,只能拥有不断流动的课堂和不固定的教室,宿舍的室友就是我们彼此关心的人。宿舍就是我们温暖的港湾,你可以看到为了梦想而挑灯夜战的室友,虽然这儿没有北大的悠久历史,也没有清华那么好的资源,但所有的一切都不能阻挡一个意志坚定的追梦人。

大学是个绚丽的舞台,一场场精彩的表演,一幅幅动人的画面。但舞台上的我们需要艰苦地奋斗,辛苦地付出,才会有好的结局和经久不息的掌声。蛹如没有茧没有经过痛苦地挣扎就永远不会变成没丽的蝴蝶,河蚌没有经过沙砾的一次次磨炼就永远不会孕育出晶莹高贵的珍珠。人生也如此,没有辛勤地努力和刻苦地钻研,永远不会有梦想实现的那一天。

没有岩石地阻挡,激不起美丽的浪花;没有大山地磨砺,登不上成功的巅峰;没有寒风地侵袭,开不出清香的梅花。在探寻真知的道路上,年轻的我们,要用坚实的肩膀,扛起美好的希望,带着对科学地热爱,追求美丽的梦想。

大学,是自由与知识的殿堂,是梦想开动的起点,在这里有浩如烟海的书籍,有知识的海洋,有思想的碰撞,有情感的交融。有人说,梦想就像是七彩的泡沫,在高飞的同时幻灭;而我说,梦想在种子的心中等待着,承诺着一个不能立刻被证实的生命奇迹!

落日的余晖下,我看见昨日那沉甸甸的足迹,感受到和时代共进步的那份执着。我的心开始蓬勃,激情犹如潮水,涌动着我梦想的浪花。一片恢宏和恣肆的自信,一种征服和信仰的力量,开始在我心中成长。科大,梦想的起点,我会在这里开动自己梦想的帆船,将它驶向人生的辉煌……

我在梦的路上

郭秉鑫，男，中共预备党员，材料科学与工程学院材料成型及控制工程专业126班，内蒙古包头市人；曾获得"优秀团干部"、"优秀学生干部"、"先进工作者"、"优秀青年志愿者"等荣誉称号。

"小时候我有一个蓝色的梦，长大后，我就在那梦中飞翔……"和大多数男生一样，我从小的梦想就是当兵，而且我还更具体地把目标放在空军上，幻想着有一天保卫祖国蓝天，像一只雄鹰盘旋在天空保卫辽阔的疆土。

梦想像氧气一样细腻地包围着我们，给我们生存的养料，即使它无时无刻不在变化，却从来都能让我们大口呼吸着并一直努力生活。小学时我梦想着长大了要当飞行员，也没人阻止我天真的想法；初中时一心想着考上重点高中，继续积累知识，靠近那个关于蓝天、关于飞翔的梦想；当如愿到了重点高中，随着知识的增加发现我少年时代关于梦想概念的模糊不清，由于近视，我的蓝天梦受到这严重打击，渐渐地只好放弃了一直追寻的梦想。

在经历了短暂的迷茫以后，我立志要考上大学，梦圆象牙塔，成为一名优秀的全面发展的大学生。时光荏苒，如今的我已经在大学，聆听老师的教导，带领学弟学妹努力地开展学生工作。这一切的一切都正演绎着我最初的大学梦。

回想当年，初入大学的我怀揣炽热的大学通知书，迈着轻快的步伐，踏入人生理想的殿堂时；当我带着亲朋好友嘱托与祝福，满怀憧憬与希望跨入大学校门时；当我开启了神秘的向往已久的象牙塔之门时，一幅美丽的人生画卷展开在我的面前，同学们坚定的目光，老师们睿智的眼神，那一刻才明白，原来大学不是一个梦想终结的地方,而是另一个梦想开始的地方。就像朗朗上口的校训"明德、博学,日新、笃行",从这里出发,在远方到达。

我走过红枫路,踏过琴湖桥,完完全全地浸着洛城书香里的我坚定地告诉自己:走进大学的那一刻起,我的大学梦想便已启程,就像儿时对蓝天的坚定,就像少年对高中的渴望。做一个好青年,血气方刚。做个好学生,全面发展、阳光坚强。

为实现我的梦想,我积极参加每一次活动,每一次会议,从来没有迟到早退。并且在业余时间学习 office 软件、ps、会声会影等基本软件操作,还有各大主流系统的使用。我也在每一次活动结束后反思自己哪里做得不足,争取下次避免类似失误。由于大一的出色表现,老师和同学们推选我为组织部长,职位不能代表什么,却是对我认真的认可,努力的回报。在以后的日子里继续不骄不躁,踏踏实实做好本职工作,协助老师管理好学院团委,就像最初轻轻许下的承诺一样。

听到的可能忘掉,看到的可能记住,只有做过才能真正明白,与其口若悬河地说一天,不如脚踏实地做一小时。大学时光不能浪费在无聊的小事上,既然大学给了我们展示自己的舞台,我就要在上面舞出动人的舞蹈,我要在上面尽情地挥洒自己的青春,张扬自己的个性,拿出自己的勇气,显出自己的热情,让我的青春无悔。

我的大学不怕失败,路漫漫其修远兮。梦想是未来的种子,只有经过青春努力地灌溉才能收获自己成熟的果实,有些事情只有自己经历了才知道什么叫后悔,有些时候只有失去了才能懂得去珍惜。大学时光短暂,我们要设计好自己的大学生活,张开怀抱去迎接现实的挑战,不去在意别人怎么看怎么说,谁都不能去否定现在的你,做自己想做的事,让人们看到我不是默默飞行的小鸟,而是可以搏击长空的雄鹰,那即便辛苦又何妨。

"当你知道去哪时,全世界都会为你让路",因为有梦,大学里人生的光辉与色彩才被我们领略;因为有梦,大学里生命的律动与力量才会给予我们希望;因为有梦,万事万物深层的美好才会被我们碰触,被我们欣赏。那么带着梦想出发,书写出一个潇洒,风流,而灿烂和辉煌的大学生活。

你看,我正在那个通往梦想的路上。

潮流常变　善心永恒

　　海洋,男,中共党员,人文学院社会工作111班,河南省开封市人;任班级团支书,河南科技大学"筑梦青春"公益团队队长等职务;曾获得省"优秀学生干部"、"河南科技大学志愿之星"、校"模范团干"、"优秀学生干部"等荣誉称号;发起的"关爱洛阳市失独家庭"公益活动获得由团中央举办的第一届全国大学生专项社会实践活动"全国百强"称号。

　　大学之道在明明德,在亲民,在止于至善。

　　读大学,是为了弘扬光明正大的品德,为了弃旧图新,为了使自己能够达到最完善的境界。这就是我对大学、对读书、对梦想的看法。

　　来到大学之后,我总觉得应该在学习之余给自己找点儿事做,看着青协的伙伴们用课余时间做公益活动,我找到了自己的目标:做个好人,这不就是我想要的吗? 于是,积极参与公益活动成了我课余时间的一项主要任务。

　　2012年春天,我和班级同学参与洛阳市牡丹花会的志愿服务活动;2012年5月,和同学们走进社区为孤寡老人做家务;2013年4月,在雅安地震的第一时间组织班级同学在建行广场举办了"祈福雅安"的公益祈福活动。这些活动,让我逐渐找到了大学的方向,让我感到充实、幸福。

　　2012年12月,我和班里志同道合的同学组建"筑梦青春"公益团队,以"关爱洛阳市失独家庭"为活动主题,开展了一项长期的公益项目。

　　"筑梦青春"公益团队,以关爱失独家庭为服务内容。"失独家庭"是计划生育工作中出现的一个特殊群体,他们在情感和精神寄托上,面临着很大的空虚和孤独感。一直以来,我和同伴们依靠专业优势,协助社区做好"失独家庭"的帮扶工作,及时了解"失独家庭"所需、所想,给予他们以精神抚慰和生活照顾;与他们进行谈心沟通,带动他们尽快走出失独的阴影,用温情关爱"失独家庭",让他们尽早走出失去子女之痛的阴霾。尽最大努力为"失独家庭"提供关怀和爱心,抚慰他们心灵上的创伤,在精神上给予安慰疏导,让他们感受到"人间自有真情在"的社会温暖。

在做公益活动的过程中,我和伙伴们不断创新服务方式,引起社会广泛关注,使大学生志愿服务能够产生更大的社会效益,让志愿服务对象得到更多帮助,带动更多的社会个人加入志愿服务、关怀他人的队伍中来。利用专业优势,积极探索通过班级平台组织长期的志愿服务活动,并利用新媒体的传播效应扩大活动影响力,让更多的人了解我们帮助的群体,并积极加入到我们的团队中来。在与新浪合作开展"关爱洛阳市失独家庭"的活动过程中,团队通过微博平台号召网民关注"失独群体",募集到校外爱心人士5人,活动全程总参与人数更是达到了10000人次以上。团队通过为失独老人提供义务服务,在王城广场举办宣传活动等形式为失独家庭提供实质性的帮助。这次公益活动,得到了校团委和洛阳市团市委的大力支持,先后受到了洛阳晚报、洛阳日报、大河报、网易新闻、洛阳市电视台的报道。

我认为,志愿服务,不应当只是社团组织的专利,它与我们每个人息息相关。朝气蓬勃、充满青春与活力的大学生需要积极践行"奉献、友爱、互助、进步"的志愿者精神,积极地开展各项志愿服务活动,并在志愿服务的过程中,不断地充实自己、提高自我,增强实践能力。大学生志愿服务队要不断提升服务形象和品牌,进一步引导和带动更多的大学生加入志愿服务活动,凝聚更多优秀青年贡献青春和力量。

这就是我的梦想,能够做个好人,能够用自己微弱的力量为社会做出一些贡献,能够在物质的生活中给自己留一份感动。潮流常变,不变的是"心善"。心怀感恩,不知不觉中,我已经将志愿服务当作了一种生活习惯。我希望自己,也希望身边的朋友能够将志愿服务的精神坚持下去。

只有梦想能点燃激情,只有梦想值得奋斗终生。人生就是这样,要活得精彩,有所作为,需要在心田种植熠熠生辉的梦想,需要向那盛开如花朵一样的梦想鞠躬,让灵魂如梦想般绰约,满载着梦想的芬芳。希望你我都能够在科大实现自己的梦想!

仰望梦想的高度

韩月,女,共青团员,医学技术与工程学院医学检验1202班,河南省郑州市人;任学院团委组织部部长,院青年志愿者协会组织部副部长等职务;曾获得校"优秀团干"、"优秀青年志愿者"等荣誉称号。

如果,青春的天空很蓝,我们会不会让梦想在湛蓝的天空中光芒四射?

如果,青春的天空群星闪耀,我们会不会让梦想在璀璨的星空中大放异彩?

如果,人生路漫漫,我们会不会轻轻踮起脚尖,一同仰望梦想的高度……

我是一个平凡的孩子,却有着许许多多不平凡的梦想。小时候,天真的我无比羡慕科学家的荣耀和光彩,梦想着有一天能成为一名科学家,憧憬着各种稀奇古怪的实验和新鲜有趣的尝试。渐渐地,随着年龄的增长,自我认知的完善,科学家的影子淡化在我的心里,但这并不是意味着我放弃了我的梦想,而是因为我懂得了自己真正的兴趣所在,内心的敬仰和盲目崇拜并不代表自己适合从事这项职业。因此,我选择了医学,我渴望成为一名白衣天使,用自己的耐心、爱心、关心,为病人解除痛苦。能够看到自己的病人在久病初愈后重新露出快乐的笑容,对于医生来说,是一件多么快乐幸福的事情,我由衷的想体验这种幸福感。医生,这个伟大的职业从此以后便种植在我的心里。18岁,站在青春的交叉口,回过头看看过去的自己,当科学家的种子萌芽在心里的时候,梦想有了雏形,当医生的职业定格了人生的方向,内心便有了奋斗的源泉。

人生是一个不断变化和丰富的过程,面对光怪陆离的世界,变化莫测的发展形势,我们不得不重新审视自己的梦想。步入大学,我所学的并不是临床医学,而是医学检验,我所在的学校检验专业也并不是很有优势,看着同专业的好多同学因为调剂到此而露出不满、遗憾的表情,面对这样的结果,我也曾沮丧过,也曾怨恨过自己高考发挥失利。但是,念念不忘父母离开时的背影,他们告诉我:"长大了,就要对自己的人生负责,没有人可以陪伴你走到最后,不管是什么样的路,只要是自己的路,孤独也要走得精彩"! 人生就是这样的千变万化,狂风暴雨是我们必然要经历的阶段,梦想是可以改变的,但是追逐梦想的脚步不能停歇。因此,换一种心态,我的梦想是学医,即使没有直接学习临床,但我也没有偏离梦想的航道,我很庆幸自己还能在医学知识的海洋中徜徉。医学没有边界,只要努力,我可以和临床学生学得一样出色。我没有时间抱怨生活,因为我不要在双鬓斑白的暮年,茫然地问着自己:"时间都去哪了"?也不要在未来,别人侃侃而谈自己的大学生活的时候,我只能独自暗叹荒废的大学时光。对于我来说,全新的起点,从学习检验开始。我决不能停止前进的步伐,我还要向未来奔跑,永不停息!

常常问自己,梦想的高度有多高? 史立兹告诉我:"梦想如星辰,我们永远无法触到,但我们可像航海者一样,借星光的位置而航行";苏格拉底告诉我:"史上最快乐的事,莫过于为理想而奋斗";吕坤告诉我:"贫不足羞,可羞是贫而无智"。我开始仰望梦想的高度,我开始敬畏梦想的深度。我在想,如果我走的每一步,没有脚踏实地为梦想奋斗,我的人生将会是多么的可悲! 既然选择了科大,那么,我的梦在眼前,梦在脚下!

"我不去想是否能够成功,既然选择了远方,便只顾风雨兼程;我不去想身后会不会袭来寒风冷雨,既然目标是地平线,留给世界的只能是背影"。这就是生命的态度,这就是理想的追求。我们是大学生,梦想是我们的信念,智慧是我们的行囊,我们要把人生之旅走出自己的风格,走出自己的精彩。青春的画板,需要我们浓墨重彩地描画,科大的未来,需要我们拼搏奋斗的汗水挥洒。科大梦,我是梦想的创造者,也是梦想是实施者,一路的坎坷泥泞,一路的欢声笑语,对于我来说,都是一种幸福,一种感悟,一种纪念。

我们,还在追梦的路上,任重而道远。让我们一起仰望梦想的高度,为青春喝彩吧!

插翅寻梦

汲冬冬,女,中共党员,护理学院护理学专业 101 班,河南省鹿邑县人;任学院第一党支部组织委员,班级学习委员等职务;曾获得"学习标兵"、省"三好学生"、"优秀运动员"等荣誉称号。

人们常说:"天使"是传说中神仙的使者,是幸福和温暖的象征。我相信人人都有一个属于自己的天使之梦。当然,作为一名护理专业学生的我也拥有一个属于自己的天使之梦,白衣天使之梦。

飘然而至的白衣,伴随着神圣的心灵;一顶圣洁的燕尾帽,携带着无数生命的希望;亲切和蔼的笑容,温暖着每一位患者的心灵!护士们的形象一直都是那么的美好、纯洁、高大。南丁格尔曾说过:"护士是没有翅膀的天使"。平凡的我一直都在努力地为自己插上"翅膀",追寻属于自己的天使之梦!

作为一名当代的大学生,我深知:要想成为一名合格的白衣天使,必须首先要在大学期间不断地锻炼自己,充实自己,提升自我,努力把自己培养成一个德智体美全面发展的优秀大学生。所以从步入大学至今将近四年的时间里,我时刻严格要求自己,督促自己!

学生的首要任务是学习。作为一名大学生,在大学期间我一直都在努力地为自己充电,不仅争取精益求精地学好每一门课程,特别是专业课,为以后进入临床打好基础,还努力地利用课余的时间多读书、读好书。皇天不负有心人,我的成绩一直名列前茅。并且曾两次荣获国家励志奖学金,河南科技大学二等奖学金,河南科技大学学习标兵等荣誉称号!

　　俗话说:人要靠两条腿走路。在大学期间我也一直在积极踊跃地锻炼自己,从刚开学时毛遂自荐,做了班级里的学习纪律委员,带领大家开始懵懵懂懂的大学学习生活。到大二大三时,竞聘到医学院两会一团,从学生会生活部副部长到部长,从最初的摸索到最后的轻车熟路。再到现在的护理学院第一党支部组织委员,帮助老师管理同学们入党、转正的相关事宜。将近四年的锻炼,将近四年的一步步走来,我从中受益匪浅:学到了如何与老师同学们相处,学到了合理处理事情的方法,学到了如何合理地分配时间,同时也领悟到了互相合作的真谛,收获了珍贵的友情。一直坚信着"万事须尽心尽力,但求问心无愧"的我受到老师同学们的一致好评,无论是班干部评优还是学生会干部评优,评价结果一直都是优秀,并且在每学期的民主测评中一直都是名列第一。这将是我人生路上的一笔不可估量的财富!

　　另外我也积极地参与各种课外活动,积极地发挥自己的特长——跑步。在大二时有幸被选入河南科技大学田径队,跟着校队的刘老师训练。大学近四年期间曾多次代表学院参加河南科技大学运动会,并且多次获得冠军。也曾代表学校参加了河南省第十七届"华光杯"体育比赛,荣获 3000 米第二名、1500 米第四名和优秀运动员荣誉称号,洛阳市第十二届运动会暨全民健身大会 1500 米第四名、3000 米第五名。也曾荣获 2012 年科大之星——"体育之星"的荣誉称号!

　　当然,在思想方面,我一直保持党员的先进性,保持与时俱进! 大一时作为 2010 级的第一批入党积极分子被党组织吸收接纳,此后由于各方面的表现一直都很优秀,在大二时被顺利发展为预备党员,大三时成为一名光荣的共产党员! 与此同时,党员的职责也一直督促我:时刻地以党员的标准来要求自己,时刻起到党员的模范带头作用。在此期间,我曾荣获河南省三好学生,多次荣获河南科技大学优秀团员、河南科技大学三好学生等荣誉称号!

　　当然,追寻梦想的路上难免会遇到这样那样的挫折和打击,但我一直不曾停下自己前进的步伐。记得《中国合伙人》中曾有一句话:梦想是你感到坚持就会幸福的东西。当我们为梦想而拼搏时,全世界都会为我们让路!在将近四年的大学期间,我是幸福的、幸运的、满足的、充实的!在挫折和打击面前,我无所畏惧,我敢于直视,我敢于拼搏,我敢于奋斗,只为自己破茧而出的那一时刻!

　　当今社会上正广泛地流行着一个词叫作正能量,这种力量它是无处不在的,它将给我们带来许许多多、不可估量的正面效应。我觉得每个人都应该做一个充满正能量的人,都应该追求一份正能量的事业,都应该尽自己所能去传递正能量。当然,我的正能量的事业就是追寻我的天使之梦,我将会一如既往地追寻它!

最好的自己

晋熙梦,女,中共党员,医学院临床医学专业 103 班,河南省鹿邑县人;任班级团支部书记、生活委员等职务;曾荣获学校一等奖学金,2013 年度"科大体育之星";2013 年全国啦啦操联赛郑州站大学组花球自选动作第一名,2013 年全国全民健身操系列推广大赛河南分站大学甲组五级规定套路第三名,2013 年洛阳市第十二届运动会健身操第一名。

转眼间,我已经成为河南科技大学大四的一名学生,回首四年大学生活,酸甜苦辣、感慨万千。从一个没有离开过家庭庇护的懵懂少女成长为现在独立自主的积极青年,自己的努力在其中,但没有学校、老师的正确指引也难以顺利走到今天。我那从入学就怀揣着的科大梦已如一颗破土而出的种子,在学校这个舒适美丽的环境里发芽抽枝,吸收着雨露地滋润,感受着阳光地照耀,努力地向着蓝天白云蓬勃生长。

来到学校后,美丽的科大把我脑海中的最美的想象都变成了现实。在菁园生活区布置出自己温馨幸福的寝室;在公教教学区洒下努力学习的汗水;在琴湖边悠闲散步,看着白桥绿水享受诗意的生活;在图书馆知识的海洋中丰富自己的头脑,开阔自己的心界……总之,科大给了我太多的美好与惊喜,在这里的我像是一块海绵,吸收接纳我所接触的一切。

现在想想,我的科大梦应该在那时就已经潜移默化地融入我的生活,我的每一次努力都是为了她绚丽的绽放。她没有那么宏大光辉,但普通简单又质朴踏实——做最好的自己!构建一个和谐安定的国家需要每一位公民的参与，创建一个文明向上的校园也需要每一位同学的努力。我的科大梦就是尽自己最大的努力，承担起应该肩负的责任，完成自己的使命。在完善、丰富自己的同时，也为科大的成长与进步献出了自己的一分力量。用自己的双手为学校加一份生机，添一抹绿色。我的科大梦就是"螺丝钉精神"，正如雷锋同志说过：我愿意为人民做一颗闪闪发光、永不生锈的螺丝钉。我也愿意做一颗科大的螺丝钉，做最好的自己装扮最美的科大。同时，我亲爱的母校科大也承载着我炙热的青春，孕育出我绚丽的梦想，见证着我澎湃的青春，造就了我美丽的明天。

刚入学的时候也没有太多的想法，就是顺着自己的内心，开心快乐地做我想做的和应该做的事情，尽自己最大地努力处理遇到的每一个问题。就是在这种积极乐观的态度中不但完成了自己的任务，还取得了意想不到的收获。大一取得了校"二等奖学金"和"三好学生"的称号，大二取得了校"一等奖学金"和"优秀团员"的称号，大三获得了校"一等奖学金"并且带领我们医学院夺得了学校第六届健美操比赛第一名。大四我成为一名光荣的共产党员，同时代表学校在全国啦啦操联赛和全国全民健身操大赛中取得了优异的成绩，在2013年"科大之星"的评选活动中获得了"体育之星"的称号。我还担任着班级的团支部书记和生活委员，我喜欢自己的工作，也乐于为老师和同学们服务。工作、学习、课外活动交织构成我的大学生活，我感觉自己每一天都过得很充实，每一天都有一个新进步。

回首过去的几年里，给我印象最深的不是获得成功那一刻的喜悦，而是为之默默付出的努力。我记得跟着老师做课题时有时要忙到凌晨才能结束；我记得在组织"三下乡"活动时路途的遥远和颠簸；我记得盛夏时节在体育场上洒下的汗水；我记得我每一个成功的背后为之流下的眼泪。在困难面前也萌生过退缩的念头，但想着自己最初的坚持与梦想，就什么也不怕了，擦干泪水用微笑迎接下一个挑战。在通往成功的路上是注定要付出艰苦的努力和辛劳的汗水的，然而这就是梦想，这就是青春！

我们怀揣着自己的青春与梦想从祖国的四面八方来到河南科技大学这片可爱的土地上，朝气蓬勃，充满活力，每一位科大学子都在为实现自己的科大梦努力着，奋斗着。让我们用自己的科大梦编织出科大明天的五彩斑斓，绚丽辉煌！

我的梦与国家梦

李迪,男,共青团员,动物科技学院动物科技专业1204班,河南省周口市人;任学院学生会主席;曾获校级"优秀团干"、"优秀社团干部"等荣誉称号。

2012年9月,当我拿着那张鲜红的河南科技大学的录取通知书,来到河南科技大学门口时,一路上所堆积的激动早已溢于言表,但是当踏进校门的那一刻心中却涌现出了丝略的不安。高中三年,乃至从初中时就魂牵梦萦着的大学,真的就出现在了眼前。有人说一个梦想成真的时候你就该及时播下下一个梦想的种子,可当时的我脑子里有关梦想的词组却是一片空白。高中的我因为有一个属于自己的渺小却又伟大的梦想,所以即使每天殚精竭虑、朝五晚九,仍感觉日子充实而又美好。因为我一直对梦想存在的意义深信不疑,可是当梦想距离我只有一道校门之隔时,触摸并感受着梦想的真实让我在心中泛起了阵阵悸动的涟漪。我仍期待着自己能在河南科技大学有一个新的梦想,一个能让我重新一鼓作气,甚至以此为信仰的梦想。可我从不喜欢逼迫自己做一些急功近利的事,我认为这种行为既是对梦想的不尊重也是对自己不负责任的一种表现,所以我选择了顺其自然。当时的我这样想着,拉起行李箱走进了校园,那时学校大门口阶梯旁的一棵桂花树蕴意着沁人的秋香与诗意,不论如何,最起码我是喜欢这个校园的。

开学时,许多听说却不曾切身接触过的新鲜事物纷纷以各种形式平平淡淡抑或别出心裁地出现在我面前,我试着让自己接近它们,试着让自己做一些从来不敢做但能提升个人能力的事情。比如,第一次站在讲台上发言,第一次组织班里参加文艺演出,第一次为自己的爱好寻找了一个适当的归宿等。就像我说的那样顺理成章般开始了我的大学生活,许多活动、讲座、会议的出勤等,我都积极参加。我努力地想从别人身上或者他们的经历中找到一些我真正需要的东西,可是事后总感觉脑子里留下的只是一些繁芜又没有条理的段段句句,有的甚至可以说毫无意义。难道是我思考问题的方式不对? 我终日问着自己,郁郁不得。一次朋友来看我,站在图书馆前面的空地上可以俯瞰整个洛阳市的全貌,那时我俩站在台阶上远眺,我向他说出了我的苦恼,他深邃地看了我一眼问道:"你现在向下看,看到的是什么?"我随口答道:整个洛阳市啊,然后还饶有兴致地向他解说起来了一些标志性建筑。最后我问他说:"那你看到的是什么呢?"他当时就说了四个字"整个世界",当时的我听完之后犹如醍醐灌顶般心境顿时澄澈透明了起来。我尝试着把自己的眼界和目标渐渐地扩大化,把自己的个人与整个民族,整个国家的点点滴滴联系起来。渐渐地一颗与梦想有关的种子在不知不觉中已被悄然种下,并等待着适当的时机萌发并壮大。

少年智则国智,少年富则国富;少年强则国强,少年独立则国独立;少年自由,则国自由;少年进步,则国进步;少年胜于欧洲,则国胜于欧洲;少年雄于地球,则国雄于地球。这篇来自晚清著名人士梁启超的《少年中国说》现在早已耳熟能详于任何一个接受过知识教育的人们,特别是文中所提到的"少年",也就是现在的我们,每一个当代社会的大学生。文中极力歌颂少年的朝气蓬勃,热切希望出现"少年中国",振奋人民的精神。具有强烈的进取精神,寄托了作者对少年中国的热爱和期望。再次读到这篇文章时我思考了很久,为什么在我们大学生的日常生活中看不到所谓"少年中国"的豪气与激情,每日的盲目无从、碌碌无为,甚至整日与游戏为伴,沉湎其中深深不能自拔的生活成了大多数现代大学生的基本生活方式? 为什么我们不能从这种生活方式中走出来? 为什么我们就不能摒弃所有的杂念与烦扰,专心致志的为中国的强大付出这四年的大学时光? 恰巧那时习近平总书记提出要实现中华民族伟大复兴的"中国梦",他说:"每个人都有理想和追求,都有自己的梦想。现在,大家都在讨论中国梦,我以为,实现中华民族伟大复兴,就是中华民族近代以来最伟大的梦想。这个梦想,凝聚了几代中国人的夙愿,体现了中华民族和中国人民的整体利益,是每一个中华儿女的共同期盼。历史告诉我们,每个人的前途命运都与国家和民族的前途命运紧密相连。国家好,民族好,大家才会好。实现中华民族伟大复兴是一项光荣而艰巨的事业,需要一代又一代中国人共同为之努力。空谈误国,实干兴邦。我们这一代共产党人一定要承前启后、继往开来,把我们的党建设好,团结全体中华儿女把我们国家建设好,把我们民族发展好,继续朝着中华民族伟大复兴的目标奋勇前进"。这时的我似乎已经感觉到了自己梦想的萌芽已经悄悄破土而出并初具形态,那就是为中华民族的伟大复兴贡献出自己的一分力量。这个梦想犹如一盏在远方闪闪发光的明灯,不断地指引着我前进的方向。当我懈怠、动摇时又会成为一顶浩大宽博的警钟警示着我回归正途,从而让我在每天的学习生活中获得了源源不断的精神支持与鼓励。

"明德博学,日新笃行"作为河南科技大学的校训,一所学校的灵魂所在,想必每一个科大人都在踏入这个神圣学府的那一刹那将其牢牢铭记。对于我来说,我不仅仅把它当作一种简单的学习态度,更把它当做我实现梦想的实践方法和人生标尺。我渐渐地重新审视许多很容易被我们忽略但对于人生来说却至关重要的问题,树立明确而又坚实的道德底线,坚持自己的道德操守,在校园文化生活中丰富自己的道德修养,明确自己的是非观,并在此基础上树立正确的人生观,价值观,世界观。学会做人,从一点一滴的小事做起;学会学习,树立终身学习的理念,秉持处处皆留心,留心皆学问的学习态度;学会思考,学会思考问题的办法,学会创新性的思考;注重内心修养的提升;及时将学习到的理论知识运用到实践中去;在日常的学习生活中勇于担当,主动地去接受别人的监督,发现自己的缺点。学会客观地总结过去,细致地分析现在,科学地谋划未来,从而更好地奠定自己的梦想之路,留给自己的青春一个奋斗的身影。

我为自己代言

李宏彬,男,共青团员,信息工程学院物联网专业1201班,辽宁省朝阳市人;曾荣获校"优秀学生干部"、"优秀团员"等荣誉。

和大多数农村的孩子一样,家庭环境的艰苦让我从小就知道唯有学习可以改变自己的命运,而且我也不愿意和我父亲一样,一辈子以种田为生。经过刻苦勤奋地努力,我终于为自己的12年寒窗苦读交了一份比较满意的答卷。当我收到录取通知时,我却茫然,对于"物联网"这个词汇我倍感生疏,不知道自己将来的出路会是什么样子,也不清楚自己四年的时光会换来一个什么样的自己,这一切的一切都是问号,同时内心深处也充满了好奇。

怀揣着自己最初的梦想和好奇心,我不远千里来到了河南科技大学。初到这里,庄重严肃的校门,高大的图书馆,井然有序的生活区,相互连接的公教教学区,清澈的琴湖水,各具特色的工科群……给我留下了深刻的印象。但美中不足的就是这里的食堂和过多的荒芜空地,但这些都没有影响到我对知识的渴望。

曾经的信誓旦旦,却不能避免被环境改变。刚来大学没有多久,就发现自己在学习上根本没有优势,学习上的失利加上过于放松的生活环境,让当初求知的欲望很快消失了,自己最初的梦想也被抛在脑后,和大多数大学生一样,自己变得越来越懒散,逃课、喝酒、抽烟、熬夜唱歌、打游戏、睡懒觉等等坏习惯都已慢慢地成了自己生活中的一部分。感觉这种生活很轻松,很享受,很安逸,甚至在某些方面还很有成就感。忘了自己之前的艰辛求学路,这与曾经的自己大相径庭。

这种享受一直持续到大一下学期末。一个偶然的机会我参加了某个学院的送大四晚会,在这场晚会中间有一个环节,大四年级长最后一次点名,那种气氛,突然让我意识到了,还有三年这种场景就会发生在自己身上,时间是如此的短暂。大一下学期,我的成绩更是给我了当头一棒,九门考试挂了两门,这更让我为自己之前的行为感到懊恼,知道为自己以后的学习生活担忧。我开始冷静思考,强迫自己去学习,学着去委婉拒绝某些不重要的邀请,慢慢克制自己去改掉坏习惯。经过半年的努力,我的学习状态又回到了最好。

我要求自己尽量多看书报、新闻媒体、网上资料,掌握更多有关物联网方面的信息。通过自己和大家的力量真正实现"网络强国"。让物联网进入到千家万户,人人受益。之前是互联网的天下,以后将由我们打造"物联网"时代。在课堂上,我以学为伴,以书会友,收获着学习的充实;而课堂之外,我选择加入到学生组织中,想通过这个平台更好的锻炼下自己的能力,同时,也希望以这个平台为媒,广交科大朋友。

作为科大学子,我们要时刻惊醒自己。科大过去的道路,在我们脚下,科大未来的道路,将由我们铺就。作为90后的我们,肩负着国家和人民给予我们的希望。我们要用我们的知识和智慧,在这属于我们的美好的时光里创造属于自己的未来。这是我的时代,我为自己代言!

青春在实践中绽放

李杰,男,中共预备党员,外国语学院英语专业121班学生,江苏邳州人;任学院分团委副书记、校学生会办公室副主任;曾荣获校级"二等奖学金"、"优秀学生干部"、"三好学生"等荣誉称号。

年年岁岁花相似,岁岁年年人不同。我想是太久没有仔细思考过自己的人生,似乎也不够清楚自己的想法了。我究竟有多久没有提及自己的梦想了呢?

2013年5月的一天,上完自习,默默走在从公教到宿舍的路上,大四的学长学姐们在倾销各种书籍,我不免感慨,时光易逝,大学四年那么短,短的让人来不及准备,却又那么长,长的让人迷失自己,忘却了当初的梦想。

就在这个时候,一年一度的暑期社会实践活动全面展开了。为了在实践中进一步锻炼自己的能力,增长自己的才干,我毅然决然地组织了一支队伍,开始了为期半个月的实践活动。

作为实践团队的队长,从开始确定实践主题,到队员的层层选拔、队员的分工、任务的布置,直至活动的全面展开。后期的材料总结,或许疏一看,很是简单,但实则不然。在这个过程中不仅是苦苦追求知识的增长,更是寻找一种感动,一种令人心向神往的力量。孙中山先生曾说:"人既尽其才,则百事俱举;百事举矣,则富强不足谋也"。我们每个人在"寻访大学生村官,扎根基层,共筑中国梦"这样震撼的实践主题中锻炼着自己,以追求对大学生村官的深入调查为目的,大胆去设想,去行动,在这个团队中每个人都关心集体的进步,真正做到了团结,奋进。有激动,有触动,更有感动。

不论是第一天大家为了制定可以提高团队工作效率的方案时的争论不

休，还是每天在外采访村民的队员被烈日晒伤、颗颗汗珠滴落，早已浸湿全身的队服，更不论每晚写报告、日志，整理照片和视频，总结全天活动，为次日的活动准备到深夜。每天的采访、吃饭、下乡、总结、休息，成了我们的主线，每天奔波于乡村城镇的各个小巷街头，我们调查着，实践着，是为了让自己明白更多属于我们的，属于大学生村官们的，属于我们这个时代的真谛。只因为我们知道，孵化梦想，放飞希望，需要的是挥洒汗水，是张开臂膀，是自强不息。我们付出，我们收获，因而我们快乐。

在对大学生村官的调查实践中，我们感受到了一个个村子的建设，这里有孩子、农民、村干部，从他们的质朴的话语和眼神中，我们在感受，感受着这份简单和快乐。经过采访，我们知道了大学生村官们在村里创业的艰辛，村民生活的困难，在同情之余，我们更多了一份宽慰，因为，农村生活条件和居住环境在不断地改善，村民们在一位位大学生村官的带领下都在为更好的生活而努力坚持，不断奋斗。

或许，我们的足迹不能遍布洛阳的每一片土地，我们的实践不能深入到每个村子的每个角落，我们的视野不能关注到每一位大学生村官，但是我们每个人都希望，我们的实践报告能够受到更多人的关注，在新农村建设中，还有一大批些需要帮助、默默奉献的大学生村官们。功夫不负有心人，我们的实践活动受到了中国青年网、河南教育网等多家媒体的关注。

实践活动结束后，我在思考着实践过程中发生在我们身上的全部。因为此次活动的开展，少了些年少的张狂，多了些青春的踏实；少了些年少的迷茫，多了些青春的奋斗。"筑梦"这个词，不再是一个队名，也不再是个口号，更多的是一种精神，一种力量。

当走进村镇的时候，我才真正明白，那群奋斗在基层的大学生村官是多么崇高，多么值得敬仰，多么值得当代大学生学习。于我们自身而言，终于明白，什么是奋斗，什么是团结，什么是一个团队、一个集体。这样的实践活动，注定会给我们，给当代大学生带来别样的收获。

日落时分，每每我坐在偌大的操场，夕阳透过云彩照射在我身上，我知道，没有忧伤，没有堕落，青春的美好时光留给我们更多的是激昂的华章与奋进的号角，激励我们不断地在实践中提升自我，服务人民。

梦是一种修行

李帅,男,中共党员,法学院法学专业123班,河南省周口市人;曾荣获校级"模范团干部"荣誉称号;荣获河南科技大学第九届话剧大赛二等奖。

　　光怪陆离的世界,如同一场无法醒来的梦境。世人在梦中迷失方向,从此,再找不到回家的道路。谁来安慰哭泣的孩子? 为她擦去停不住的泪水。人们在等待,等待能够重拾自己那份纯真的梦。

　　不同的人有不同的人生道路吧,记得小的时候,迫于整个大环境的影响,我基本上是两耳不闻窗外事,一心只为能够来到这梦中的殿堂。到了大学之后,一些很新鲜的事情扑面而来,这种感觉在熟悉中又透露着莫名的疏离,让我心怀激动而又感觉彷徨无措。生活和学习不止是在书本里,书本外的一些风景也是独特的。与人的接触,遇事的感悟,大学生活里面的接触更多了一些,感悟也就更多一些。原来是一种小圈子中的自我摸索,现在则是一种更大环境中的适应和生活,在走向自己未来人生的旅途中,我们接受的东西越来越多,仿佛是对着一片湖水投的一个石子,激起了层层涟漪。在这个过程中,我经历了学习的拼搏,话剧的精彩,学生工作的苦与乐,与朋友户外出游的乐趣等等,我收获了很多,也是为我的生活打开了另外一扇窗,一扇不同于以往的世界之窗。大学生活也是我们走向成人社会的一个过渡阶段,在这个过程中同样也会接触到一些负能量的事情。有些同学打游戏上瘾,有些同学把逃课不当成一会事儿,有些则沉迷于男女朋友关系里面。在这个逐梦的过程中,如何能够把持住自己的内心,是需要我们不断地去锤炼自我的。对与错、是与非如何抉择？这是在整个大学的修行过程中最应该思索的问题。九层之台，始于垒土，内心的坚实程度决定着未来我们人生的高度。

那些十佳"五四"青年标兵、科大之星，在一个喧嚣的世界能够坚持着做出自己的一番事业，那又该是怎样的一种风景？在他们身上传递着一种正能量，这些正能量能够很好地促进自己的精神追求。恰同学少年，风华正茂，青年人本就有自己的追求与梦想，如果不趁着大好青春年华去做一些事情，我怕在我再次回到这个学校的时候，门口高高树立的那几个字会刺的我眼睛生疼。摆正自己的位置，知道自己想要的是什么，有了方向，也就有了动力，按照自己的节奏去做有意义的事情。如果连现在的一些诱惑都拒绝不了，在未来的日子里又该如何去追寻自己的梦想？古人云：古之立大事者，不惟有超世之才，亦必有坚韧不拔之力。

我在不停地求索，大学的日子该如何度过，在未来的日子里如何不因碌碌无为而羞耻，我是迷茫的，也是困惑的，但我觉得一个远大的梦想应该是分阶段来完成的，大学的特定阶段亦是有自己的小梦。当我从一个懵懂无知的少年逐步去尝试一些新的东西，当我在这个追求的过程中，渐渐明白自己的梦到底是什么，我所追求的就是大学的这种修行，就是将虚幻的梦想转化成具体可行的事情，并在这个过程中一步步地实现自己的蜕变。在特定的阶段能够做好特定的事情，我坚信在未来的某一天，必将能够面朝大海，春暖花开。

人们都在追寻着自己的一片乐土，并在为之而努力。我的梦，就是要把虚无的遥远变成触手可及的真实。即便失去年华的欢娱，永远行走在孤独的路上。岁月不断沧桑残酷，破晓分割黑夜白昼。当天边的北斗星再次升起，这个梦将被无尽的延续。

谁的青春不奋斗

李雅莉,女,中共党员,数学与统计学院统计学专业 111 班,河南省开封市人;曾荣获"国家励志奖学金"、"省三好学生"等荣誉称号;荣获 2013 年全国大学生建模竞赛国家二等奖,2013 年全国大学生英语竞赛优秀奖。

史铁生说过一句话:"我希望自己既有一个健美的躯体,又有一个了无人生的灵魂,我希望二者兼得,千万不要说,倘若二者不可兼得你想要哪一个。因为,人活着必须要有一个最美的梦想。"

美丽的北大,是我曾经的梦想。我曾经慷慨激昂,义无反顾,为的就是能够骄傲自豪地走进那骄人的学府、知识的殿堂。但是,现实不会让每个人都如愿以偿。在经历了高三繁重的学习生活之后,我的大学生活就在这一年的秋天开始了,怀着对大学的崇敬和迷惑。我来到这里——河南科技大学。我认真思考了自己曾经的梦想,一个人的成功并不是由其所处的环境所决定的,虽然河科大不能与北大相提并论、科大学生与北大学生也不在一个级别,可这不代表我们没有继续奋斗的资格,大学不是人生的终点,而恰恰是一个新的起点。

慢慢地,拥有一家自己的公司成了我以后人生的奋斗目标,我能想象那时的自己:身着西服,站在自己的公司大楼里,拿着公司的文件,未雨绸缪,展望未来。每每想到这些美好的画面,我就像乞丐吃饱了饭,电动车充满了电一样,干什么都充满了力量,仿佛心中有了一盏永远都不会熄灭的导航灯,让我在无数困难与诱惑面前都执着不变地坚持着原来的航向。我明白要实现这个梦想需要异常艰苦的奋斗,但我坚信,只要有努力、毅力和魄力,就有成功的可能。

追梦的过程很漫长很辛苦,哪怕前进路上一点的退缩就可能导致功亏一篑、前功尽弃。为了锻炼自己的意志力,大二寒假,我去江苏打工了。厂里大部分都是同龄人,简单机械的动作要重复上千遍上万遍,灯火通明的车间不分白昼,每天上班基本都是从早上到午夜,持续一个月才能换来三千多块的工资。半个月后,感觉好累,好想回家,我真的快坚持不了了,可转念想想自己的目标,想想自己成功时的样子:身着西服,站在自己的公司大楼里,拿着公司的文件,未雨绸缪,展望未来;想想将来可能遇到的困难与挫折,就觉得这个坎坷根本算不了什么。相信大家都还记得《千手观音》,无数的汗水,无数个不眠之夜,无数个手语动作,换来了一场美轮美奂的舞蹈,令我们感动,令我们震撼,也值得我们思考:不懈的努力,会换来一切可能。她们"十年磨一剑"的艰辛,超出了常人许多倍,领舞的邰丽华曾深情地表述:"残疾不是不幸,只是不便。残疾也可以创造出特殊的美丽。残疾人也有其生命的价值。我们正在以自己的智慧和毅力,和全人类一起,共创美好的明天!"作为残疾人艺术团团长的她,正带领着这群"特殊"的年轻人,去追求真善美的梦想。看看邰丽华,我们明白了什么是梦想的力量;看看哈佛大学凌晨灯火通明的图书馆,我们明白了什么叫奋斗。

有了这次经历,我真正体会到了挣钱的不容易,更加明白了学习机会的弥足珍贵。我要努力好好地把握大学的时光,除了认真学习专业知识,我也广泛阅读软件商业的书刊,认真学习外语,努力扩大眼界,为将来积累资源。

到了大三,我为了追梦,决定考研。我和所有研友们一样,每天起早摸黑到自习室学习,埋在书堆里。虽然每天都挣扎难熬,但是在每个夜深人静的夜晚,我都能听到自己内心深处的追梦之声,它那么的强烈,那么的清晰明了。在梦想之声的呼唤中,我又看到了我成功时的样子:身着西服,站在自己的公司大楼里,拿着公司的文件……我清醒地知道我一直都没有放弃过追梦,从来都没有忘记过。

谁的青春不奋斗!奋斗的青春最美丽!只要有梦想装在心上,朝着梦想努力,不怕一切困难和阻挡,一定会如愿以偿。

以梦为马奔远方

邱容克,男,共青团员,机电工程学院工业工程专业 1202 班,黑龙江省鹤岗市人;曾荣获第 22 期党校演讲比赛一等奖。

生命是一段无法预知的旅途,人生是一场颠沛流离的江湖。青春是一支忧伤明媚的劲舞,梦想是一串慷慨激昂的乐符。成熟是一种无须声张的从容,步履是一只承载命运的轻舟。

年少的我们对自己许下了多少的承诺,年少的我们满载梦想憧憬着未来,年少的我们身上有用不完的精力。那么现在的你是否还记得曾经对自己许下的承诺,自己的梦想,还有自己为了实现梦想而努力奋斗的场景么?

今天的我即将步入大三,大学的生活也已经过半,仿佛一切的一切都像刚刚发生过的一样,还记得自己刚刚步入大学校门的时候带着稚气的笑脸胸怀着梦想,觉得自己真真正正地成长起来了。刚来到科大的时候我就默默地认定自己一定要做一些有意义的事来让所有人知道我来过,或者说让科大因为我的到来而有一些不同,为了自己这个天真的梦想一点一点地努力着。来报到的第一天我见到了我们学院当时的学生会主席,就是这样一个人在我心中留下了深刻的印象,谈吐得当、气质非凡、即使很多事情同时交给他来做也能安排得游刃有余。后来,我的心中便有了一个目标,那就是学生会主席,为了这个目标我加入了学生会。大一的时候为了证明自己的能力,学长和老师只要有要求我都会及时赶到。大一的课程比较多,每天忙得脚打后脑勺,虽然做的大多数都是体力活,但是学长们一直告诉我这些都是成功路上必须经历的,没有在基层工作的经历即使将来给你指挥的权利你也不会做得很好。这一点当我步入大二的时候深有体会。大一的时候认为自己能把所有的事情都做好,只要用心多花时间肯定能把组织交给的任务完成,很多的时候有工作也都是自己一个人来完成。慢慢地发现一个人的力量毕竟是有限的,学生会教导给我们的并不是如何工作而是如何团队合作,集体的力量是远远大于个人的力量的。

我很喜欢《风雨哈佛路》中的一句台词:世界在转动,而你只是一粒尘埃,就算你消失了,世界仍然在转动,不要认为世界会睡着你的意志而不改变,因为别人的意志比你强大得多。是呀,世界不是你自己的而人生却你的。曾经会有人自恋地以为别人做事没有自己做得好,从而忘了别人的奋斗;曾经天真地认为生活是无比美好,可忘了生活的残酷!大学,是梦开始的地方,为了不使这个梦在毕业时落空,那我们就要用一种认终为始的心态去规划与度过大学生活。大学也是我们人生中最集中的可以扬长避短的时期,可以尽情折腾的时期,所以如果谁的大学默默无闻了,平平淡淡了,那他就没有真正的理解大学的含义与作用。因为一旦失去青春的激情,便永远也找不到了,所以大学一定要且行且珍惜!

梦想是一个人的动力,也是在你最困难的时候最能支撑着你走下去的一种信仰,是一种意识里的追求,动力的源泉。梦想是人类对于美好事物的一种憧憬和渴望,有时梦想是不切实际,但毫无疑问,梦想是人类最天真最无邪最美丽最可爱的愿望。著名心理专家郝滨先生认为,童年的梦想对世界观和价值观的形成有相关作用,同时也在和人们的现实生活相互影响。

正是因为有了梦想才能让我在最困难的时候一路坚持走下去,虽然这个过程很艰辛,但我相信只要人有一个精神支柱,没有什么事情是做不到的,这个精神支柱便是我们的梦想。

年轻,就要义无反顾,今天说,今天做,明天坚持。只是因为在青春的字典里有着纯洁而不虚伪的梦。最怕的事不是在青春的日子里没有真实的梦,而是在青春的躯囊里有一颗年老的心。努力吧!我的同学们!为了我们当年的梦想,为了我们当年许下的承诺,同时也为了我们在这段坎坷的道路上所挥洒的汗水。

以梦为马,趁诗酒年华,以梦为马,唤醒你心中的良驹。我愿为我心中的梦想抛开包袱奔向远方。

真正的快乐

李雨实,男,共青团员,材料科学与工程学院材料成型及控制工程专业 1205 班,吉林省蛟河市人;任大学生艺术团话剧团团长。

两年前,离开了生活 18 年的沃土吉林省蛟河市,充满期待和好奇地来到了古都洛阳,走进了河南科技大学材料科学与工程学院,即将在这里学习和生活四年。从此材料成型及控制工程 1205 班又多了一个活泼的男孩——李雨实。

或许每一个生活在东北的孩子,本性中都蕴含着活泼,爽朗,豪放的特点,我也不例外,从小在愉悦的氛围中长大,自然也就被熏染了一身乐观与开朗。在规矩和睦的家族里长大,让我从小就很外向和自强;在热情和平的小城里成长,让我很早就学会了善良和宽容;在活泼豪爽的朋友中生活,让我更加快乐和积极。从小到大二十年里,就是这样的生活,逐渐让我成长,成熟,成人,我也在各种熏陶和习惯中不知不觉地成了一个十分外向、喜欢热闹、擅长表演的男孩,也不知道从什么时候开始"表演"就在我的身体里蔓延,也不知道从什么时候开始就真正的喜欢表演了,因为那样很快乐。

不能说表演是我的追求,但至少给别人快乐是我能做到的,因为我就是个快乐的人。小时候的自己是顽皮,青少年的自己是不安的,现在的自己是活泼的,虽然说自己活泼会有些可笑,但是我就是这么定义自己,大家眼里的我一直都是那么爱开玩笑,每天脸上都挂着笑容,不停地带给周围人欢乐,我也享受我给大家快乐的时候你们能真正的快乐,忘却烦恼,这可能就是我的"作用"吧。

来到大学以后，可能对于曾经学生时代的快乐定义有些不同，虽然大学也是学生时代，但是这个时代也同时在接触着社会，所以各方面和中学时代相比都有不同也稍显复杂。曾经的快乐可能就是一个单纯的男孩内心散发的本性，感染周围身边的人快乐或许也并非刻意。但是现在的快乐却和从前大相径庭，有的时候你不快乐却要假装快乐，有的时候你至亲的人不快乐你却要努力主动感染他快乐，有的时候你的快乐却是别人的痛苦等……快乐的方式不止一种，但是我想要的是真正的快乐。

大一参加了院里的相声小品大赛，因在军训中我的好性格被发现。虽然我没有真正登上过舞台，但是对于表演我有自信，所以我就创作了一个小剧本，参加了比赛，一路杀到决赛得到冠军和最佳男演员的称号。从那以后很多人也认识了我，我变得更加有自信，相信我确实能给大家带来快乐，所以后来我加入了校艺术团话剧团，在那里同学们也给了我很高的评价和很多的机会。参加各种迎新晚会、毕业晚会、专场演出等，更多的人认识我了，更多的人也在我的表演中开怀大笑了，我幸福极了。大二的时候担任了话剧团的团长，对于表演，一下子就从热情变为责任了，我知道我现在代表的不是我一个人，我的好坏代表的是我的团体的荣誉，是我们话剧团，更是艺术团。所以在更加享受给大家带来快乐后的满足感的同时，责任也越来越大，压力也越来越大。朋友和老师找我演出、比赛，我就更要认真的琢磨剧本、挑选合作演员、多次排练、精益求精，这样努力之后给大家带来了真正的快乐，才是我最享受的。

我不喜欢贫穷但我也不奢求荣华富贵；我不愿意卑微但我也不追求高官名利；所以你要问那我的科大梦想到底是什么，我的梦想很抽象，就希望能够真正的永远快乐下去！

为梦想撑一支长篙

刘思源,女,预备党员,机电工程学院轴承专业 121 班,河南省偃师市人;任班级团支书及 12 级团总支;曾荣获校"模范团干"、"优秀学生干部"等荣誉称号。

何为梦想? 梦想来源于梦,但比梦更加真实;梦想升华于想,却比想更加实际。于我而言,梦想就是我前进的方向,是我奋斗的动力,它时时刻刻地鞭策着我,分分秒秒地鼓励着我,让我斗志昂扬地向着梦想前进!

入学以来我就有一个坚定而长久的梦想——上海交大的研究生,这不仅是为了圆我自己的大学梦,更是为了自己的专业造诣更上一层楼。为了这个梦想我在大一时候就制定了大学四年必做之事计划表:

1. 大学四年要做到挂科零纪录,努力冲刺奖学金;

2. 有一个健康积极向上而且能长久坚持的爱好——跆拳道;

3. 大三之前拿到必要的各类证书:英语四六级证书、计算机二级证书、CAD 二级证书;

4. 努力做一个优秀的学生干部,恪守本分,尽职尽责,实现为同学们服务的一片热忱之心;

5. 积极参加学校各种比赛,尤其是机械类比赛:全国大学生机械设计创新大赛、"挑战杯"、大学生研究训练计划(SRTP)项目、数学建模。

随着时间地推移我的计划会更加详细和具体化,我努力用自己的言行一点一滴,坚定不移地走在践行梦想的路上。

为了实现我的梦想，从大一入学起我就积极与学长、老师进行交流，听取他们的建议，进一步修改、完善自己的计划。然而，对于机械这个专业并不十分熟悉的我，当时只是感受到考研的必要性，却并未真正明白考研于我、于人生的意义，所以我在校园的各个角落，在生活的方方面面，甚至在工作、学习中都寻寻觅觅……

大一担任机械设计制造及其自动化 1205 班团支书，我成功地迈出了成为一名优秀的学生干部的第一步：为期一个月的"凌云杯"辩论赛，我和同学们把学习之外的所有时间尽数投入其中，请历届获奖的学长学姐做指点、多次开展模拟辩论赛等。班里其他未参赛的同学也积极主动帮忙为班级奉献自己的一分力量，前期没日没夜地帮我们搜集资料，中期一直兢兢业业地做好后勤服务，后期积极参与到模拟辩论赛中，在集体力量的凝聚下，我们终于突破重围，进军决赛，获得了学院季军的优秀成绩！这次活动不仅仅锻炼了我对时间安排的掌控能力，对团队的领导和与队友之间的合作能力，更是调动了整个班级的积极性，实现了我为人人，人人为我的目标！

有此成功的前例，我们班级的各项工作都得以顺利成功地开展。一系列荣誉接踵而至：素质拓展训练第二名、团学干部风采大赛二等奖、省优秀班集体等；我个人也因此受到表彰，获得 2012 年度校模范团干部称号，以及进入 21 期党校培训班并获得"优秀学员"称号。这些荣誉和奖励不仅仅是对我工作和能力的认可，更是验证了我的大学计划的正确性和可行性，鼓励我积极进步，为实现梦想更加有力地登上下一个台阶！

大二开学之初，我成功当选了机电工程学院 12 级团总支，兼任轴承 121 班团支书，我又接受了自己学生干部生涯中一个新的挑战！作为老师与同学们之间沟通的桥梁，我认真履行自己的职责，于上主动帮助老师做好学生工作，于下和同学们和谐互助，用心交流，积极聆听他们的意见，及时反馈，努力为同学们解决问题，真正做到上传下达。此时，我更深的感触是作为一个领导者、决策者的不易，既要有面对大事的临危不乱，镇定果敢，又要有处理小事的细腻入微，面面俱到。

这个时候一个很严重的问题摆在我的面前——有些关系比较好的同学因为我的职务疏远了我。我认真反思了自身的缺点：不能很好地控制自己的脾气;对待任何事情都过分认真以致工作占用了自己较多时间,忽略了对部分朋友的关心;我主动与他们分享了自己的感悟,最终争得了他们的理解和支持!正所谓,每一个成功者的背后都有几个默默支持他(她)的朋友,我也不例外,正是有了朋友的关心和支持,我才在前往梦想的路上不再孤单,不再彷徨,毫无后顾之忧地向前冲!

我坚信所有的付出都是会有回报的,2013年的秋季是一个丰收的季节,我也迎来了自己的收获:2012——2013学年校优秀学生干部,2012——2013学年二等校奖学金,2013年度校模范团干部。这不仅仅是我对我工作能力的认可,更展现了我的进步,我为梦想始终在路上的奋斗的足迹!

至此,我才真正感受到、意识到考研的重要性,以及它对于我的人生意义,我重新审视自己,发现自己太弱小了,相对于远大的梦想我是如此卑微,所以我要考研,要让自己站在新的、高一层的台阶上去看待、去实现自己的梦想,这时,我内心对于考研的渴望愈加强烈!

一个人想要快速取得成功,不仅要具备自身卓越的能力、坚实的理论基础、坚韧不拔的意志、远大的目标,还需要周围朋友、亲人的支持与帮助。

在一次次与同学组队考证,整天泡在自习室共同探讨学习中,我们加深了彼此的友谊,更是互帮互助,体会到学习的乐趣!在一次次与团队合作,积极参加各类比赛中,我深刻感受到了机械的魅力,从灵魂深处爱上了机械,在一次次比赛中展现青春的活力,碰撞出思维的火花,绽放创新的激情!这些经历都更加让我坚定了考研的决心,坚定了自己为机械创新奋斗终生的信念!我的内心时常有一个渴望的声音在呐喊:我爱机械,我要为之奋斗!所以我选择考研,选择继续研究我深爱的机械!

临近大三,我开始积极筹备考研事宜,报学习班,组队复习,我们一行机械热爱者,坚定信念,众志成城,将于暑假拉开考研的序幕,相信我们经过一年半的静心修炼,定能厚积薄发,实现梦想,绽放出最耀眼的梦想之花!

大学至此已经走过了近一半的路途,我反思自己两年来的所作所为,决定拉开自己人生的新篇章!回首过去,在两年的学生干部经历中我锻炼了自己的能力,更加沉着冷静,敢于担当,做事一丝不苟,井井有条,这为我对自己考研的各种安排及心态都提供了良好的前提;这两年的考证经历,也让我做到了胜不骄败不馁，耐心细心，这些也为我的考研状态提供了良好的开端；这两年的各种比赛，没日没夜地醉心创新、设计，也让我从心底，以自发主动的态度去考研，我相信这是考研成功一个很重要的前提！

现在我才看清楚自己的内心，我要考研，不仅仅是为了汲取更多的精神食粮，增加学识，更是为了能继续奋斗我为之狂热痴迷的机械，能投身我挚爱的机械创新事业，并为之奋斗终生！我想，这就是我真正的梦想！

路在脚下

刘艳艳,女,中共党员,农学院种子科学与工程专业 111 班,河南省鲁山县人;曾荣获省"三好学生"、"国家励志奖学金"等荣誉称号;获得全国大学生英语竞赛优秀奖。

每个人都有自己的梦想。这个梦想,也许是经过深思熟虑后对未来的规划;也许是青春期的年少轻狂所立下的誓言;也许只是一份平淡、真实的渴望。无论这个梦想最终能否实现,我们都应该为它呐喊、鼓掌,因为没有梦想,何以远方。我的科大梦非常的平凡与真实——在这最美好、最宝贵的四年时光里,圆满地完成学业,全面地发展自己,使自己不断成长。

大学——梦想启程的地方。从踏入校门的那一刻起,我就清楚地认识到:未来的四年,我将会在这里度过。四年的时间很短,一晃而过,四年的时间又很长,因为在此期间我们可以做很多有意义的事情。有这么一句话:每一个你所讨厌的现在,都有一个你不曾努力的过往。因此四年后的我所处的情境完全取决于这四年中我做了什么。从那时起,我真心地希望四年后当我拉着行李离开校园的那一刻,我能够面带微笑,收获自己辛勤劳作换来的累累硕果,感谢这四年中忙忙碌碌的自己。

学习——我们的首要任务。人生的花季是生命的春天,它美丽,却短暂。作为大学生,我们应该在这一时期努力学习,奋发向上,找到属于自己的一片蓝天。在合适的年龄段,我们应先做应该做的事情,再做喜欢做的事情。于是,我始终把学习放在首要位置。虽然随着时间的推移,我也曾迷茫过,徘徊过,但我并未忘记自己的梦想。既然有了梦想,就应该坚定信念,明确方向,不轻言放弃。我会珍惜每寸光阴,努力奋斗,为了我的大学生活能够更加充实,也为了我的梦想不再遥不可及。

友谊——弥足珍贵的财富。精彩的大学生活必然不能只被学习所充斥。在大学校园里,我收获了友谊。我和同学们一起讨论问题、一起做志愿服务、一起去参加学校运动会。我想当我们毕业时,我们能够坐在一起,一起回忆那些年我们一起上过的课、一起唱过的歌、一起跳过的舞、一起包的饺子、一起走过的路。这些点点滴滴将串联成最美好的记忆,贮藏在我们的脑海里。是他们让我明白了团队的重要性;让我学会了分享与共赢;让我领悟到了友谊的真谛。在为梦想努力拼搏的过程中,感谢他们的陪伴与激励。

实习——知识与生活的结合。大二寒假,我在鲁山县乐赛尔时代广场实习;大二暑假,我在高台县中农大康科技开发有限公司实习;大三寒假,我在鲁山县麦克思快餐店实习。从这些实习中,我看到了创业者追逐梦想、努力拼搏的艰辛;看到了打工者追逐梦想、维持生计的艰辛。同时我也积累了一些社会经验,尤其是与人交往的能力。作为当代大学生,我们不能像以前的书生那样"两耳不闻窗外事,一心只读圣贤书",而要更多地积累社会经验,以便更好地融入社会这个大家庭中。不让青春虚度,在每一天的生活里载入一点点的收获,无论是学习中的收获、生活中的点滴、抑或是思想上的感悟。坚信付出就会有回报,让青春与梦想共舞。

苏格拉底曾说过,做人要知足,做事要知不足,做学问要不知足。人生应该是奔跑而不是止步不前,真正的结束,并不是到达一个非常有限的目标,而是完成对无限的追寻。而梦想正是那个可以让我们魂牵梦绕、不断追寻的东西。在追寻梦想的过程中,肯定会有挫折和坎坷,但我们一定要披荆斩棘,以"直挂云帆济沧海"的勇气去拼去闯,去迎接属于自己的辉煌。明天的我会继续努力,勇往直前,为了我的梦想,为了我的希望……

有人说,梦想是漫漫黑夜中那一轮悬挂在星空中的明月,可望而不可即;有人说,梦想犹如绚丽的烟花,让人惊呼但却转瞬即逝;也有人说,梦想是青春的年少与轻狂,终将在生命的长河里慢慢褪去;而我觉得,梦想是用奋斗和拼搏写出来的乐章,需要我们用热血去奏响。只有拼出来的梦想,没有等出来的辉煌。因此,让我们从现在做起,从点滴做起,放飞梦想,扬帆起航。

放飞梦想,让生命之花因为梦想而绚烂,让青春之歌因为梦想而激昂。

关于未来的思考

马佳,男,共青团员,电信与工程学院电信科专业122班,山西太原市人;任学院学生会外联部长;曾荣获洛阳市播音员选拔赛优秀奖,主持人风采大赛二等奖。

儿时虽然懵懂无知,但单纯的生活,也给了人单纯而执着的信念。比如好好学习当科学家,努力奋斗靠兴趣创业,就像盖茨一样。每天怀揣着对未来的憧憬,把看似平淡、重复的生活过得很开心。

时间造人,成长让我经历了太多酸甜苦辣,接触了形形色色的人,见证了纷纷扰扰的事。慢慢地,想的事情多了,顾虑的问题多了,忧郁的时候多了,反而很难再单纯地做一件事了。有人说,这是慢慢成熟的表现,人终将独立,承担责任,说风就雨是不行的;也有人说,对于年轻人这是失去了初心,为了适应环境而刻意地改变自己,结果连梦想自己都觉得不现实了。

我一下很难判断两种意见的对错,相信很多大学生也一样,每天过着机械的生活,把握不好未来的方向,想要奋斗,想要充实,但又不愿意生活因此失去玩的乐趣。于是乎就在中间状态停留了下来,既不是奋斗派,又不是享乐主义,抓住一切机会忙里偷闲。

而事实证明,这样的人,往往成了所谓的普通人,俗称饿不死。有安慰的说法,普通人有普通人的福气,高等阶级有他们的烦恼。但每个普通人都有着一颗成功的心。这么说来,重新审视生活,了解当下,制定目标就显得尤为重要。

　　对于我来说,当下最紧急的一个问题就是,考研还是就业。时值大二末,正是考验大军的出征时期,错过了再跟上会很难。我的专业是电子信息科学与技术,一个 IT 类的工科学科,大学内容相对基础化和理论化,如果选择就业,很难一下子找到对口的工作方向,只能是做一些销售和维修等工作,与我的人生预期相去较远,或者从事其他行业,重新学习,不能说一定做不好,但前途未知,专业用不上感到可惜。所以就此看来,考研是一个比较好的选择。

　　说到考研,我打算考西安电子科技大学,是目前我国电子类水平较高的一所高校。

　　在接下来的时间里,从暑假到大三,我的生活重心将从学生工作渐渐转移到考研复习当中。一方面重视新课程的学习,另一方面抽出零碎时间复习大一所学的公共课,为一年后的考试做准备。

　　在学业方面,我希望能够在专业方向,做更深入的学习,包括大一、二这段时间因学生工作而没有兼顾好的院内学科实践培养活动。一方面自己主动私下去找资料进行动手实践;另一方面充分利用学校内的实验室,把所学加以运用,加深理解。

　　因为一直觉得大学不是一个单一的过程,不是一个简单的梦想就可以概括的,所以在题目中并没有提及梦想两个字,零零碎碎说了很多个人的计划。这也是我的风格吧,不喜欢上纲上线大谈空谈,因为我相信只要做好当下,计划好要做什么,充实地过好每一天,即使现在目标并不明确,只要怀揣着这种积极的人生态度,尝试并坚持,终有一天你会突然发现想要的一切慢慢都向自己靠拢了。就像白岩松说的,把对生活的向往放在兜里不断努力,有一天它会自己刺破口袋出来。

　　实现大学计划就是我的大学梦,简单而不成熟,梦想也不是一成不变的,希望自己一步一个脚印,去实现一个又一个梦想。

我的梦想

马徵,女,共青团员,国际教育学院工商管理专业 122 班,河南省鹤壁市人;曾荣获校级"优秀团员"、"二等奖学金"等荣誉。

梦想,是什么? 只是梦中想想? 当然不是。梦想是你梦寐以求的东西,当然也不只是想想而已,你还需要做的就是在实际行动中,向你的梦想大步迈进。而 DREAM,由五个字母组成,即 D,duty,责任;R,religion,信念;E,effect,努力,坚持;A,awareness,思辨力;M,map,目标,地图。

要说,在大学期间,我的梦想,就是做最好的自己。在工作上,力求把每一件事都达到自己的要求;生活上,每天精神饱满地面对初升的太阳;学习上,怀着一颗好奇心,学习身边的新鲜事物。这就是我的梦想,想在大学培养出一个有好习惯的自己。很简单,但也很难。所以,怎样实现我的梦想,就是重中之重了。

首先,责任意识是做好一切工作的首要条件,不仅要对自己负责,更要对他人负责。只有负好责任,才能干好事业。责任出智慧、出勇气、出力量,是成就事业的内在动力。责任意识的强弱决定着执行力度的大小,执行效果的好坏。增强责任意识,就是要充分认识到"每个人都是自己分管工作的第一责任者"。想负责,敢负责,这就要求在思想深处不惧怕矛盾,不回避矛盾,要勇于负责,敢抓敢管,旗帜鲜明地褒扬先进、鞭策落后,做到大事难事要担当,不气馁、不妥协、不退缩,坚韧不拔,迎难而上,勇往直前。

信念,既自信。而信念的力量,就是种子的力量。种子只要在环境许可的情况下,总会生根发芽,最终会破土而出的。自信的人敢于直面自己的人生,坦然面对挑战,这样的人会以不屈不挠的斗志,忍辱负重的方式,认真地学习与总结经验、脚踏实地地突破重重障碍,去改变自己的命运,最终走向成功。作为当代大学生的我们,有理想,有目标,有信念。

古人云:"锲而不舍,金石可镂。"用当今更实在的解释应该叫作"把简单的事情坚持下去就是成功"。其实成功,更多的是"战胜自我"这种信念的获胜。一个能坚持的人必定是一个勇敢的人、一个对未来充满期待的人、一个认认真真生活的人。当我们被繁杂的工作和生活所困扰,与其抱怨它的枯燥和简单无法给予我们成功的喜悦,不如将漂浮的心沉淀下来,把满腔怨怼化作脚踏实地的不懈努力,只要坚守"水滴石穿、绳锯木断"的执着,你必将发现,梦想中的成功其实一直等候在离你不远的前方。

没有目标,我们就不会努力,因为我们不知道为什么要努力。就像大海中的航船,不知道靠岸码头在哪里,加油又有什么用?没有目标,我们几乎就同时失去了机遇、运气和别人的支援,因为不知道自己需要什么,海中的航船也不知道到底什么算是顺风了。所以目标,就可以使我们在没有得到结果之前就看到结果,从而产生持续的动力、热情与信念,迫使自己未雨绸缪,把握今天。

知人者智,自知者明,胜人者有力,自胜者强。沟通与交流是人与人相处的基础。而沟通的要点又在于真诚、理解、平等、尊重、认同和适应。我们任何一个人都不能以自我为中心,要换位思考,通过换位思考,站在对方的角度考虑问题,可能忽然间发现"哦,原来是这样"。有了理解和认同以及适应来作为沟通基础,加上尊重、真诚、平等和大家的目标一致,还有什么困难不能解决?正如《圣经》所言:"你愿意他人如何待你,你就应该如何待人。"

成功,不是昙花一现,而需要长时间的积累,实现梦想不是空谈,而需要用行动来证明我们能行!那么,就让我们整理行装,趁着春色正好,启程去追逐梦想吧!

承梦起航

毛艳,女,中共党员,机电工程学院机械电子工程专业 111 班,河南省洛阳市人;曾荣获"国家奖学金"、"十佳五四青年标兵"、"学习标兵"等荣誉;获得第六届"高教杯"全国大学生现金制图大赛个人全能二等奖、全国大学生数学建模大赛省二等奖、全国大学生英语竞赛优秀奖。

2011 年的金秋九月走进科大校园,就结下了我与科大不解的情缘,我的梦想也在这里生根发芽。如今,三年时光的浇灌使我的梦想在科大这片沃土上开花,我也在这里汲取生命的营养,收获快乐、拼搏成长,期待着梦想之花最终的果实。

梦想,是鼓舞自己追求既定愿望,实现目标的源源动力;梦想,是生命动力的源泉,是生活方向的指引。人生如船,梦想是帆,扬帆起航,梦想才会实现。"青年最富有朝气、最富有梦想,青年兴则国家兴,青年强则国家强"。我一直希望能成为这样的青年,在我一生中最具创造力、爆发力的大好时光,充分利用分分秒秒,为自己充电、让生命升值,尽自己所能为国家、为社会贡献一分力量。因此,走进科大校园之时,我也播下了梦想的种子:通过大学四年的学习和历练,我能够深入系统地掌握所学知识、提升自身综合素质,使自己成为对社会有用的人!

河南科技大学碧波荡漾的琴湖,整齐漂亮的校舍深深吸引着我,通过了解科大这些年的风雨历程,让我对这所学校的敬佩之情油然而生。"明德博学,日新笃行"的校训使我坚定去做"科大人",使我坚信科大不仅是我承梦起航的地方,更是我人生的转折。"今天我以科大为荣,明天科大以我为荣!"带着这份梦想,在这所坐落于牡丹花城的大学,我扬帆起航。

　　在这里,她为我们提供丰富的学习资源,我徜徉学海,不断获取科学文化知识。大一时,我就经常到图书馆借阅与本专业有关的书籍,了解专业发展方向;有时还会通过聆听不同老师对同一门功课的讲解以复习巩固所学知识。多途径、深层次的学习为我打下坚实的基础,对日后专业的学习大有裨益。同时,图书馆丰富的图书资源为我开设了"第二课堂",宝贵的文献资料、琳琅满目的期刊专著,都使我开阔了眼界、扩宽了知识面。

　　在这里,她为我们提供各种提高综合素质的平台,我乐在其中。如各类学科竞赛,不仅是我们提升知识高度的大好机会,更是学以致用、"在实践中检验真理"的契机。从"高教杯"先进制图大赛到数学建模竞赛,从金工实习制作到课程设计,我和同组的"战友"集思广益、相互学习,在艰苦中磨炼坚强意志,在实践中应用所学知识,在探索中锻炼创新思维,在合作中培养团队精神,在交流中建立深厚友谊。这些都将使我受用终生。

　　在这里,她为我们提供张扬青春、展现才华的舞台,我收获颇丰。从"我的大学我的梦"演讲比赛一等奖到"凌云杯"辩论赛"最佳辩手",从"激扬青春,放飞梦想"班级团日活动组织到红歌合唱比赛指挥,积极参加学校、学院活动不仅使我锻炼了胆识、积累了经验,更让我在活动中培养了协作意识、增强了自信。筹备活动或比赛的辛苦和取得成功的欣喜自豪,都为我的大学生活涂上一笔浓墨重彩。

　　"随风奔跑自由是方向,追逐雷和闪电的力量,把浩瀚的海洋装进我胸膛,即使再小的帆也能远航。"如今,大学生活已过了大半,哼着熟悉的旋律,回首三年,感慨颇深。最让我难以忘怀、融入我血脉的养料是老师们严谨的治学态度、孜孜不倦的敬业精神和爱生如子的博大胸怀;他们循循善诱,谆谆教导,不论在专业知识的学习还是为人处事上,都为我指引了正确的航向,成为我毕生的财富。而我在老师们的指导和帮助下,不断进步,收获了很多肯定和荣誉,我的梦想也在一步步实现。

　　人生犹如一个坐标,时间是纵轴,梦想是横轴,人生的目标就在这个坐标中移动。明年的金秋九月,我就要踏上新的征程了。科大四年的学习和积淀,必将融入我的生命,激励、指引我坚定地走下去,用自己的努力,实现人生的理想,实现人生的价值!

偷不走的梦

裴明瑞,男,预备党员,人文学院社会工作专业121班,河南省鹤壁市人;任人文学院学生会办公室副主任,一览读书俱乐部副会长兼办公室主任;曾荣获院级"优秀学生干部"荣誉称号。

岁月总会消磨,梦不会有结果。就像在冬日里狠狠地洗一次冷水澡,任冰冷的水打在温热的皮肤上,皮肤在狠狠地颤抖过后关闭所有的毛孔。狠狠地把牙咬住。水不停地打在皮肤上,激起的水花荡在有一层白雾的镜子上,看着镜子里自己模糊不清的狰狞的面孔时,心被重重地击了一下。我想,终究还是失去了。

梦被偷走了,我失去了它。热一杯牛奶,倒在干净透明的玻璃杯子里。放一首歌,木吉他的和弦与略带沧桑的疲惫嗓音,陈升唱着"荒凉一梦二十年,依旧是不懂情也不懂爱,写歌的人假正经,听歌的人最无情"。我想,青年终识愁滋味,奈何,奈何。

我失去了梦,偷走它的是时间。有着温暖阳光的秋日午后,小睡一会儿后被闹钟催醒。躺在床上一动不动,只是双眼直勾勾地盯着上铺的床板,之后翻个身,把头窝在枕头里,塞上耳机,把声音开到最大,让亡灵序曲肆意尽情地叫嚣。泪水淌出来砸在枕边的计划本上,计划本的页面模糊了大片。我想,终于知道痛了。

时间偷走了梦,我不答应。坐在椅子上看窗外流过的光,举着一朵花等有人来带我去流浪。繁华浮世,并不沉浸其中,只是在边缘静默观望,不说出内心的欢喜与凄楚,就像是走在岸边看花开花落。贪恋良辰美景却心怀谦卑,顾不上让自己久留,只愿做个静默的过客。之后归于静寂,深深呼出一口哈气,不见半丝白雾,微略的失望随即被各种未知的探索好奇所掩盖。我想,终究还是要有改变。

我并不为难时间,不如做个朋友。准备一次旅行,躲在屋里开始规划旅程。而后收拾行装,手机,一块备用电池,充电器,耳机,带上电脑,下载有喜欢的一些电影书籍,要换洗的衣服,笔记本,钢笔,水,面包。一路上,公教,火车,大巴,徒步。目的地是一个有着干净天空纯净空气和大片风景的地方,也有淳朴善良的人群,之后,背着双肩包,塞着耳机,像诗一样把日子过得不紧不慢。向路边嬉戏的孩童做个鬼脸哄的他们嘎嘎大笑,与热情的饭馆老板闲谈分享不同的经历,同年迈的老翁一起垂钓体验平静中的淡然。心中,已悄然改变。之后,与旅途中结识的旅伴把酒言欢,穿行在一片片的美景中,采一束美丽的野花送给年轻的女伴,惹的她满脸绯红,像落下的夕阳边绚丽的晚霞。我想,需要的是一次放松。

我与时间做了朋友,他还了我被偷走的梦。按灭闹钟,打着哈欠走到洗手间,眯着双眼挣扎地对抗着有些刺眼的灯光。随即,挤上牙膏,漱口刷牙。冰冷的自来水刺激着口腔让本是迷糊状态的身体一瞬间清醒过来。捧一把水泼在脸上,洁净的镜子里的青年有着格外坚毅发亮的眼睛。抬手,扯下毛巾认真擦拭脸上的水珠,脸庞的棱角分明。剪短的头发精干有神。之后轻轻出去带好门。干净整洁合体的衣服包裹着胸腔里满是激情与动力的躯干。双肩包里整齐地放着书籍,笔记本,钢笔,水。青年迎着清晨的阳光踩着洁净的路面踏上了崭新的大道上,阳光在他脸上撒下。

在漫长的追梦路程上,也许每一个人都会因路途的无趣劳累遥远而动摇。但只要不放弃自己的梦想,终会克服种种难题,征服自己的消极一面,找回被偷走了的梦,并全力去实现它。

梦的摇篮

彭道岑,女,预备党员,土木工程学院工程管理专业 122 班;山东省济宁市人;任学院学生会组织部部长、文艺团舞蹈组组长。

高考填报志愿的时候,在河南科技大学的官网上看见学校美丽的风光,就对自己要来的大学充满了希望。河南科技大学位于千年帝都洛阳,气候宜人。在河南高校中排名第三,师资力量雄厚。

我的籍贯是山东省济宁市嘉祥县,但是我是来自宁夏的学生。宁夏的教育程度比河南省低,所以在来之前,我对我的学习还是有所担心的。来了之后,发现好多知识都是新学的,所以,只要努力,就不会落下来。

我的科大梦是:丰富知识,历练自我。

在科大校园里我最喜欢的,也最常去的是我们的图书馆。图书馆是知识的海洋,有着浓烈的学习氛围。图书馆馆藏各类书籍,有专业书籍也有休闲书籍。在图书馆里读书学习,就是我心中大学应该有的样子。

当然了,知识不只是我们专业的知识,也有课余自己喜欢的知识。专业知识是我们必须要学会的,课余知识丰富、补充了我们的知识构架。

虽然,我的成绩在班里并不拔尖,但是我兴趣爱好广泛,喜欢跳舞,也喜欢组织大家一起跳舞。在练舞的时候,不知不觉地,大家的友谊就这么生根发芽了。

我担任学院学生会组织部部长一职,除了日常学习生活外,我还多次组织活动。学生会是一个很锻炼自我能力的地方。以前我在人多的地方会怯场、怕生。在学生会待了两年了,积攒了很多人际交往方面的经验,认识了很多好朋友。大家做什么事都很积极,有什么事都相互帮助。和一群积极的人一起,我也变得更加积极了。不管遇到什么困难,我知道一定会克服,因为我一直在努力,还有一群人在帮我。在大学里,我真的很感激能有这么一群人,陪我哭陪我笑,陪我疯陪我闹,也许大学的意义就在于知识与友谊。

　　大学还是个锻炼身体的好地方。每天篮球场、运动场上都有人在挥洒着汗水。白天,学校安排有篮球、排球,羽毛球、足球、乒乓球、网球等球类运动课,还有健美操、体育舞蹈、武术等肢体运动课;学校的体测制度也在督促着我们锻炼身体。晚上,操场上有人绕着操场一圈一圈地跑,累了围成圈坐在一起谈天说地;有的男生办了健身房的卡,天天去健身。

　　大学生必须以学习为主,用知识武装自己,行为有思想的正确指导,才能有所作为。因此,我也很重视锻炼自我,重视每一次历练自我的机会。

　　也许以后工作生活中运用不到我现在所学的部分知识或者用之甚少,但是一定会用到学习这些知识的方法。知识可以改变一个人,不是体现在成绩上,而是体现在气质上。与读书多的人交谈,就像在读一本书,可以收获很多。他的言谈举止都体现出他的博学。我们学校的校训不就是这样么?"明德博学,日新笃行"激励着一代又一代的科大学子,生生不息、勇往直前! 在今后的学习、生活和工作方面都要努力变得更好。今日我以母校为荣,明日母校当以我为傲!

　　我的大学生活,我要做到与众不同,每个人的出生都是原创的,但是有些人却活成了盗版。不要我的人生走上他人的道路!

　　河南科技大学是我梦的摇篮,更是我的一双翅膀!

梦不强者智不达

彭月,男,共青团员,艺术与设计学院包装工程专业 121 班,郑州市中牟县人;曾荣获校级"优秀团员"荣誉称号。

古人说:"大学之道,在明明德,在亲民,在止于至善。"我的科大梦就是"明德立志",正如我们校训所说"明德、博学、日新、笃行"。道德之于个人,之于社会,都具有基础性意义,做人做事第一位的是崇德修身;其次是立志,面对学业、情感、职业选择等多方面的考量,一时有些疑惑、彷徨、失落,是正常的人生经历,关键是要学会思考、善于分析、正确抉择,真正的愁莫过于无志,"大鹏一日同风起,扶摇直上九万里"。

我国古人说:"非学无以广才,非志无以成学"。大学的青春时光,人生只有一次,应该好好珍惜。迈进了大学的校门,人生的道路跨进了新的阶段,我满怀希望地踏进河南科技大学,人生的理想将在这里确定,未来的发展将在这里奠基,美好的大学也将从这里开始。一进入大学校园,我就被我们美丽的校园所吸引,对于一切都感到新奇,就这样开始了我的大学生活。

在大学,不会再有老师苦口婆心地教诲和仿佛不知疲倦地讲解;不会有每天做不完的习题和试卷;也不会天天为了分数、名次而焦急、苦恼。大学,是一个自我成长的过程。如果高中的我们还是一只雏鸟,那么大学的我们可以说已经长大,远离了父母的庇护,远离了老师的督促,剩下的只有自己做自己的主人。

大学就是意味着有更多的时间和空间,不会发生因为喜欢看《红楼梦》但怕被老师发现而东躲西藏的事情,更重要的是,在大学里有各种各样的活动等着你去参加和体验,而这些在高中都被视为纯属浪费时间的事情。其实,从这些事情中我们也能学到许多知识——课本里并没有的知识,学到许多经验或是教训,学到大学的丰富多彩……

我认为学习知识固为重要,但比知识更重要的是品质和能力,而品质和能力的培养需要一个过程。我是一名青年马克思主义者,我认为青年大学生不仅要学会学习,更要注重培养自己的核心价值观。正如习主席在北大五四讲话中指出:"价值观是人类在认识、改造自然和社会的过程中产生与发挥作用的。不同民族、不同国家由于其自然条件和发展历程不同,产生和形成的核心价值观也各有特点"。我们处在思想、言论自由的时代,弘扬中国传统思想文化显得尤为重要,在大学学习的两年,我深刻感觉到"明德立志"是尤为重要的。

大学生要"明德"。旨在于弘扬光明正大的品德,在于让百姓仁爱敦睦、明理向善,在于使人达到最完善的境界。相传这是孔子提出来的,可见其地位。大学使我们从学生转变为成年人,成年人的标志就是心智成熟,不能再孩子气,不能再撒娇,要做社会主义事业的接班人,注重品德培养。在传统道德氛围里,"一个人倒在地上,是扶还是不扶"?不应该是一个问题。然而,在今天却成为一个道德选择难题。"道德"一词出现的频率越发频繁,而"明德"之重要性,亦可见一斑。我们除了要学习科学和文化知识外,还要掌握思想品德和心理健康方面的知识。两者并行,"明德"以立范树标,培养学生深沉厚重的资质。当代大学肩负着传播崇高之德并使之扎根社会土壤的重任,这种天赋之责决定了当代大学生必须以"明德"为标准来确立其为人准则。

大学生要"立志"。"知止而后有定,定而后能静,静而后能安,安而后能虑,虑而后能得"。意思是:知道应达到的境界才能够有坚定的志向;志向坚定才能够镇静不躁;镇静不躁才能够心安理得;心安理得才能够思虑周详;思虑周详才能够达到最完善的境界。"明德"之后需要"立志",立志不是挂在嘴边上的口头禅,也不是贴在墙上的座右铭,而是一种刻于心间而后现于行动的大智慧,大境界。它需要辛勤的汗水去浇灌,也需要努力的付出去滋润。"宝剑锋从磨砺出,梅花香自苦寒来。"是它的行动指南,"志从高远"是它的指导思想。远大的志向犹如一盏指路灯,指引人们前进,远大志向可以陶冶一个人的情操。

光阴荏苒,物换星移。时间之河川流不息,每一代青年都有自己的际遇和机缘,都要在自己所处的时代条件下谋划人生、创造历史,实现自己的人生目标,彰显自己的人格魅力,为社会创造价值。只有德行作为指导方向,志向作为奋斗动力,梦想作为信仰,我们的人生路才不会无聊单调。

奋斗为青春

秦炳波,男,共青团员,物理工程学院应用物理学专业1201班,河南省南阳市人;任学院学生会主席;曾荣获校级"优秀团员"、"优秀青年志愿者"等荣誉称号。

"青春如初春,如朝日,如百卉之萌动,如利刃之新发,人生最宝贵之时期。"然而,在价值多元、观念迭变的社会转型期,受市场经济的冲击,一些青年被各种纷至沓来、泥沙俱下的社会思潮所裹挟,陷入了无边的困惑与迷茫:青春是什么? 青春该如何度过? 什么样的青春最值得回忆?

看过白岩松的很多励志演讲,每每都被他那朴实而又真挚的语言打动,特别是给大学生们做的励志演讲,关于青春的演讲。引用白岩松说过的话:"没有一代人的青春是容易的!"青春是用来奋斗的,是用来挥洒汗水的,是用来追逐梦想的……而不是用来肆意挥霍、随波逐流的!

步入大学后,我们迷茫过、甚至质疑过最初的梦想,可试问又有谁的青春不迷茫? 迷茫中我们寻求方向,努力地摆脱困境,但总有那么一些同学在迷茫中慢慢丢了方向,忘了梦想,迷失了自我! 在贴吧、论坛等社交网站上经常看到一些大学生在抱怨些什么,如社会的不公平、制度的不合理,甚至是抱怨自己的出身等等,我们称之为"愤青"。而回想整个社会历史,没有一代人的成功是由于抱怨而获得的,他们无不是在青春洒过热血、流过汗水,在青春努力奋斗而取得的。

进入大学学习了物理专业,虽有高中时曾经耀眼的光环,我却还是对自己的专业有所抵触,因为我曾想去学动手机会比较多的工科专业,我觉得那才是我发挥才情的广阔天地。但经过后来的了解,我重新审视了自己,重新定义了自己的大学生活,大学不应局限在专业学习上,更重要的是能力的培养,学习的能力、社交的能力、统筹的能力……因此我积极地加入了学院的学生会组织,希望在保证专业课的正常学习外,锻炼自己的其他能力。没有哪条道路是平坦的,虽然是自己的选择和心甘情愿的付出,但也经常会受到其他同学的质疑。自己也曾质疑过、也对其他人的多彩生活产生过羡慕、崇仰之情,看到他们镁光灯下精彩的表演,台下一次又一次热烈的掌声,同时也深知"台上一分钟,台下十年功",他们是经历了一次又一次的失败,但他们都没有放弃过自己的梦想,他们越挫越勇,在不断地磨炼中,他们终于换来了舞台下的欢呼声和掌声。花环是光彩夺目的,但更重要的是对梦想的坚守,为梦想而付出的汗水…这些才是成功背后的基石!

青春可以是携子之手,浪漫而温馨地漫步于桃红柳绿之中;

青春可以是把头发染成五颜六色,在大街上旁若无人地大跳千奇百怪的街舞;

青春可以是无休止地泡吧,疯狂地蹦迪,如果还嫌不够刺激的话,那就去蹦极;

难道青春仅仅就只剩下这些了吗?习近平总书记在五四讲话中曾说道:"只有进行了激情奋斗的青春,只有进行了顽强拼搏的青春,只有为人民做出了奉献的青春,才会留下充实、温暖、持久、无悔的青春回忆。"因此,作为当代大学生,我们理应树立正确的人生价值观,用实际行动去践行自己的诺言,用坚定地毅力去追逐自己的梦想。

青春,人生最宝贵的时光,我们只有用奋斗去诠释它、定义它,它才是最美的! 青春不易,把握好现有的青春,且行且珍惜!

前进路上的法医人

　　孙振玉，男，预备党员，法医学院法医学专业 113 班，河南省郑州市人；任法医学院学生会副主席、法医 113 班班长等职务；曾获得校"三等奖学金"、"优秀团员"、"社会实践先进个人"等荣誉。

　　三年前，在憧憬着高考以后大学生活会是什么样子……

　　在那年九月，我踏进了科大校园，在宿舍里，还曾和舍友开玩笑说，我们来读大学就像中国的改革开放，什么都是在摸着石头过河。

　　法医，只是听别人讲是一个很冷门的专业，但以后可以当警察，我也曾经不止一次在梦里见过自己穿上警服的样子。至于我的大学路该怎么走，怎么去实现自己成为一名合格法医人的梦想，都是未知。

　　一开学，经过了专业思想教育之后，我才慢慢地"上了道"，对自己的专业和自己的未来有了个大概的认识。可是如今时过境迁，我已不再幼稚，我想成为一个什么样的人，要追求什么，早已了然于胸……

　　三年的大学生活让我的认识变得深刻，想要成为一个优秀的法医人，我便只能学好理论，踏实实践。我给自己的大学乃至于人生提出了十个字的要求：大胆，勤快，踏实，严谨，好学。虽然看着简单，但是一路走来，我发现要真正做好这十个字，真的很难。

　　大胆，就是有勇气去做别人没有尝试过的事。大学里第一次演讲比赛，我鼓足了勇气，最后我夺得了桂冠；勤快，必须克服自己的惰性，才能为他人之所不能为，快一步让自己决胜终点；踏实，就要静下心来，从小事做起，"一屋不扫,何以扫天下";严谨,就是精益求精,尤其是对于我将来从事的法医工作,不严谨,就有可能造成不可挽回的过失;好学,现在的社会已经成为知识社会,本科教育已经逐渐转变为素质教育,不能局限于专业领域,能跃过龙门的人,必定渊博。

如果说,以上的十个字能让我们在大学的学习与生活中充实自己,脱颖而出。那么在自己的位置上,便要"在其位,谋其政",我真切地感到,将来走入社会,如果不能成为一颗螺丝钉,关键的时候顶不上,那么最终就会被淘汰,社会大学才是真正的大浪淘沙,不能作为金子被留下,只能成为一粒沙子走人。

作为一名法医专业的学生,我的梦就是能在这条路上走下去,能够在读完后书以后到公安系统中做一颗螺丝钉,也无愧自己梦寐以求想要穿上一身警服。都说法医的岗位又苦又累,而我却认为:天将降大任于斯人也,必先苦其心志,劳其筋骨,饿其体肤,空乏其身,所以动心忍性,增益其所不能。只有在艰苦的岗位上才能锻炼人,让人成长。工作在一线,才能获得丰富的现场经验,练就一双发现蛛丝马迹的火眼金睛,让犯罪分子无处遁形,为人民撑起一片安定和谐的蓝天。

过去的大学三年,丰富了我的阅历,增长了我的知识,锻炼了我的能力,同时我也明确了自己的方向。虽然一路走来十分不易,但选择了前方,便只顾风雨兼程。大学的每一刻都是人生的节点,如何对待将来的路,我有自己的想法。概括一下,就是"找定位,提要求,重实干,抓细节"。

找准自己的位置,这样就知道了自己该从哪里努力,该对自己提出什么样的要求,不要妄自菲薄,也不要眼高手低。静下心来做一点能够提高自己的事情,大学是我们打基础的时候,基础不牢,将来必定一事无成。所以,不要不屑于在细节上下功夫。从自身的经历而言,多读书没有坏处,方方面面的书都可以读,不在于说真正的掌握了多少知识,任何人都不会成为一个万事通。我们要通过读书,开阔自己的眼界,凝练自己的思想。

很多时候,能够发现问题的眼光比能够解决问题的大脑更重要。大学,就是要通过自己的实践来让自己更能够发现问题所在,同时培养自己解决问题的能力。人生是伴随着矛盾在成长的,始终处在一个一成不变矛盾中,我们便不会成长。迷惑,成长,迷惑……这就是我们成长与发展铁的规律。

　　每个人的人生轨迹总是独特的,每个人对于人生某个阶段的感悟更是不尽相同。大学就是放飞思想的地方。我把自己的未来定位为一个法医人,我会用自己的经验和智慧武装自己,在法医人的道路上一步一个脚印。若干年后,回首今日,一个怀揣法医梦的科大少年正意气风发地走在路上……

生活需要梦想

谭刘珑,女,共青团员,人文学院汉语言文学专业123班,河南省郑州市人;任和谐发展研究协会会长;曾荣获校二等奖学金;获得河南省经典诵读大赛优秀奖、第八届科技文化艺术节之"女神季"才艺达人奖等。

我们已经走了太远,忘记了为什么而出发。

——纪伯伦

那年的九月依旧没有逃出夏日的狂热,陌生的土地却有着和家乡一样的蓝空,我们背负着沉甸甸的嘱咐,装载着无限的憧憬,踏进了科大校门,开启了一段新的旅程。

还记得那些为大学拼搏拼命地日子里,我们高呼"再苦再累不掉队,再难再险不放弃",我们呐喊"搏尽一份力,共圆一个梦"。现在的你我已经平安地走过了高考的独木桥,安然坐在大学的讲堂。完成人生重要挑战的我们终于可以放松自己,释放压力。可静下心来想想,我们过度的放松是否成了放纵?最初的梦想和坚持还在吗?不,我看到了很多同学迷茫的脸庞。高考的我们把大学当作梦想起航的海港。而当我们历经风雨,抵达海港之后,往往因为没有正确的航向,只能在原地停泊,甚至走上错误方向。因为我们缺少梦想。

生活需要梦想。从小学走到大学,我取得过不少的荣誉与奖励,这都要归功于最初的梦想,即使不同阶段有不同的梦想,但人生的路还是向前走,向上

157

走。人生如同一场马拉松，胜利就是最终的梦想。无论路途是多么曲折和困难，终点在激励着我们向前。然而，如果一开始就没有渴望胜利的梦想，又谈什么努力奔跑？如果没有梦想，就没有一个明确的目标，那么所做的一切都将会是徒劳。人生没有梦想，就没有终点。没有终点，谈何向前？梦想是给予我们向上动力的源泉。

心态决定一切。当我们兴致勃勃地进入大学生活，有的同学开始了他的人生规划，有的同学选择了放松甚至放纵，有的同学因为理想与现实的差距而抱怨大学生活。理想与现实的差距的确是盆冷水，关键看你自己如何对待。人生的路途漫长又曲折，在前行的路上我们也许会迷失了方向，也许会沉迷于诱惑，很多的迷雾和错误的路标会误导我们，让我们无法前行甚至使我们朝相反的方向前进，此时，我们只有找到自己的位置，才能一步步地接近目标，接近成功。

确立正确的方向，才能拥有最佳的状态。我没有大的梦想，我只有每个阶段的小小梦想。世事变数未免太大，长远的计划不如现下的目标，所以每个阶段我都会有具体的目标与梦想。

大一刚入学，在博学睿智、多才多艺的学长学姐面前，自己愈发显得渺小，甚至是微不足道，之前的所谓辉煌和荣誉不可能唾手可得，一切零起点，一切新开端。可大学不就是个改变的地方吗？此刻的梦想便是及早地展现自我，塑造全新的自己。我告诉自己：抛开以往，置身新环境，大胆地展现自己，努力争取，用全新的生活方式，全新的思维方法，找到全新的朋友和全新的自己吧！过分地沉浸回忆是失败者才做的事情吧。我始终坚信，努力争取的过程便是辉煌。

转眼我也成为大二学姐，反思自己两年的大学生活，我在学习和工作上都有了很大的收获。可大学不就是个成长的地方吗？一次次地跑图书馆翻阅书籍赶论文，一次次地参加比赛准备才艺，一次次地去办公室找老师签字盖章，生活就在一次次地奔忙中度过，阅历和经验也在一次次地挫折中收获。

大三生活即将开始，对我来说又是新的开始，新的挑战。考研是我人生的新目标。厦门大学，这座鲁迅、林语堂等著名人文大家曾经任教的学府，是我一直憧憬的地方。考研注定是场艰辛的战争,可大学不就是个奋斗的地方吗?为了心中的梦想而努力奋斗才是最充实最无悔最热血的青春啊!

不忘初心,方得始终。只有我们的生活时刻拥有梦想,人生的航程才能勇往直前。愿你我的青春之梦,在科大,绚烂如花。

每一个"现在"都创造着未来

王硕磊,男,共青团员,土木工程学院工程管理专业 1202 班,河南省洛阳市人;任学院学生会主席、12 级年级长等职务。

在象牙塔的一角,驻足观望。

这里,就是我的未来;科大,就是我的梦想。

我的科大梦就是用心去体会青春,把自己塑造成一个全面的人,我坚信:"每一个现在都在创造着未来!"

你一定知道那种简单又不简单的感受,离开高中,自以为作别高考就作别了所谓的年少无知,期待混杂而又忐忑迷惘;你一定了解那种明朗又不明朗的梦,大学——梦想与现实的缝隙,一边是懵懂的轻狂,所谓的雄心大志,蜕壳幼稚,想极力给成年一个证明;一边是必须面对的现实,莽撞的步伐终于还是在这面墙前慢了下来。

大学虽然是一切自由的舞台,但是走向优秀的路上却是异常艰辛,象牙塔也是另一个社会,原来一切都并非最初设想的那样,原来生活也有另一张我们不曾想象的脸。但是我们必须要面对日渐沉重的未来,日渐厚实的年岁,以及日渐遥远的纯粹。

你或许驻足过,犹豫过;你或许失望过,伤怀过;你或许矛盾过,也挣扎过。我想这是青春必经的路,是成长注定遭遇现实的代价。曾经纯净的无杂质的梦,曾经对未来最大胆的设想,一直苦苦攥捏着的热爱,骄傲的心早已敲定的完美规划,都无一例外地在经历了坚硬现实的洗礼后变得更加真实。

洛阳,被诸多人奉为历史与文化并存的城市,这里有着与其他城市不同的气息。我从小在这座空气里都飘满文字的皇城长大,脚下的每寸土地可能都是历史,而现在我们在此,可能正重写着更胜史前的辉煌。明净的校园也因为文化的熏陶而明德、博学、日新、笃行。这是一种传承,也是一种真实。

入学之初,从迎新晚会到新生球赛,从社团百家争鸣到科技文化艺术节;从琴湖畔到绿茵场,从鲲鹏路到开元会议中心;从满脸稚气的新生到成熟稳重的学长;从活动的积极参与者到组织策划者。在经历了那一系列与现实的碰撞后,终于,有些人降温,有些人御寒,有些人放弃,有些人却依然坚持;有些人执拗地冲撞,有些人羞怯地叩问,有些人再也无法冷静,有些人却依旧淡定一笑。曾经的无知莽撞到如今的谨慎与冷静也都由艰辛、碰壁、尝试演变而来。每一个过去在逝去的时空里都很充实,每一个现在也都在塑造着未来。对于未来,不确定的都太多,但这就是成长。很多人在不确定的时候摇晃着,颤抖着,战栗着,挣扎着,不停息地矛盾着;但是我要告诉你:在不确定与确定之间,在现实与理想的缝隙里,自己才是自己的救赎。

我们终究都是看向未来。很多事情都掌握在我们自己手中,有些梦想与现实,恐怕注定要挣扎,但是播种梦想必定会收获希望。正如某个时候,漫步校园,在突觉寂寞的时候,心里空荡荡飘下一片打卷的残叶,错愕中遭遇一段神奇的友情。那时甚至很感激匆忙中认识的不太熟悉的陌生人,感激每段未来前这样的小小的预示的符号。预示我们的未来可能就诞生在某个契机里,预示我们其实在每一个现在都创造着未来。

从现在起掌握自己的每一个"现在"吧。某个"现在"你忙碌于自习室之间,力图考研,高学历会给你的未来一个更高的起点;某个"现在"你拼搏于球场之上,力争胜利,坚强的体魄与运动精神会使你在未来勇往直前;某个"现在"你忙碌于学生会之中,历练自我,稳重的心态与突出的能力会使你在未来的工作中不惧挑战;某个"现在"你终日沉浸图书馆,以书为伴,渊博的知识会给你的未来提供更多的机遇。

我的目标是成为一个素质全面的综合型人才。我对现在有以下规划:第一,继续在学生会历练,提高自己的组织领导能力与大局观,培养自己的统筹意识。可以通过接手策划大型活动,协调发展学生会来实现目标。第二,提高专业知识素养。可以通过与专业导师以及其他专业人士沟通交流,课余时间联系实习,将知识用于实践来实现目标。第三,建立精英交际圈。这点我十分相信"君子之交淡如水"这个观点,"明德班"也为我提供了一个很好的平台,我会把握好这个机会。我坚信,我的"现在"正在创造着我的未来!

奔向大海

王向国,男,共青团员,农业工程学院农业电气化及自动化专业1201班,河南省商丘市夏邑县人;荣获2013年"优秀团干"荣誉称号。

时光如箭,日月如梭,转眼间大二就要结束了。回首自己这两年来,拼搏过、奋斗过、放弃过也重新来过。此刻,我在反思自己过去两年的得与失,自己为梦想做了哪些努力,自己今后大学的旅程应如何去走。

有一首歌唱得好:有梦想谁都了不起,有勇气就会有奇迹。人为何而活?这个问题除了自己任何人都不能给出答案。从大的方面说那是哲学问题,咱们不谈;从小的方面说就是咱们自己心中的梦想,我们之所以不停地奋斗,那都是因为心中有梦在支撑。相信大家都一样在高中的时候我们每天必做的也是做得最多的一件事就是畅想未来,当时大学对我来说是一个梦,是一个美好而又神圣的梦,我们总是梦想着大学里的精彩生活,梦想着在大学里去实现自己的梦想和抱负,为了实现这个梦,我们在六月的跑道上拼搏着、奋斗着,每个人都知道通往梦想的道路是艰辛的,是需要我们用无数的泪水与心血和每天的起早贪黑来换取的。我不曾想过要去北大,更没对清华抱有任何的幻想,但是一个好一点的本科一直是我坚定不移的奋斗目标。为了实现这个大学梦,课余时间,当别人在玩的时候,我却目不移书;打了就寝铃后,当别人已进入梦乡时,我还在整理着笔记;放假的时候,当别人都在看电视的时候,我却还在做着习题。正是大学这个让人充满无限憧憬的梦想,一直支撑着我,为我提供着不竭的动力,鞭策我不停地向前。现在我们就身处大学校园,我们以及我们身边的每一个人都正处在激情昂扬的年龄,正是我们奋力拼博得时候,我们每天都是斗志昂扬,不为别的,只为心中的梦想。

我是来自农村的孩子,本来供一个大学生对农村的家庭来说已经很困难了,但是我的父母硬是把我们姐弟两人都供上了大学。我在大学所做的每一件事,不求多有意义,只求对得起父母。随着年龄地增长我们的梦想也会改变,现在,大的梦想我没有,我只求能在毕业后找到一份安稳又不太受束缚的工作,不再让父母为我们辛劳,同时又能供养父母以后的生活,做到这些就足以。

为了这样的一个梦想,进入大学以后我就一直严格要求自己,让自己保持高中那样的学习状态,丝毫不敢有所松懈,求的只是对得起父母为我们的操劳。在大学中我们要有选择地交朋友,恋爱不是大学中的必修课,只是选修课,你可以不修,因为男人成熟才是真正的魅力所在。大学四年,如果你大部分时间浪费在了网吧和恋爱上,那么这四年也太虚度了。

没有梦想的人是悲哀的,没有梦想的大学生活是迷茫的。对于一个大学生来说,如果我们没有梦想,那么我们很容易在大学里迷失自我。大学是一个大染缸,它是五彩缤纷的,但是我们却很容易被染成五颜六色。在大学里,每个人都会发生变化,无论是外表上还是思想上还是行为上。有些人在进步,往好的方向发展,然而,总有一些人会走上歧途。为什么会这样?是因为他们没有梦想,没有奋斗目标,最后一事无成,迷失自我。只有后悔大学混了几年的人,而不会有后悔上了大学的人。即使是那些在校时贬得他的母校犹如人间地狱的人,多年以后,回忆起大学时光,也往往会感慨万分,甚至泪流满面。不管你未来过得如何,至少你要时刻提醒自己人生只有一个大学阶段。

每一条河流都有自己不同的生命曲线,但是每一条河流都有自己的梦想——那就是奔向大海。我们的生命,有的时候会是泥沙。你可能慢慢地就会像泥沙一样,沉淀下去了。一旦你沉淀下去了,也许你不用再为了前进而努力了,但是你却永远见不到阳光了。不管你现在的生命是怎么样的,一定要像水一样不断地积蓄自己的力量,不断地冲破障碍。当有一天时机来临的时候,你就能够奔腾入海,成就自己的生命。

向晚的迷途指南

熊秋童,女,共青团员,管理学院工商管理专业122班,湖南长沙人;获校十佳歌手第四名及最佳人气奖。

从长沙来到洛阳八百二十公里,高铁四个半小时的时间,并不算太长。头顶还是那一片不算太蓝的天空,还是父亲走在你左右,还是那个你,但是那一天,你却知道一切都不再一样了。

还记得那天报道,我跟爸爸说,要他把我放回行李箱带回去。恍惚,已经过去了快两年的时间,再过一个两年,我又不再属于这里,甚至可能回不去家,要到未知的地方漂流。

看着陌生的同学,周围全是陌生的口音,上课是陌生的老师,躺着的是陌生的床,就连口袋里也多了一把从没见过的钥匙。整个城市整个校园,充斥着我十八年来第一次闻见的味道,他不香也不难闻,他就是一种味道,只是陌生而已。

于是从来没有离开过家的我,开始慌张,手足无措地站在青春和成人的青黄不接的尴尬路口上,看着一辆辆车从我面前经过,我不知道哪一辆能载我去上帝给我安排的方向。

所以我蒙上双眼,把自己绑架在原地,沉溺在脑海里的虚拟空间,看那个世界的张牙舞爪吞下我的时间、梦想和所剩无几的青春年华。于是那一年,我只能跟自己对话,跟电脑对话,日夜颠倒,浑浑噩噩,看不清身边世界的真实模样。

　　这样的日子,过得快乐吗?

　　一年之后,我这样问自己:多少次反过头看室友起床去上课,而你揉揉眼睛继续爬床睡觉;错过多少同学聚会和活动;又有几次课没有去上过了;是不是又有好几天没有好好吃过一顿饭……

　　我的梦想呢?

　　虽然选择了一个我不太喜欢的专业,但是文科专业给了我很多空余的时间,我可以去做很多我愿意做的事情。一切都是从一个微不足道的梦想开始。莫忘初衷,未来才刚刚开始。

　　我不知道是不是上帝欣慰我的改变。在大二开学之初,机缘巧合认识了几个志同道合的朋友,我们一起创立了自己的乐队。我们开始筹备自己的演出,在获得了一些好的反响和不足之处的批评之后,我们现在休团一学期,为了下个学期能给人耳目一新的印象,各自都在做一些调整和努力。

　　我借来艺术团琴房的钥匙,重新练习起钢琴,我每天刻苦训练,起初手都会酸到抬不起来;买各种书籍,自己在网络上看教程,学习乐理和编曲,幻想自己真的有机会能和大明星们同台;为了提高心肺能力,我每天在学校操场跑四十分钟,经常精疲力竭回寝室;回复到正常的作息时间,睡前一杯牛奶,早上七点不到就会睁眼,都不用闹钟一遍遍催促;闲暇的时候,我会拿着男友的相机研究,尽管现在我连光圈和快门都分不大清,但是我还在努力研究,希望有朝一日可以拍出令人震撼的照片。

　　我做的事情可能在大多数人眼里是荒诞可笑的,可是"往往"并不代表"全部",不努力不敢想不去努力尝试,我又该如何成为除却"往往"之外的"少数"。

　　我相信世界上一定存在着就算迷路也快乐的地方。我的梦想能否实现其实都不重要,我想我就算在迷途中,也已经积累下了宝贵的财富。

　　站在路口惶恐地看着那些不属于自己的车开来开走,何必等英雄来拯救?这时候往前走就好了。正如棉花糖在《向晚的迷途指南》所写的:"你是否曾感到困惑/面对人群时也不知所措/光站在路口动也不动/等英雄的拯救/可是英雄需要等很久吧/想到了这里会更惶恐吧/不如就踏上未知冒险/将过程给收藏"。

那条名叫幸福的道路

张慧,女,共青团员,化工与制药学院化学工程与工艺专业125班,河南省濮阳市人;荣获校"文明学生"、"模范团干"等荣誉称号;参加学校第十一届运动会,获"同舟共济"项目二等奖。

没有一条道路是通向幸福的,因为它本身就是幸福的。

今天早上在琴湖边又看到有大四学姐、学长们穿着学士服照毕业照,我凑过去,听他们聊毕业时刻的感想,他们有的人说着自己的遗憾,有的人说着自己的收获,还有的人说着以后的打算。听着他们的声音,不觉得让我想起了前几天关于科大梦的比赛,于是我问他们:"你们刚进大学时的梦想是什么?"他们看看彼此都笑了,"这小姑娘想这么多"?说着都走了。我看着他们远去的背影在想:他们是在谈论这个可笑的问题,还是在谈论自己的梦想?

高中三年的努力和拼搏,为的是能考上那个可以不上早晚自习、可以自己安排课余生活、可以在超大的图书馆去看自己喜欢的书的象牙塔,大学的点点滴滴在这个奋斗小女孩的脑子里那么美好。但进了大学校门后才发现:早晚自习还是要上的,课余时间是用来睡觉、看电影、聊天、逛街、打游戏的,图书馆是用来考研的……种种的反差一次次地冲击着我刚进学校时的豪情壮志,直到有一天,我看到毕淑敏的一篇文章,名字叫作《每只小狗都有一个目标》,里面有一句话:"自我价值是从属于你的目标感,一个连目标都没有的人,谈何价值呢"?我看完之后就在想:没有目标,那我岂不是连一只小狗都不如。由此,我走上了我的追梦路。

为了克服自己不敢在众人面前讲话、不善于与人交流的缺点，我逼迫自己去和同学接触，即使没话找话也行，通过与大家伙儿的交流，我交到好几个好朋友，现在他们在工作、生活和学习上给了我很大的帮助。为了扩大自己的交际面，也为了让自己的乐于助人有个施展的平台，我又勇敢地去竞选班委，即使在演讲过程中因为紧张几次忘词，但我最终还是以 31 票的最高票获得了大家的认可。由此我便开始了我在大学的首个梦想之旅——更多地去帮助人，去帮助更多的人。我始终以"在其位，谋其政"要求自己，耐心、认真地去解决同学们的问题，不嫌事小，不嫌事繁，有一事解决一事，付出总会有回报，我们班同学在我生日的那天，都在本子上写了一句心里话，"慧慧姐，遇见你是我们的福"、"我都后悔这么晚遇见你"……看着这些话，我心中涌动着一股热流，是欣慰、是幸福、更是动力。

有了这一次经历，我越发感觉有目标、有梦想是多么的重要。作为学生干部，虽然比普通同学忙，空闲时间比普通同学少，但我只是把他们看电影、打游戏的时间用来服务同学，他们得到了暂时的快感，但我却得到了众多朋友和永恒的经验。走在大学这段路上，我欣赏着名为工作风景的同时，也没有忘了转头去领略一下对面名为学习的风景。

大一由于自己适应能力不佳，成绩排在中等。我对这个成绩非常不满意，因此我又给自己制定下进军年级前十的目标，大家伙儿说我这么忙，不要把自己搞得太累，只要不挂科就行了，但是我不满足于 60 分。我提高自己的学习效率，别人十分钟能完成的作业我八分钟就要完成，充分利用上课时间，终于在不懈努力下，我完成了自己的目标。完成一个目标就意味着我要开展下一个目标，我接下来的目标就是：工作上，从服务本班同学到服务本学院同学；学习上，一直保持住这个成绩。

滴水穿石，用一块块砖头去堆砌高楼大厦。其实，对于我们学生来说也是如此，只有一步步地去走完脚下的路，才能缩短与梦想的距离。在确认了自己的梦想之后，所谓的残酷现实，更多时候，不过是徒有其表的恫吓。梦想看起来很脆弱，其实却像一星火种，只要你不自己把它一手摁灭，就有可能烧成野火。关键是，不放弃，一直不停地为它做一些事，不管这事是大是小。

　　总有一天,你会走到自己想走的那条路上去。虽然有可能绕了很远的路,但是,每绕一步路,就有一步路的意义。人生没有虚度的光阴,只要你愿意。这也是我们通往幸福的唯一道路。

追寻不断完善的自己

张馨元,女,中共党员,土木工程学院工程管理专业112班,黑龙江省大庆市萨尔图区人;曾担任校艺术团副团长、学院分团委副书记等职务;荣获校"模范团干部"、校艺术团"先进个人"、校"科大之星"等荣誉称号;获得河南省大学生科技文化艺术节二等奖,校第十届建筑设计大赛二等奖。

人生就像航海,茫茫大海之中,需要航线,需要灯塔,需要彼岸,更需要风浪,需要雷电,需要暴雨。十年寒窗无人问,一举成名天下知,不求天下知,只求未来的自己能够感谢现在努力的自己。梦想是用来追寻的,用意志与汗水,用认真与努力。梦想之所以是梦想,便是有梦,有想,敢梦,敢想。大学是筑梦的地方,在这里我选择了我的专业——工程管理,在这里通过学习相关课程,我有了我自己的想法,之后,连去旅行,都会对特色建筑物的结构以及材料研究一番,我想我是爱它的,它所散发的魅力是与众不同的,也许是我向往温暖,一份安定的温暖,所以也希望有一天能带给别人温暖,一份能够安居乐业的温暖。

大学要敢梦,敢想。在大学我不仅仅希望获得扎实的专业基础,还想要获得一份有能力的自信。在学生会的日子,是开心的、忙碌的、紧张的、获益的。在大学,首先想要的就是寻找自己。喜爱文艺的我,想要在舞台上表演,代表学校参加乐器比赛,为此不惜牺牲一切空闲时间,把自己关在琴房里,沉浸在我的音乐世界里,那时的我是陶醉的、纯粹的,爱着我爱的音乐,享受着我演奏的音乐。同时,还要做不想做的自己,所谓做不想做的自己,是强迫自己摆脱胆小,那时最爱说的一句话就是"不逼自己一下,永远不知道你能做到什么"。的确如此,在讲台上演讲英语,编写话剧排练话剧,在讲台上说出自己的营销计划,在一场晚会中安排后台事务,在篮球赛中运球投篮,在模型大赛上制作模型、演讲,在晚会上朗诵、主持,代表学校参加比赛。这些都是上大学之前想都不敢想的事情,但是我要做,并且做到最好。为此,付出了不仅仅是时间的代价,不过收获的也不仅仅是勇气的硕果,曾经那个不敢承受大家目光的我,不敢与陌生人讲话的我,已经改变了,变得乐观自信。经历了这些,我想以后在工地上,至少我与人沟通不是问题,沟通是学习的桥梁,师傅们优秀的经验是宝贵的财富,那是书本上学不到的实践;经历了这些,我想无论在什么艰苦的环境,都能与之以笑容;经历了这些,我想我将细心、耐心的多,无论是计算工程量还是对施工的检验;经历了这些,我想我会从容稳重的多,无论是为人还是处事。

在大学,我认识了很多不同的人,包括老师和同学,每一天通过相处都会有收获。人生就像场旅行,因为有走走停停,所以每次都能发现惊喜在不经意的角落绽放,每一次的画图、计算,在成功之后都会有着小小的幸福感;每一次的熬夜、策划,在完成之后都会有着小小的成就感;每一次的劳累、活动都会有小小的满足感,这是大学生活带来的美好。我的梦想并不大,只希望自己能够越来越好,能够得到更多的锻炼,能够帮助更多的人,能够成熟不再稚嫩,为了我的未来能够在工地有所作为,参与建造一栋栋带给人温暖的建筑。

只为安居乐业,愿为筑下之臣。我爱土木,却并非是设计,而是希望有一天,能够在工地里挥斥方遒,让"豆腐渣"都成为过去。技术是航线,知识是灯塔,梦想是彼岸,只希望有一天能仰视我所参与过的建筑物,它是那么的挺拔,那么的温暖。

大三快近尾声了,我的大学生活中课余活动也该告一段落了,曾经为了锻炼自己,改变自己,参加了很多活动,为此付出了很多也收获了很多。如今,我更愿意静下心来学习我的专业知识,不仅是钢筋水泥的魅力,也不仅是美丽外观的魅力,而是它们的排列组合,那些不被人们所关注的细节,小小的设计有着大大的世界,我要在这个世界里追寻,追寻一份未来。希望有一天,那种心满意足地仰望不再是梦想,为他人带来的温暖不再仅仅是微笑,而是安定。

青春千里行

张允强,男,共青团员,国际教育学院机械设计制造及其自动化1205班,河南范县人;任学院学生会团委办公室副主任职务。

栀子花香的气息,这是我对科大的第一印象。那时的我报道的是河南科技大学西苑校区。刚下车便看到了略显沧桑的校门和那扇古朴的牌匾。

说实话,对于那时刚从高中毕业的我们,心目中的大学不是这样的。在我的脑海中幻想着自己所考上的大学犹如电视电影中那样,有着气派的校门和让人折服的图书馆。但是校园里热闹的报道景象让我感觉到了大学的激情。伴随着淡淡的栀子花香,在热情学长的帮助下我了解到河科大是个有底蕴的大学。西苑校区的每栋教学楼都有着属于自己的故事,就是这些有些略显陈旧的教学楼培养出一代代为祖国建设贡献出自己青春的学子。我感觉到河南科技大学不是一个浮夸的地方,是一个一心一意追求知识,让学子能充分学会才能的地方。当时学长还神秘地告诉我,想知道这所大学是一个什么样的大学吗?那就第二天起早点,你会发现你的选择是正确的,只有这样的大学,才会让你对梦想开始了追求的步伐。

朗朗的读书声,将我从大学生活的第一个清晨叫醒。简单地洗漱便下楼去追寻这读书声。漫步在红枫路上,我发现周围的草地上已经坐满了学长学姐,激情的读书声,声声入耳,这是我对河科大的第二印象。一个大学不在乎它是否知名,在于他的学风是否将你感染,在于它是否让你拥有自己追求梦想的原动力。朗朗的读书声犹如潮水般涌进我的脑海,让我在那一刻产生了一种加入他们的激情。这是一个多么有底蕴的大学,心里暗暗高兴当时老师和父母给出的建议是多么明智。一个大学是梦开始的地方,也是将理想拉到现实的地方。

在西苑校区还有很多展览馆和实验室。隔着窗户向里张望,干净的地面,整齐的陈列品,井井有条的实验设备,无时无刻都在向同学们传递着一种严谨的教学态度。"日新笃行,明德博学"是河科大的校训,校训也在无时无刻地向同学传达河科大是一所求知的大学。课堂上,那风度翩翩的老师富有激情地在讲台上向同学传授知识,不时地互动让同学们充分的理解每个知识点。几乎每个有课的教室,座位都是不够用的。这才是一个大学拥有的真正魅力,也是这种求知的渴望,让我深陷其中。

转眼间,即将迈入在河南科技大学的第三个年头,仅仅这两年,就已让我获益匪浅。两年时间里我充分的了解了自己的专业领域,是在老师的悉心帮助下,我一点点踏实充分地接受专业各个知识点,兴趣是最大的老师,传道授业解惑的老师是人生道路上的指明灯。让我感到高兴的是,自己所学的机电专业是学校的重点专业之一,我更加体会到了学校的师资力量是多么雄厚。

天道酬勤,机会是留给有准备的人。当今社会是一个物质欲望横飞的社会,车水马龙的街头,灯火绚烂的霓虹灯充斥在每个街头。在流光溢彩下燃烧激情时,我们要学会冷静地思考。我们不是随波逐流的浮萍,我们是乘风破浪的航船。我们不是迷失方向的惊惶者,我们是行舟掌舵的寻梦人。大学是这梦的起始,大学是人一生中最值得回忆的经历,只有真正经历过大学的同学才能感受到大学的纯粹。

河科大是一个将学子梦托起的地方,看到那些即将毕业的学长学姐,脸上洋溢着幸福的笑容将学士帽扔向空中的喜悦,我深深动容,这才是一所大学真正的含义。河科大是我们梦飞翔的地方,是学子真正追求的地方。

梦想千里行,青春不荒废,河科大的天,是学子的荣。

痛并快乐着

张志强,男,共青团员,法医学院法医学专业 113 班,河南省驻马店市人;任学院团委实践部部长、院青协会长等职务;荣获"优秀青年志愿者"、"优秀学生干部"、"模范团干"、"省级社会实践先进个人"等荣誉称号。

有很多事情,在想象中发生的时候,神圣无比,而当真实的发生到来的时候,人们却失望地发现,它并不如想象中的神奇与壮观。(摘自《痛并快乐着》)

这是一条不归路。

因为这条路是一条充满荆棘的不平坦的路,一旦选择了它,就是选择了孤独、漫长与困难。同样这条路也是一条受人尊敬神秘而使人敬畏的路,"让死者说话","使不可能成为可能"是其工作的代名词。它,就叫做法医。而我的故事也就要从这条让人痛苦并快乐的不归路讲起。

每个人都会有梦想。期望是梦想的开始,大学的梦想也便由无数的期望编织而成。父母的期望是金色的,因为在他们眼中,上大学会更有文化,有文化便会出人头地;老师的期望是红色的,因为在他们眼中,有出息就可以建设家园,因为知识可以用来创造;亲友的期望是绿色的,不论是有意或无意地帮助,总会令人感动的。于是我便乘着这期望的帆船,开始了我寻梦的旅程。

根据父母的意愿,我报考了河南科技大学医学院临床专业,结果却有些失望,被分到了之前一无所知,甚至听起来有些恐怖的法医专业。怀揣着不乐意,面对着未知,在父母地劝说下我还是来到了河南科技大学。这是一个占地

4000多亩的大学校,优美的校园环境,学院老师对我们所学专业知识地详细讲解给了我对河科大和法医学专业一个全新的认识。有足够的勇气改变可以改变的事情,有足够的胸怀接受不可以改变的事情,有足够的智慧分辨两者的不同。既来之,则安之。就这样,我欣然接受了我的大学寻梦生活。

我就像坐在草坪上仰望星空寻找那颗最亮的星星的孩子一样,心中思索着,计划着未来大学生活该如何度过,可是依然还没有寻找到大学夜空中那颗指引我最闪亮的星。不知不觉中大二已经结束,心中难免有些苦楚,感觉大学就要在迷茫中度过。正在此时,他的到来,给了我目标,给了我希望。

他就是李昌钰,华裔美国人,刑事鉴识学专家,美国纽约大学生物化学硕士、博士,曾任康涅狄格州警政厅长、现任康州纽海文大学终身教授,获得了800多项荣誉,称为"现场之王"、"当代福尔摩斯"。这么多称号使我在未见到他之前就由衷地对他感到敬佩与羡慕。2013年12月8号,他来到学校做了一场"使不可能成为可能"的讲座。由于负责会场接待,我有幸和他近距离接触并合影留念,更加深了对他的了解。作为美籍华人,能在世界法医领域取得这么高的荣誉,他是我们中国人的骄傲。讲座之后,他给了我很大的感触,以他为榜样,作为一位中国公民,同样要在国际法医领域取得成功,使不可能成为可能,为学校争光,为中国人争光。这就是我苦苦寻觅终于找到的大学以至未来为之奋斗的梦想。

梦想就是北方夜空中的那一颗明星,为我在黑夜中行走指明方向,不断地给我希望,给我力量。平时加倍的学习好基础知识,课外跟随老师做SRTP项目,暑期放假组队参加"三下乡"社会实践活动。这些是我在学校期间必须也是一定要做好的事情,它是我未来实现梦想的奠基石。梦想的高度时刻鞭笞着我,提醒着我,也使我做好了向考研出发的准备,放弃一些平时玩乐的时间,忍受着孤独,承受着寂寞,努力前进。面对未来的未知的结果,我只想说让暴风雨来得更猛烈些吧!

路漫漫其修远兮,我将上下而求索!梦想实现的道路上必定是充满荆棘的,痛苦的;但梦想成功的果实也必定是甜美的,快乐的。那就让我在前进的道路上痛并快乐着吧!

梦从科大起航

张梓钧,男,预备党员,化工与制药学院化学工程与工艺专业115班,山东省淄博市人;曾荣获校"优秀学生干部"、学院"团学联优秀学生工作者"等荣誉称号。

时光如一江春水,从身边滚滚流去,由溪流入河,由河流入海,却不会往返一次。回眸的刹那,昔日的万物终成永久的追忆。50年前,马丁·路德·金在华盛顿林肯纪念堂前发表了《我有一个梦想(I have a dream)》的演说。立足当下,我也已经踏过了3年的大学时光,试问各位,你们还记得你们的梦想么?

我的大学梦,其实就是简单的几个字——"自立不自闭,自强不逞强,求知以致用,结友以广交"。看着这单单的20字,想做得好,还是有难度的。

自立不自闭。"有勇气做真正的自己,单独屹立,不要想做别人"林语堂如是说。在家靠的是父母,出门求学在外一个人,应当学会自立,自立当然也不是自己一个人的闷头苦干,与世隔绝,自立是一个人变强大的第一步。同时,又不能把自己封闭,一个太自闭的人,离开了交际圈,离开了正常的交际范围,那么,他会比不自立的人还要失败。

自强不逞强。"只有刚强的人,才有神圣的意志,凡是战斗的人,就能取得胜利。"歌德如是说。如果说自立是成功的第一步,那么,在通往成功的道路上,就需要具备坚定的意志,这就是要我们学会自强。如松竹一样的坚忍不拔,当然,一个人的强大,意志再坚定,也不能什么事情都要试一试,单凭自己的意志想完成所有事情是不可能的。

求知以致用。"学者贵于行之,而不贵于知之。"司马光如是说。纸上得来终觉浅,绝知此事要躬行。在接触了社会,生产实习后,越发感到了这句话的重要性,书本上的只是理论,而企业或者公司需要的不是纸上谈兵之人,而是实干家。能否把理论转为实践的经历,这对刚出大学校门的我们来说是需要跨越的门槛。

结友以广交。"海内存知己,天涯若比邻"王勃如是说。俗话说,"在家靠父母,出门靠朋友",多一个朋友就多了一条通往成功的捷径。三年来,我加入学校社团联合会,一边处理学生工作,一边继续自己的学业,凭借广泛的兴趣爱好接触到了不同学院、不同年级的同学,收获了纯真的友谊,交到了许多朋友。

梦想就是我的人生前进的动力和指路灯。为了"我的大学梦",来到科大,过着我向往的大学生活——早晨不睡懒觉,拿着书在琴湖,与太阳为伍,伴着微风的晨读。正常的上课、放学,下午空闲就去一下图书馆,看几本课外书。小假期就与朋友结伴出游,接触自然,放松心情。

我的大学梦,是我要成为一个对社会有用的人的动力;是我要变成一个开朗、勇敢、自立、自强的前进方向。它是我走入误区时的警示灯,是我身处低谷时的心灵鸡汤,是我累了想要放弃时的激励。漫画中有一句话:"当你感到迷茫时,就回到你的原点,想一想你曾经的目标是什么"。正因为我的大学梦时刻在我心中,我才能一步一步走过了1000多个日夜。

感谢科大给了我实现梦想的舞台,我的梦,科大梦,追梦扬帆,科大起航!

我现在的梦想

朱昆祥,男,共青团员,体育学院体育教育专业 1202 班,河南省虞城县人;参加洛阳市第十二届运动会开幕式。

梦想是每个人的权利,没有梦想就失去了生命的动力。无论什么时候我们心里都会有一个或多个梦想。小时候,梦想很单纯,大都是要成为科学家,成为一名解放军等。上了学对梦想的理解加深了,梦想也变得少了,考上一个好大学似乎成了唯一的梦想。上了大学,梦想又变得多了,变得现实了,大学是一个梦想泛滥的时期,有太多太多的梦想充斥着大学生的生活。

十年寒窗苦读,经过艰苦奋斗终于完成了儿时的梦想——考上了大学。当我拿到录取通知书的时候,心里真的是百感交集!人生的前二十年都在为之努力,只为这一纸通知书,心里多年的压力也随之顿减,看着通知书,我的心里知道随着这个梦的结束,我的人生又要开始另一段梦想的追逐。2012 年 9 月,我来到了我梦想的殿堂——我的大学,初次来到大学感觉一切都是那么新颖,那么好奇,感觉大学是多么的美好,为自己能够来到这样的大学而窃喜。慢慢地随着大学生活开始,才发现大学是和以前完全不同的另一个世界,我说过大学是一个梦想泛滥的时期,我就是这样一个例子。大一是个奔跑的岁月,它不再是高中那样复习,考试简单枯燥的模式了,课余的时间比上课的时间还要多,于是为了锻炼自己,我参加了社团、学生会,它们给我的大学生活增添了一些别样的色彩。但是我还没有找到我真正的梦想,看到别人在晚会上表演的精彩舞蹈,我就有了去学舞蹈的想法,于是我就报了一个舞蹈培训班,在学习一个月之后,由于效果不明显就放弃了;我还报了一个计算机培训班,每个周末去上课,坚持了一个学期最后还是没有成功。在大一这一年我的很多梦想都没实现,感觉大学并没有我想象的那么美好!于是我迷茫了,来到了我梦寐以求的大学为何自己却失去了前进的动力,静下心来仔细地想了想,来到大学我的梦想究竟是什么?

大学生活已经将近两年了,而自己却收获甚少,我时常暗暗地问自己,我的大学奋斗梦究竟是什么?我始终不能给自己一个明确的答复,但是自从我加入了河南科技大学第三期明德班后,我终于知道的我的大学梦想是什么了!就是我要加入中国共产党。

这个梦想异常坚定,感觉它一直在陪我成长。真正的共产党员都有一个坚定的信念:誓死保卫自己的国家和人们。我敬佩他们,我想成为他们的一员。来到大学,尤其是在加入明德班之后,我已经明确认识到共产党是一个非常优秀的党。建党初期他们把解放中国作为自己的奋斗目标,现在他们把发展中国经济、富裕人们生活作为自己的奋斗目标。在青马班上课的时候我了解到了更多的东西,清醒地认识到西方敌对势力对中国青年一代思想上地渗透,以及再意识形态领域的复杂斗争,作为青年大学生的我们一定要坚定自己的信仰,树立社会主义核心价值观,使自己成长为社会主义合格建设者和可靠接班人。

虽然现在我还不是一名党员,但我时刻按照党员的要求去做,并把加入中国共产党作为自己的梦想,有梦想就有动力!它激励着去我不断努力!

大学与梦想

祝腾飞,男,共青团员,材料科学与工程学院金属材料工程专业 1202 班,河南省信阳市人;任校学生社团联合会办公室;获校"模范团干部"、社联会"先进个人"等荣誉称号。

什么是大学?

从小时候起,大学对我来说就是个很神圣的词。它存在于父母、老师的殷切希望和谆谆教导之中。因为年纪小,那时候的大学就像一个遥远的梦。毕竟,对于那个年龄的孩子来说,最重要的事还是想着如何在下课后赢取小伙伴们口袋里那一颗颗美丽的弹珠。

很快就进入了高中。对大学的种种认识和期许也是那个时候才开始的。当老师、家长、身边的朋友都在奋力追逐这一终极目标的时候。我不得不开始思考,究竟什么是大学? 这个时候的我们已经开始直面这个真实的社会。最现实的想法就是,大学是个改变命运的地方,只有通过大学,我们才能过上想要的生活。这样的目的略显功利,但效果确是最直接的。

终于,经过高中那一段美好、难忘的日子,我来到了河南科技大学。经过了近两年的学习生活,迷茫过、奋斗过、失望过、惊喜过、哭过、笑过之后再来思考一下什么是大学,我发现对大学的认识再也不是那么肤浅了。时至今日,我对大学的理解是:大学是一群人以不同的专业观点看待世界的地方。在这里,我们学到的是如何看待这个世界,如何在这个世界生存的方法。

什么是梦想？

梦想是个美好的东西。从一个人开始认识这个世界的那一刻，它就如影随形相伴我们左右。对于一个无忧无虑的孩子来说，梦想可能就是下个月口袋里能多出点零花钱；对于情窦初开的少年，梦想可能就是能够牵上心爱的人的小手；对于挑灯苦读的学子来说，梦想就是那激动人心的录取通知书。进入大学后，我们的梦想又是什么？我曾经就这个问题问过自己，问过身边的朋友，结果却是非常惊人的，绝大多数的人并没有明确的梦想……我们在不断长大，可是我们却对自己真正想要的东西没那么确定了。

当我还很小的时候，大人们喜欢问我以后长大想干什么啊？那时我会非常兴奋地告诉他们，我长大了要当天文学家。这个梦想源于我对神秘星空的渴望。后来长大了一点儿，梦想随之不断变化。高中时期快节奏的生活让人很难停下来仔细思考我的梦想到底是什么，那时候唯一追逐的就是高分，一次又一次的模拟考，最大的期盼就是能在那一张薄薄的成绩单上上升几个名次……

终于如愿以偿进入了大学。刚进入大学，学长和辅导员就告诉我们，一定要给自己的大学找到目标和方向，否则就会沦落到迷茫碌碌无为的境地。于是我开始思考，我进入大学的目的是什么？我的梦想又是什么？有人说，大学就是半个社会，在这里，我们学到的不应该仅仅是书本上的知识，还应该在大学生活中努力发掘更值得我们学习的经验。于是我决定开始一点不一样的生活，我要让我的大学丰富多彩，不沦落，不平庸。

抱着锻炼自己、提升能力的心态，我加入了校学生社团联合会，这是一个非常锻炼个人能力的地方。加入社团联合会后，我很荣幸地赶上了学校60周年校庆，作为校级学生组织，承办了校庆一部分活动。那些日子确实非常忙碌，但是活动结束后，参与进来的每个人都感到由衷的自豪与兴奋，从那时开始，我体会到了集体的力量和荣誉感。回首两年的工作经历，它确实给我的生活带来了不小的变化。因为工作的缘故，我很少感到无聊与迷茫，生活一直非常充实。我还积极参加学校和学院举办的各种比赛，在比赛中不断激发自己的潜能，不断发现自己的不足，也认识了很多优秀的人。

学习知识，提高能力，这就是我的大学梦想。这个梦想是中国梦在我自己身上的体现。在以后的学习生活中我一定会用更高的要求来约束自己。不断学习新的科学文化知识。勇于奉献,用实际行动影响身边的人。为中国梦的早日实现贡献自己的力量。

扬帆起航

安红涛,男,共青团员,机电工程学院机械设计制造及其自动化专业125班,河南省新郑市人;任学院团委办公室副主任、班团支书等职务;曾荣获学院"团委优秀个人"、"优秀志愿者"荣誉称号;大一参加学院团学干部风采大赛,荣获团体节目三等奖。

说到梦想,每个人都不陌生,当我们讲到"我的科大梦"的时候,相信科大人都是有很多话要说。当我们步入河南科技大学这个校门的时候,心里边总有一种说不出来的悸动,这其实就是我们心里那最真切的"科大梦"。我在中学时不是那么活跃,刚开始来到科大的时候,我的想法很简单,就想在科大这个校园里多认识一些朋友。我觉得不能像以前那样,班委不参与,学生活动不参加。抱着这样的心态,我毅然决然地加入了机电学院团委办公室。

刚来大学时我们什么也不懂,团委办公室的学长学姐热情地欢迎我们。并且尽最大努力帮助我们,我真真切切感受到团委办公室的温馨,这是一种家的感觉,在这里我学到了团队精神的重要性。从进入团委办公室开始,我们举办了很多活动,在每个活动中大家团结协作,共同把活动做到最好。但是我觉得,大家最看中的还是活动过程。因为活动过程中我们会碰到很多问题,最重要的是我们是一个团队,通过团队在一起协商、合作把问题解决了,解决问题的过程让我们学会了与别人相处,学会了一定要信任你找的人,给他们足够的空间去做,学会了如何与陌生人交流,通过交流让他们信任你等等,这是我们学到的最重要的。

　　从此，我把团委办公室当成家了。在这个家里边，我有很多兄弟姐妹一直在我身边陪着我，帮助我，这让我心里萌生了一个想法，我要努力为这个家而奋斗。当然，不是只为了团委办公室，也是为了那些曾经陪伴着我的兄弟姐妹！我想让我们团委办公室发展壮大起来，让团委办公室在机电工程学院处于领先地位，占据绝对优势，也许暂时我还没能做到这一点，但是，我会一直为之而努力，不会因一时的低落而放弃。

　　我的梦想就在前方，把机电学院团委办公室建设成学院共青团工作的筹划中心！不止是在规模上，还有其他方面的。从规模上来说，我们的队伍不断在壮大，这是一把双刃剑，益处是我们在人员分配上会轻松一点，但是人多会给大多数同学带来惰性，导致队伍懒散，这是需要改进的地方。最重要的就是要珍惜每一次办活动的机会，尽自己最大努力地把我们的每一个活动做到最好。

　　当然，作为科大的一员，我们一定要铭记我们的校训：明德、博学、日新、笃行，它对于我们以后的发展是很有意义的。我们要时常对自己进行自省，发现自己的缺点和短处，争取每天进步一点点，早日与时代接轨，只有这样，我们才是一个真正合格的科大学子！

　　最后我想对自己说一句激励的话：逐梦科大，扬帆起航！加油！

心跳与梦想

安旭,女,共青团员,电气工程学院电气工程及其自动化专业 1202 班,河南省周口市人;任学院团委学生会学习实践部部长;曾荣获校级"社会实践先进个人"荣誉称号;2012 年荣获"学业生涯规划演讲大赛二等奖",2013 年荣获"英语演讲竞赛二等奖"。

记得小时候学着医生的模样拿着父亲的听诊器游戏,或许那时的我满脸的天真与顽皮,但当听到一阵有力量的跳动时,小小的我呆住了,至今仍记得缠着父亲问那是什么声音? 是不是身体里面藏着的是一口有魔力的井,热情的喷发着源泉,浇筑我小小的梦? 父亲说,那是心跳声,有了心跳,才有了梦。而随年龄的增长,我认为是因为有了梦,才有了心跳。

两年前的夏天,当我在三哥的护送下坐着学校的免费大巴进入校园时,眼睛里便充满着对学校的喜欢,因为能够免费接待自己的,除了同学、朋友外,或许就只有亲人了,那时的科大正吸引着我,一步又一步地了解她,熟悉她,热爱她。正如预料的那样,资源丰富的图书馆,铺着塑胶跑道的操场,丰富的课余活动,爱岗敬业的老师,开明的氛围让本就喜欢看书和运动的我,找到了理想奋飞前的福地。或许是想起辛勤工作的父母亲,想起疼爱我的姐姐哥哥,给我留下美好印象的科大,那时候的我就告诉自己,四年的青春决不能在电影、睡眠中度过。四年的生活一定要在踏实奋进中度过,要在毕业时交给自己一份完美的答卷,要掌握一份技能来锻造出自己的核心竞争力以面对来自社会挑战,创造属于自己的一片天,不愧对自己的母校,拿出成绩来感恩我的亲人,感激抚育我的母校，或许这就是我的梦！

时间的历练可以让懵懂的少年学会用理性驾驭自己的本能、感情和感觉，拥有系统的逻辑思维能力，学会做人、处世。对于科大来说，面对其他各高校的竞争，时间将是进步、完善自我、追求卓越的催化剂，只因为资源是有限的，时代是进步的，文明需要传承，不进则退！更形象地说，科大犹如一个年轻的母亲，在为他的孩子们争取更多的成长空间，更好的学习环境和更多的资源而努力奋斗，这就是科大梦！

当我漫步在科大的校园，细数着道路上的格子数，双手放在胸膛感受生命的跳动时，会莫名其妙地算计着自己还能在科大学多久，我还能和大学里的同学玩多久？我能为自己的母校做些什么？时间匆匆，它绝不会为任何人停下的脚步，但他能帮心怀梦想的人计算一个个已设定小目标的时间，时刻警醒着人们离成功还有多远，坚毅的人将会在平凡而有力的心跳中积极进取，最终循着时间的脚步走向成功。与此相反，没有毅力的人将在平凡的心跳声中失去自信，磨灭理想的火花，走向衰落。时间也会让心怀感恩的人铭记，只有让自己变得更有价值才能回报自己的恩人，让自己的心，跳动的平稳而利落！

当我和名人一起感悟生命、思索其意义时，有一种声音在向我诉说着，人应尽自己最大努力去提高自己的价值，将终生学习作为自己的基线，将自己的才能奉献给社会，造福他人，实现价值最大化，这才是我们青年应有的理想。就像习主席说的"大国，需有大胸怀"，我们要有足够大的心胸才能将理想化为现实。

我的母校，我的科大，虽然我现在只是一名学生，但我将时刻铭记你的恩情，铭记自己是名"科大人"，我为你骄傲！明德博学、日新笃行，心怀感恩、奉献自己，这是我们每一名科大学子应时刻铭记的信条！心依然在跳，但因为注入了梦，变得更加沉稳、美好！科大梦，我的梦。我的梦，中国梦！

人有梦想才会飞

陈鲜,女,预备党员,法学院法学121班,四川省巴中市人;任学院分团委副书记、班级团支书等职务;曾荣获"优秀团员"、"文明学生"、"模范团干"等荣誉称号。

苏格拉底说:"世界上最快乐的事,莫过于为理想而奋斗。"可梦想是什么?是整日穿梭于教室、图书馆还是活跃于各个社团协会?是忙于恋爱、兼职还是宅在宿舍追剧打网游?步入大学两年,我渐渐认清了自己,也找到了自己奋斗的方向,那便是成为基层法院的一名法官,依靠自己的专业技巧来化解社会矛盾,维护公平正义,构筑和谐社会。

确立这样的一个梦想,不仅因为法官是一个崇高、神圣、令我向往的职业,也因为他代表国家裁判着社会的是是非非,实践着公平和正义,更多的是来源于对"赵作海杀人案"的感触:被判死缓的赵作海在监狱度过十年后,被杀者突然出现,就因为法官的一次误判,让一个人美好的十年时光在监狱中度过,并给他的家庭带来了极大地影响。这让我更加坚定自己的梦想,成为一名优秀的法官,公正审判,用自己的热血以及一步一个脚印的努力,在中国民主法治的历史进程中贡献出自己的青春!

我的梦想很普通,它没有海子"面朝大海、春暖花开"梦想的洒脱,也没有马丁·路德·金"不分种族、不分贫富、没有歧视"梦想的崇高,更没有周恩来总理"为中华之崛起而读书"梦想的宏大……但它对于我的人生意义非凡。一方面,它让我有了明确的目标,不再彷徨迷茫,懂得努力学习科学文化知识的重要性,懂得去规划自己的未来,懂得怎样去收获一个充实的大学生活;另一方面,它一直是我奋斗的源泉,不论前进的道路有多么曲折,人生的际遇多么复杂,都一直给我力量,让我看到未来的希望和曙光。

行大于言,梦想不是空谈,需要我们付诸实践。众所周知,随着社会的快速发展,对法官的要求也越来越高。不仅需要扎实系统的法学知识储备、科学的司法方法和技术,还需要较高的综合素质,学会担任法律人、政治人和社会人等多重角色,法官不但要会办案,还要会办公、会办事。两年的大学生活紧张而充实,在这个过程中,我努力朝着自己的梦想前进。进入大学以后,我一直坚持知识增长与能力培养并进,在学习方面,我抓住课堂的每一分、每一秒,不断拓宽知识面,建立合理的知识结构,逐渐养成了"勤奋、严谨、求实、创新"的学习习惯;在工作方面,大一我就主动担任了班级的团支书,而且也是学生会组织部的一员,参与和组织了很多活动,如"诚信校园行"辩论赛、法学院第十一期团校培训等。另外,在闲暇的周末,我跟随学长学姐去社区、广场做免费法律咨询,将理论知识与实践结合,用自己所学,为需要帮助的人答疑解惑。通过这些,我的组织协调能力、处事能力等都得到了很大的提升。

当然,我深知实现梦想的过程是一个不断坚持的过程,我要走的路还很长。即将步入大三,我的重心会逐渐向学业上转移,在学习专业课程的同时,努力备战司法考试和考研,制定一个整体的学习计划,合理安排好自己的时间。另外完成工作角色的转换,配合老师做好分团委的工作,进一步锻炼自己各方面的能力,为学院的发展尽自己的一份力。

人可以不伟大,但不能没有梦想,有了梦想,我们才能不盲目,生活才能有意义,人生才能有价值。但梦想不是现成的粮食、不是绘就的画卷也不是葱茏的绿洲,而是一粒需要播种的种子、一张需要描画的白纸和一片需要开垦的荒漠。作为一名法学专业的学生,我深知自己需要背最厚的书、参加最难的考试、忍受最低的就业率,想要成为一名优秀的法官更是难上加难,所以我时常提醒自己,一定要努力学好专业知识,不断提升自己各方面的能力,事实上我也一直在这样做。或许梦想离我还很遥远,但我相信阳光总在风雨后,通过坚强地忍耐、顽强地奋斗,我一定能飞到梦想的彼岸,看到属于自己的那一片晴朗的天空。

出色的科大，我的出色

陈晓欢，女，共青团员，动物科技学院动植物检疫专业1202班，河南省新梁乡人；任学院社团实践部部长，班级团支书等职务；曾荣获"优秀团员"、"优秀团干"、"暑期社会实践先进个人"等荣誉称号。

河南科技大学是一所河南省名列前茅的高校。她像一座丰碑，激励无数学子为未来而奋斗；她像一面旗帜，鼓励青年花朵为之拼搏；她更像一位母亲，孕育着一位位国家栋梁。在这所出色的大学中学习的我，自信地告诉自己，在这神圣的土地上成长，我一定要变得和她一样出色！

"海阔凭鱼跃，天高任鸟飞"。初来大学的我，一直用这句话激励自己，抓住属于自己的每一次机会！大学四年，要让自己从一个未经世事的懵懂少女练就成有修养有抱负的热血青年。在现在这个人才辈出的社会，只有自己足够出色才能在众人中脱颖而出。所以，我承诺自己：大学四年，提升自己的能力，塑造自己的形象。成为科大骄傲的一员！

不是每一条河流都能入海，不入海的汇聚了湖泊；不是每一棵小树都能成林，不成林的变成了枯旱。我们都在一步步地成长，只有一步步地走好了，走稳了，才能迎来属于自己的辉煌明天！2012年的9月，我来到你的怀抱，你的温暖征服着我，你的庄严激励着我。那一刻，我知道，我会为得到你的认可而努力奋斗！开始处于同一起跑线上的我们，谁先弯下腰，谁就提前站起来！每一次自信地介绍自己，就是让大家看到我的激情；每一次热情地服务于大家，就是让大家看到我的能力。所以，我的第一步顺利跨出去了，我成功当选为班级团支书,成功进入学生会。接下来,就是真正脚踏实地地做下去,从心里征服大家。人,找准自己的位置,走好属于自己的每一步很重要。美丽的大学就是需要我们这些青年为之奋斗!送自己一句话:用够多的云翳来造就一个美丽的朝霞!

"长风破浪会有时,直挂云帆济沧海"。前面的路依旧坎坷,而我还在为此坚持!2013年11月,紧张而激烈的竞争当选为社团实践部部长。努力了一年,成长了很多,学生会是一个锻炼自己心性和处事的地方。在这里,让优秀的人更加优秀,让进取的人获得成功,让懵懂的人认清道路!所以,我要继续留下来,我要让自己变得优秀!能力是需要慢慢提升的,为人处事的方式是需要自己慢慢学会的。因为我还在追求,因为我还有梦,所以,我一直抓住我的机遇,我一直在进取,我在争做出色的科大学子!当然,这一次的肯定,远比前几次兴奋。这次,我又迈出了一大步!接下来的日子,我知道更加辛苦!还处于学习阶段的我,要带领一个团队前进!我将对自己更加严格要求,自己的提升不算真正的提升,能带领身边的人一起进步才是真的成功!我愿意,我愿意用自己饱含激情的心,充满斗志的心,去闯荡在这茫茫的大路上!

"路漫漫其修远兮,吾将上下而求索"。前面的路依旧艰辛,但我依旧愿意为此奋斗!今天,作为明德班的一员,我很高兴,也很有压力。能走进这个班,是我的追梦路线又一次前进。而在这个班中,看到一位位优秀的他们,我又倍感压力。强者与强者之间的交流,会让彼此更加进步。强者与强者的竞争,也会是一件很快乐的事吧。在这里,我努力提升自己的思想素质,努力学习优秀者们各自的闪光点。一次次地学习,一次次地吸收,就是一次次地进步。至少我的心态还好,至少我的激情还在,至少我还有梦!我愿成为最出色的科大学子!

人生是设计出来的,我给自己绘制属于我的蓝图,能坚持走下去的就是胜利者。我们一起走进科大,我们一起在这里成长。接下来,我依旧向着自己科大梦想的方向继续走下去,使自己在科大变得更加出色。出色,不只是学习成绩,更是对人处事的能力,是一种内在表现出来的气质,是人格魅力的征服!我注意自己能力的培养与提升,我注意自己在一件件小事上是否完成圆满,我注意与每一个合作者的沟通是否被关注,我注意……在我的字典里,只有差评和优秀，没有中等一说。我不愿给自己任何一个放纵的机会！我能做的，必须最好，我不做的，可以最差。所以，极端的我，希望自己样样出色。

大学的两年已经快过完，我一直都在忙碌！曾记得每次妈妈打电话，总会有一句不变的惦记："在学校还是整天那么忙？为啥别人都说大学很轻松，空闲时间很多，而你总是忙的停不下来呢？"妈妈或许很心疼吧。曾记得有多次因为开会而果断挂断妈妈的电话，然后心里有许多不忍和无奈；曾记得多少个日子，姐妹们都已睡下，我还看着电脑，手不听使唤地敲打着键盘；曾记得……心酸的往事历历在目，可我却没有一丝抱怨，一丝后悔。成功的路上总会有所坎坷，有所羁绊，抵挡住一次次的侵袭，就是心理素质的又一次锻炼。记得曾有个优秀的学长说过：真正地投入，真正地学会，就是在自己工作学习的地方越做越有斗志，越做越有冲劲！

青春就这么几年，不好好奋斗一次，怎么对得起自己的年纪？不好好尝试一次，怎么对得起自己的年华？不好好挥霍一次，怎么对得起自己的人生？在出色的科大，练就一个出色的我，也不枉自己经历过的大学。革命尚未成功，我还需继续奋斗。可以称得上是学姐的我，不仅在学习中自己提升，还能把这种积极进取的精神传递下去才是我的成功！

"去年今日此门中，人面桃花相映红。人面不知何处去，桃花依旧笑春风"。在科大，一届届的学子走了，一届届的学子又来了。科大一直用她可亲的怀抱欢迎，用她祝福的笑容欢送。出色的她，希望我们在这里变得更出色！祝福每一位科大之生，希望你们过得更好。少年们，让我们激情满怀，用够多的云翳来造就一个美丽的朝霞！

为梦想拼搏

付豪,男,中共党员,国际教育学院计算计科学与技术专业122班,河南省驻马店市人;任学院体育部副部长、班长等职务;曾荣获"学生会先进工作者"荣誉称号;参加院级"英语演讲大赛"获二等奖。

I came,I saw,I conquered

"我所到之处,我所见之事,我所向披靡。"这展现了凯撒大帝为实现梦想的英雄气概,这是何等的自信,才能说出如此豪言壮语。而现在,我作为科大人,也必须担当起当代大学生的责任,我选择了学生会,在这里为别人服务,在服务中成长成才。

梦　想

君子务本,先立志,后成才。进入大学以来身边的同学,有的是埋头苦学,继承了中华传统美德之"万般皆下品唯有读书高"的精神,把学习理论知识作为唯一的追求。而有些同学认为十年寒窗苦读,上了大学就应该享受生活,而把学习抛到脑后,贪图享乐,整日睡到日上三竿,这样的生活没有了追求,更别说有什么意义了。还有一部分同学能够不忘自己上大学的初衷,以全面提升自己为目标,学习放在第一位,努力学习科学文化知识的同时,不忘提高自己的综合素质能力。不管怎样,他们都有着自己的追求,怀揣着对未来的希冀。人生就如一次攀登,你能看见什么样的景色,取决于你决定去爬哪座山。而我选择了学生会,就会尽自己最大的努力把沿途的景色变得更美。

拼　　搏

进入学生会的两年来,我一直以不断提高自己为目标,做每件事情前都会告诉自己:"你能行!"我相信:有付出,就一定会有回报,不论这种回报是以什么样的形式呈现到我们面前。

大一学生会的竞选,我很庆幸能够在人才济济的竞选中脱颖而出进入办公室,迈出了实现梦想的第一步。办公室可以说是整个学生会的中枢系统,办公室的工作是繁杂的,大到一场活动的出谋策划,小到一个架子都必须自己去搬,但同时学到了太多如何做人,如何做事的理念。每次活动即使苦点,累点,办公室人也从未抱怨,有困难迎头就上,正是这种面对困难勇往直前,坚持不懈的精神令我深深折服,而每次活动后的喜悦之情更是难以言表的,谁曾想过几十个学生就能组织一场大型活动,甚至举办一场上千人的晚会。

人生有起有伏。一年后,我并没有按照预期的那样能留在办公室,因学院团委的变动,学生会内部也大幅度调整,我被调到体育部担任副部长,突然被"空降"过来的我,自然有些不适应,不知如何开展体育部的工作。曾经有一段时间,我失落过,因不能留在办公室而丧气,因突然进入一个新的环境而迷茫,但现实不允许我有任何的畏缩不前,我又自问我自己:你到底想要什么? 没错,我眉头一锁告诉自己:不会,可以学,无论在哪,我都可以做夜空中最闪亮的星。居其位,谋其政,既然要做,就要做到最好!

运动会的每个画面都历历在目,没有付出,哪来收获! 虽然作为一个年轻的学院,经验相比之下是欠缺的,但是我们用赛前一个月不论刮风下雨,每晚都刻苦地训练来弥补之间的差距,虽然未能取得良好的赛绩,但我们取得了宝贵的经验。我相信不久的未来,运动会的龙虎榜上,国教学院定会榜上有名。

坚持拼搏的我,最终得到了部长、主席、老师一致的认可,让我肩负起下届学生会的重要责任,而我更要为下届学生会的发展努力拼搏!

现在的我,离我的梦想实现仅有一步之遥,需要做的正是静下心来,好好沉淀,为今后学生会的发展做出长远而详细的计划,为梦想的实现奋力拼搏。

最初的梦想

郭婧,女,中共预备党员,护理学院护理专业 111 班,河南省新乡市人;任学院分团委副书记;曾荣获校级"模范团干部"、"优秀青年志愿者"、"优秀团员"等荣誉称号。

一直很喜欢这样一句话,梦是蝴蝶的翅膀。

很多人会问你,你的梦想是什么?我总是想很久然后告诉别人,其实没有什么特别,只是从小到大,我一直都有一个愿望,就是看到家人开心和快乐,看到爱我和我爱的人幸福。

直到现在我还记得踏进科大校门的那一刹那,心潮澎湃,无比向往。一眼望不到边的校园带给我无比轻松与喜悦的心情。科大,带给了我渊博的知识、相伴的朋友,最重要的是带给了我无尽的欢乐。当我真正融入了科大,对科大的历史,对那些庭院角落的故事有了更多的了解之后,我发现那些承载我梦想的地方,其实更为深沉和复杂。她是一个沉积了无数知识的殿堂,承载着无尽的光芒;她是无数年轻学子成长的摇篮,有着无数青春的赞歌;她更是我人生路上的一束阳光,带给我最初的梦想。

一个国家有国家的梦想,一个民族有民族的梦想,就像回答别人的提问时那样,我也想过自己的梦想是什么。身边有无数成功人士,从小到大父母都会在我耳边唠叨要向他们学习,上了大学,梦想就是要立志成为他们那样的人。而对于自己来说,也许我没有像很多人一样下定决心要在科大干出一番事业,没有立志成为将来让科大引以为傲的学子,我只想在科大努力实现自己最初

194

的梦想。也许现实生活总不尽人意,但梦想总会带给人希望,就像"梦是蝴蝶的翅膀,年轻是飞翔的天堂",如同我步入科大校门的那一刹那,轻松,愉悦。开心何尝不是一种梦想,希望爱我的人和我爱的人永远开心快乐是我永远不变的梦想。因为它,我会努力学习,成为父母的骄傲;因为它,我会关心爱护身边的朋友希望他们幸福;因为它,我会用心做好自己的本职工作,帮老师减轻工作负担;同样因为它,我希望自己做一名优秀的科大学子,不辜负所有为我们的青春所付出的人。

不知不觉,这个简单的科大梦伴随我走过了三年的大学生活。三年中,有大一时的激动活跃,也有大二时的消极迷茫,更有大三时的脚踏实地。但无论是什么样的状态,它都一直提醒着我人生最重要的梦想,激励着我勇往直前。从竞选班级团支书时站上讲台的那一刻,注定我的大学生活不那么平凡。从组织参加各种活动,到护理学院成立后担任团委副书记,一步一步走来,我哭过,笑过,放弃过,又重新拾起。无论怎样,我总能想起爱我的人在陪伴着我,期望着我擦干眼泪,重新起航。

作为一名科大人,我为自己感到骄傲,我为母校的历史和如今它取得的成绩而自豪。作为一名子女,我的梦想就是要好好孝敬父母,好好爱自己的父母,尽自己最大的努力为他们创造一个舒适的晚年。作为一名学生,首先我应该立足自己的专业,认真学习专业知识,为自己今后的发展打好基础,我的梦想就是尽自己最大的努力让身边的人快乐。作为一名学生干部,我应该做好自己的本职工作,为周围同学树立榜样,自觉学习党的知识,拥护党的政策。作为一个公民,我应该遵守社会制度,维护社会安定,不做损害公众利益的事。日升日落,我坐在偌大的操场上,看着落日下幽静美丽的校园,嘴角轻轻咧开,怀着一份坚强、一份荣耀、一份铭记,轻轻拾起几颗石头,珍藏在身,勉励自己,心中已准备好,种下平凡简单科大梦,创造美好的未来。

科大过去的道路,在我们脚下,科大未来的道路,将由我们铺就。条条纵横的路,承载着历史,承载着期盼,也不断提醒这我们:迎着永恒的东风,把红旗高举起来,攀上科学的高峰。

最初梦在我心,我的梦在科大!

我的建筑师梦

简红兵,男,中共党员,建筑学院建筑学 111 班,江西省新余市人;任学院分团委副书记兼团学联合会副主席。

上大学之前,我的梦想很简单,找份好工作,找到对象,建立家庭,挣钱养家,仅此而已。但是到了大学后,我渐渐地发现,我的梦想似乎是所有人期望的普普通通的生活,并不能称之为梦想。大一的我就这样在思考什么是梦想中碌碌无为地度过了。于是我开始反思自己,如果生活没目标,当一天和尚撞一天钟,自己的未来要干什么都没规划好,如何赚钱养家? 未来的我到底能做什么? 通过与同学的交流,我发现,虽然我们都在学习建筑学这一专业,但又有多少人是真正喜欢建筑学这一专业的呢? 而我,自小没有什么远大抱负理想,没有坚定的目标,只因为机缘巧合来到建筑学这一专业学习,而更巧合的是建筑学的学习方式以及建筑学这一专业对美术功底的需要,正是我喜欢的,我又什么不把成为一名建筑师作为此生奋斗的目标呢?

梦想是人生航程的灯塔,是我们人生的奋斗目标,指引着我们人生前进的方向。只要我们始终不移地向着这个方向前进,我相信,我们将到达成功的彼岸。古往今来,凡是有作为的人,大多在青少年时代就确立了自己远大的梦想。同时,梦想也是我们人生前进的动力,梦想作为人生追求的目标,我们将会以坚强的毅力、顽强的斗志、勇于拼搏的精神去奋斗,去实现。

刚入大学时的我是青涩懵懂的,是偏内向的,活在自己的世界,不喜欢和别人交流。大一时的助学金评选对我触动很大,当时班上提交了困难认定的同学中,我是唯一一个没评上的。那时我开始反思其中的缘由,我总是活在自己的世界中,班里学院有事不敢担当,不乐意去为同学、为老师奉献,凭什么在同学之中脱颖而出?于是,我开始改变,我借着我在学生会工作的契机,多跟同学和老师交流,任何脏活累活一马当先。与此同时,我学会了如何去跟别人交往,通过和其他学院的学生干部学习和工作交流,提高自己的交际能力,通过和老师们的交流,提高自己的办事能力。因为我深深地知道,交际和办事能力是一位建筑师必不可少的能力。

除了工作,基本的理论知识和人生阅历也是一位建筑师必不可少的专业素养。所以,我认真学习专业课,经常向高年级的学长们请教专业知识,认真完成每一个设计作业。与此同时,我也经常利用节假日到别的大城市去游历,增加自己对建筑的认识,丰富自己的人生阅历。北京、深圳、长沙、西安等城市都有过我的足迹。除了这些,我还深刻地认识到在学校学习的这些是远远不够的,所以我还经常利用寒暑假期,去学习其他一些专业相关的东西,参与一些社会实践活动,提高自己适应社会的能力。

当然,在努力追寻梦想的旅途中,我还存在着许多不足和缺陷。如还不能合理的规划好自己的时间,清楚地认识到自己每一步需要干什么,还在摸着石头过河,没有找到真正适合自己的道路。演讲能力是建筑师介绍自己设计方案是必不可少的一项技能,然而我的演讲能力也还有待提高,在大众面前演讲以及每次汇报方案时还略显词穷。这些都是我目前必须克服改进的地方。

梦想是有思考、有想法、有准备的人才会实现的,他不会等你,只有你努力去追逐,它才会给你机会,给你希望,让你实现。我想,今日我的努力奋斗与追逐必将成就明日我成为一名伟大的建筑师的梦想。

选调生　我的梦

李凡,男,中共党员,外国语学院英语专业 1205 班,山东省临沂市人;任学院学生会主席;曾获校级"三好学生"、国家励志奖学金等荣誉。

梦想,本是实实在在的现实。梦想,不应该是华丽的伪装。人,如果一味地唱高调,其实就是伪装、虚荣的表现,应该实实在在地面对和规划自己的未来。苏格兰军队当年在西班牙与回教徒作战时,把故王布鲁斯的心抛在阵前,然后全军奋起抢夺,击败敌人,这就是前进的方法。高悬理想和信念,全力以赴,才能创造出人生的奇迹。我的梦想是成为一名选调生。

一年前,我步入科大校园,眼前是陌生的环境和陌生的面孔。顿时,我的心中开始茫然和不安,我感觉自己找不到继续努力和前进的方向和目标。然而,在学院召开的新生年级大会上,我偶然从书记的口中听到了"选调生"这个对我而言完全陌生的词汇,听完书记的讲话,我的心中释然了。在那一瞬间,我找到了我在科大的奋斗目标——成为一名选调生。在那一刻,它深深地印在了我的心底,刻在了我的脑海中。漫步在美丽的科大校园,我的内心充满力量,我踌躇满志,我相信我一定可以在这里灌溉自己,为实现当一名服务基层的选调生的梦想而不懈努力。

我在科大校园里开始了我的逐梦之旅。首先,要想通过国家选调生的选拔,必需学习成绩优异。于是,我坚持每天严格遵照拟定的学习计划,珍惜时间,勤奋刻苦,努力学好基础知识和专业知识,并不断补充其他方面的知识。

其次,必须有好的思想政治素质。我积极参加党课培训,逐步培养自己坚定正确的政治方向和全心全意为人民服务的宗旨意识。另外,选调生的选拔还需要有一定的组织协调能力和语言文字表达能力,以及担任学生干部等经验的要求。对于这一点,我正在坚持不懈地做着。从入学初的参加班长竞选,担任班长,到之后兼任学生会部长和现在的学生会主席,我都在一步一个脚印扎扎实实地向前迈进。经验是需要不断积累的,而能力也正式在一点一点地学生工作中得到提升的。我相信,有了这些锻炼,我的工作能力和思想素质都可以得到很大的提高。

最后,既然是志愿到基层工作,就要有事业心和责任心,勤奋敬业,乐于奉献,身心健康,能适应基层工作的需要。不管是责任心还是乐于奉献的情怀,都要慢慢从实际行动中培养而来。在每一次为同学服务或者为班级组织活动后,我内心自豪感和满足感油然而生。能够为他人做一点实事,帮一点力所能及的忙,事情虽小,但确确实实能够为自己以后在基层工作奠定基础。人生就像一艘前进的航船,总是向着一定的目标前行,没有理想,就像一艘无舵的航船,随意漂泊,看似自在的航行,却终将被大海吞没。梦想是罗盘,给航船指明前进的方向;梦想是船帆,风樯动,起宏图;梦想是翅膀,助你浩渺天空展翅翱翔;梦想是发动机,时时给你前进提供动力。

我要不断坚定想要成为一名选调生的目标,并为之一如既往地倾注汗水和精力,人生有多有价值是自己追求而来的,梦想有多远大是脚步丈量出来的。对于我,只有认认真真地从各方面提升自己的综合素质,才会有通过选拔的机会。所以,选调生,我的梦,我在践行,我在追逐。

绽放的梦想

李华,女,中共党员,机电工程学院机械制造及其自动化专业机制专业103班,河南省洛阳市人;曾获得国家奖学金,全国大学生数学建模一等奖等荣誉。

上大学之前,在闲暇之余,我都会听范玮琪的《最初的梦想》:"……最初的梦想紧握在手上……最初的梦想绝对会到达,实现了真的渴望,才能够算到过了天堂……"从她那优美的歌词、柔和的语调中,我不断想想象着自己的大学,有时还思索着,我的梦想是什么,不知不觉中,我长大了。大学在我脑海中也逐渐由模糊走向清晰。

而现在,我不再做梦,因为梦圆了。我踏上了大学这块粗犷的土地,这块寄托着梦的灵魂和心愿的土地。

褪去了无知少年的青涩,我走进了我的大学,迎来了无数陌生的面孔。踏上校园的小路,成群结队的学子在讲述他们的青春梦想,校园漫过书香的气息,远处隐隐约约看到抱着书的学姐,远处大大小小的影子,这是我记忆中的初入大学的情景。

从进入大学校门的那一刻起,我不断寻找着大学生活的激情与动力,当我看到室友们一张张热情的笑脸时,我不由自主地笑了;当我接受老师学长耐心地帮助时,我感受到了这个大学的温暖;当我看到雄伟壮观的教学楼、图书馆时,我开始明白这个大学即将成为我提升各方面能力的平台。我就要在这个陌生的城市开始一段新的人生旅程,我开始积极地面对一切,我深知大学对我来说不仅仅是一个挑战,更是一个机遇,一个让我的能力得到培养的机遇。周围那些来自五湖四海的同学们,一个个朝气蓬勃,才华横溢,这让我更加有了动力,让我对自己的大学开始有了许多梦想。慢慢地,我逐渐认识到自己的大学梦就是积累更多的知识、提升素养,为今后自己更好地发展奠定坚实的基础。

在学习上,我不能仅仅满足及格拿到学分,而应该努力学习更多的文化知识尤其是专业知识。只有把基础打牢,将来才能得到更好的发展。同时,我认为既然学校为我们提供了这么好的条件,我们就应该好好珍惜。图书馆中的藏书多种多样,各类书籍都有,我们可以查阅自己喜欢的书籍,遨游书海,品味名著名篇,以提升自身的文化素养与精神境界。此外,我希望自己的学习不仅仅局限于书本,更要注重社会实践,在生活中学习,在学习中提高自己的做事、解决问题能力。

在人际交往方面,我认为大学就是一个小型社会,这里有形形色色的人,我们在这个小型社会里,应该广交朋友,我希望自己能学会更好地理解、尊重、宽容周围的人,处理好与各种性格的人之间的关系。同时,我希望在大学期间多学习一些语言艺术方面的知识,掌握一些沟通技巧,毕竟语言是我们与他人打交道的一个重要手段,只有"会"说话的人才能更好地适应社,处理好与家人、朋友的关系,获得身边更多的人的信任。我希望自己能好好利用大学的时间为自己将来进入那个更大、更复杂的社会做好准备。

拥有梦想的人是幸福的。无论是在学习上还是社会交际上我们都需要有梦想的支撑。梦想是一股力量源泉,能指引我们前进的方向,能提供我们的前进动力,能提升我们精神境界。梦想对于一个大学生来说,是不可或缺的,它能指导我们做什么样的人,指引我们走什么样的路,激发我们奋勇向前的动力。

不知不觉中,我已来到了大四,回首走过的四年,迷失过,兴奋过,平淡过,充实过,幸福过,也悲伤过,而此时此刻,所有的对与错都变成了美的,好的。

落日的余晖下,我看见昨日那沉甸甸的足迹,感受到和时间共进步的那份执着。我的心开始蓬勃,激情犹如潮水;我的热血在沸腾,我的身体在膨胀。我知道,我已长大,伴随着梦……

我静静阖上双眼,我仿佛看到往昔;透过往昔的面纱,我又好像看到了未来。睁开双眼,梦醒了,梦也圆了。只是未来,还很遥远,另一个梦又开始了,于是,我们又向那追寻,前进……

行在科大　一路有梦

李善淑,女,共青团员,医学院临床医学专业1104班,重庆人;现任医学院分团委副书记;曾荣获省"三好学生"、"国家奖学金"等荣誉;获得过河南科技大学体育舞蹈四步花样第一名,河南科技大学英语演讲比赛优秀奖。

明德博学,日新笃行。科大最初给我深刻启迪的是她的校训,语句沉稳而又催人奋进。大学是自己人生路上又一个新的起点,当初我带着这崭新的心情来到这里,新的环境,新的生活,科大的新给我一种力量,冥冥之中有一种强烈的渴望,自己也要有新的变化,塑造更加优秀的自己。就像一个刚刚破土而出的幼苗,渴望成长,渴望坚强,有目标,有梦想。

大学是培养精英的地方,置身于此精英辈出的群体里,不知不觉中就会有一种危机感,当然更强烈的是一种紧迫感,渴望变得更加优秀。于是,学习成了生活中的主旋律。大学知识的专度和深度给了我前所未有的充实感,知识的摄取给我一种收获的快乐,终于可以在自己喜欢的专业里渐渐深入,这种快乐是中学时代所体会不到的。忙碌的日子,骑着脚踏车,在教学区、食堂、图书馆间穿行,有时候学习上碰到让自己苦恼的问题,急得抓耳挠腮。虽然忙碌,但并不觉得辛苦,作为一个科大学子,大学的梦想之一就是收获,行在收获的路上,体会更多的是满足。提到学习,不得不提自己的一大爱好,那就是读书。冰心先生说:读书能引起人们对生活更加敏锐的感受,他虽然不一定常给人实质性的帮助,但能提供一个更加广阔的视角或高度去看待生活,为你排解困惑与忧愁。书中哲人的巧妙点化、名家的独特视角与见解、各种趣闻轶事等构成一道丰盛的文化大餐,使我获益良多。通过大学里的各方面学习,成为一个知识精英,是我的一大梦想。

大学给我一个强烈的冲击就是自由,没有各种繁琐条规的约束。当然,自由并不意味着放任自流,毕竟,一个成熟的人必须学会自我约束。这种自由是自己有更多主动性去规划自己的课余时间,这时候除了学习,往往生活就会被各种活动所充斥。演讲比赛,辩论赛,话剧比赛给了我许多锻炼机会。每当投入其中,都忙得不亦乐乎。付出是辛苦的,收获是丰厚的。它锻炼了我的交际能力,一次次小小的成更加催人奋进。当然,最大的收获是结识了许多相同兴趣而又团结的朋友,洒下了一路的欢声笑语,以及自己得到的肯定。时间充裕的话,还会时不时出趟'远门',去旅行,因为人在长大,梦想在长大,所以十分渴望外面的世界,我不想放过任何一个拓宽眼界的机会。虽然自己现在能力有限,许多旅行计划都没能付诸实践,但我又有了新的梦想,那就是把自己脚印留在祖国的大好山川甚至更加广阔的地方,而且这种冲动越来越强烈,我想这个梦想总会慢慢实现。大学里,培养自己踏实沉稳的性格和追求自由的心性,并把它带到将来的生活中去,是我的又一梦想。

有人说,人生就像一趟列车,路上你会遇到许多行人,有些人陪你一段,有些人能陪你走完全程。我不太喜欢这个比喻,因为没有哪些行人能在我生命中占有如此重要的位置。如果非要用这个比喻,那我的大学时光就应该是这趟人生列车上一个巨大的派对,带给我的快乐和惊喜永远无法抹去。大学的集体生活中,使我遇到了人生中重要的几位朋友,他们就是和我朝夕相处的室友和同学。每个人都有不同的梦想,大学里,我们是聚集在一起的追梦人,有了他们一起分担风雨,分享欢乐,面对一路上的苦恼和孤独,多了许多鼓励和欢笑。但最终不可避免的,我们终将在此分别,奔赴天涯各地,或许一生都再也没有机会共叙大学时光。所以对于我们,我还有一个梦想,与个人奋斗无关,我希望我们的友谊地久天长,每一位同学都平安幸福。

行在科大,一路有梦。时光飞逝,在科大已经走过了三年的时光。当初的梦想仍未改变,新的梦想在慢慢成长,将来的路上充满了无数的未知数,但我坚信,我的梦想终将实现。明德博学,日新笃行,成长在科大,梦在科大,追梦的路上,我会一如既往地走下去。

一曲追梦吹向月

李双双,女,中共预备党员,农业工程学院农业机械化及其自动化专业111班,河南省周口市人;任学院分团委副书记;曾荣获校级"模范团干"、"优秀青年志愿者"、"十佳五四青年标兵"等荣誉称号;曾获得校运动会上女子3000米亚军、5000米冠军、校第五届健美操大赛优秀奖。

大学一直以来都被我看作是追梦路途中的一个驿站,在这里,"你有多努力,就有多幸运"这句话在我不断地追梦过程中得到了验证。无数次的坎坷与挫折让我的大学生活更加丰富多彩,深入脑海。我想,奋斗的大学才能无愧于青春,无愧于人生。

入学以来,我一直把学会学习与生活当作自己最基本的素养来看待,为了督促自己在大学里坚持学习,大一时我竞选了班级学习委员这一职务,并成功当选。于是学习成了我每天必做的一件事情,从不懈怠与逃避,通过自己的不断努力,我获得了国家励志奖学金。为了提高自己的计算机水平,适应现代社会的发展需要,我在大二开学时自学考取了计算机二级证书。大学从来都不是一个只有学习的地方,为了提高自己的课外文化生活,我和我的好姐妹们报名参加了校第五届健美操大赛,经过不断地刻苦练习,精心排练,我们在赛场上相互配合,通力合作,取得河南科技大学第五届大学生健美操大赛优秀奖。一直认为运动的人更阳光,于是我下定决心要去参加校运动会,只有付出比别人百倍的努力,才能展现出比别人更灿烂的笑容。于是每天晚上下自习后在400米的跑道上奔跑十几圈已是家常便饭,每当坚持不下去的时候,心中不断完善自我的梦想似乎化为了一股无形的动力,让我更加坚定地朝着梦想的方向奔跑。在校第十一届运动会上,我不断超越,取得了女子 3000 米第二,5000 米第三的好成绩,并在校运动会的颁奖典礼上受到校领导的夸奖。为了锻炼自己的交际能力,我加入了青年志愿者协会,并在活动中不断要求自己认真对待每一件小事,只有这样,才能做好以后的每一件大事。终于,功夫不负有心人,多次的社团活动,不仅提高了我的交际能力,增添了我与同学交流的自信与热情,还先后获得了校级模范团干部、优秀团员、优秀青年志愿者等荣誉称号,这些不仅仅是对我工作上积极认真态度的肯定,也让我深深感到只有辛勤地付出才能取得想要的成功。

如今的我担任农业工程学院分团委第一副书记,农业机械化及其自动化 111 班团支书。我曾作为优秀学生代表出现在学院的宣传展板上,成功策划并举办了农业工程学院 2013 级迎新晚会,受到我院领导的一致好评。在学生干部这个工作岗位上,我深知平衡好学习与工作的重要性,于是自学院分团委成立以来,我多次召开团委全体会议并鼓励大家积极主动地参与到各种活动中去,在搞好工作的同时,不要放弃学习。在我的倡导下,学院的学生干部不仅成功组织了很多活动,互相结交了不少朋友,还为同学们树立了的榜样。现在的学院团委,在我们不断地努力下,已经变成一个热情高涨、充满浓厚学习氛围的大家庭,并在全校共青团工作中处于领先地位。

为了不断地完善自己,提高自己的英语水平,学习之余我还自学考取了剑桥商务英语证书。由于我的不断进步,各类荣誉纷至沓来,在一系列荣誉之后,我又被评为校十佳五四青年标兵,我想这就是追梦人应有的回报吧。

无论处于人生中的任何阶段,追逐梦想的脚步都不应该被随时随地地搁浅,相反,它应该时刻被放在内心最重要的位置上,只有孜孜不倦的用浩瀚的知识充实自己,用进步的思想武装自己,用追逐的决心鼓励自己,未来的我们才能在更优越的条件下结识更多优秀的人,才能够有实力和能力去改变自己的处境,创造出属于自己的美好未来。

花未眠

彭乐园,女,共青团员,车辆与交通工程学院交通运输专业111班,河南省周口市人;任学院团委心理健康部部长;曾荣获国家励志奖学金、校级"三好学生"、"社会实践先进个人"荣誉称号;获得洛阳市第30届牡丹花会"优秀志愿者"。

红枫路的枫叶红了又绿,洛河的水涨了又落,西苑路的车流来了又去,时间一点一滴地过去了,我们依然在为那小小的梦想而拼搏着。

清晨,推开窗,清凉的风扑面而来,楼下已有许多大四的学姐穿着学士服出去,准备去拍毕业照。突然之间意识到,我们也快要毕业,留在这个校园的时间不多了。远处一片乌云半遮住太阳,阳光将东方映照的红彤彤的。

当初怀着对大学生活的憧憬和渴望,我迈入了河南科技大学的校园,在这梦想与现实交接的地方,站在这崭新的人生起点,站在这青春的起跑线上,我充满幻想与希冀。

然而大学生活是如此的短暂,它不允许我们在前行的道路上悠闲地观赏、惬意地徜徉。不知不觉中大学的前两年已经过去,第三年的时光也在悄悄流逝殆尽,回想起过去的两年,突然发现大学生活没有当初幻想的那么美好。这两年是在懵懂与迷茫中度过的,没有明确的奋斗方向,没有明确的理想,没有良好的学习方法,让我在这两年里浪费了很多时间,也错过了很多东西。悟以往之不谏,知来者之可追。在大学时光还剩下的一年里,我要为埋藏在心中已久的研究生梦不懈奋斗,我要在这一年里,重新点燃青春之火,不再迷茫,不再困惑,认准目标,奋勇前进。既然选择了远方,便只顾风雨兼程。

在学校里,处处可见为梦想而努力的人,或许是太阳没升起前在操场上读书的少年,或许是在球场挥洒汗水的球员,或许是为兼职忙碌的背影,或许是在实验室忙碌的身影……这些都是寻梦的人儿,都是可爱的人儿。每个人的梦想各不相同,但都拥有无比炙热的一颗心,为了一个美好的未来而奋斗的情怀。

我们都有梦想,有追求生存、向往自由、平等和幸福的权利,科大给予我们追梦的平台,虽然并非每个人的梦想都如蓝图般清晰,但总有闪光的地方照入我们的视线,科大给予我们不断前进的力量。科大的你我都是平凡的人,怀着各自的小小期盼,行走在或有交叉的路上,无数的人生轨迹与你擦肩而过,你是否发现身边每个最朴素的面孔后面,都怀有最炙热的梦想?当时代赋予我们实现梦想的权力,一切追寻梦想的轨迹就显得如此清晰。我的科大梦,我的中国心。

春天的花,娇艳动人,梦想是含苞欲放的渴望;夏天的树枝叶婆娑,梦想是生机勃勃的向往;金秋的稻子低垂着头,梦想是沉甸甸的等待;严冬的雪漫天飞舞,梦想是晶莹的遐思和畅想。青春有梦就去追,为自己的梦想而努力,为自己的梦想而奋斗。虽然一路走来很辛苦,但无怨无悔,因为我们时刻有梦想在心中。

我的梦,科大梦,中国梦。虽有大有小,但无一离得开努力与拼搏。从现在开始,抱紧自己的中国梦开始出发,让自己有梦的青春更加绚烂,更加充满激情,我们的未来就在我们的手中,祖国的未来就在前方。相信,有梦想就有奇迹!让我们用自己的梦想来打造属于自己的辉煌,让我们一起用青春铸就中国梦,用我们的小梦成就国家的大梦。

追梦需要脚踏实地

秦基凯,男,共青团员,农业工程学院农业电气化与自动化专业1202班,河南省上蔡县人;曾荣获校"文明学生"、"优秀团干"等荣誉称号。

鹰击长空的壮阔令我们羡慕不已,大厦高耸的巍峨让我们感叹不已,成功者的光环让我们惊羡不已。我们在感叹这些时,是否想到鹰的一次又一次苦练? 是否想到大厦的无数坚强柱石? 是否想到成功者背后脚踏实地的奋斗? 朋友,追逐梦想需要脚踏实地。

大学,是一个神奇的地方,是一个塑造人才的地方,是一个成就梦想的地方。有多少人是这样的:小时候,什么都不懂,在家人的影响下,努力学习,梦想着要上大学,成为科学家;中学时,长大了一些,知道科学家这个梦的遥不可及,但是上大学的梦依旧,于是努力学习;高中,艰苦的岁月,当得知大学生活是多么的美好、安逸时,上大学的梦更加迫不及待了。如今已进入大学,是不是我们的梦就已经实现了呢? 不,我们还有更大的梦——中国梦,我们要成为祖国的栋梁,为国家的强胜增砖添瓦,但是,这个梦需要我们脚踏实地、一步一个脚印去奋斗。

大学后,身边总有这样的同学——老是抱怨大学生活多么无聊、老师讲课多么没趣,可曾想,自己是否努力让大学生活变得多姿多彩,是否认真地听完老师的每一节课,是否像高中那样认真地钻研每一道题目,是否为了一道题没做出来而不去吃饭,是否为了弄错一个小数点、物理公式没记牢、化学式没配平而遗憾老半天? 中学时的自己每天都会在题海中畅游,时而风平浪静,时而险象迭生,为了一道题而与老师、同学争的脸红脖子粗,只是为了证明自己的观点;为了一张没做完的试卷而挑灯夜战、放弃午休,只是为了进一步提高自己;为了一道题,可以与同学讨论至深夜,不知疲倦。"同桌,我先睡会,老师来了叫我!"这句话依然很清晰,但现在几乎再也没用过,一睡一节课就过去了。那时的自己是真正的脚踏实地,努力奋斗,而现在,多少人幻想着好运能降临自己身上、奖励荣誉能留给自己,但是天上是不会馅饼的,不脚踏实地努力是什么也得不到的。

达·芬奇画出的鸡蛋不是一次次乱涂鸦,在他很失败时,他脚踏实地认认真真练习,耐得寂寞,坚持得住,审视自己的不足,苦练基本功,最后才成为赫赫有名的画家;越王勾践在遭到失败后并没有心灰意冷,他明白成功不会是一蹴而就,需要的是脚踏实地的作风,于是才有了"苦心人,天不负,卧薪尝胆、三千越甲可吞吴"的神话,吴王阖闾败就败在缺少越王勾践那股脚踏实地的作风上。

古人尚且知道脚踏实地的重要性,何况我们今人?我们要记住古人用生命写给后人的启示,发扬脚踏实地的精神,把我们的工作或学习上的每一件平凡的事做到极致,让我们有朝一日在人生中振翅飞翔,且一飞冲天。

因为有了脚踏实地的不懈努力,才有了费俊龙、聂海胜成功的飞行;因为有了脚踏实地的不懈研究,叶笃正老教授才赢得了气象学界的最高荣誉;因为有了脚踏实地的不懈努力,刘翔才得以让世界为之震撼。"欲速则不达"、"万丈高楼平地起"等俗语都告诉我们要脚踏实地的提升自己,实行量的积累,等待质变的那一天振翅高飞。

脚踏实地要求我们对待成败得失应如泥土般自然、平静和从容。脚踏实地要求我们像老黄牛一样一步一个脚印。失落时不低沉,胜利时不荣耀,像蝶蛹那样慢慢积蓄自己的力量,终有一天会蜕化成蝶飞向广阔的蓝天。

风从水上走过,留下粼粼波纹;时间从树林走过,留下圈圈年轮;我们从时代走过,能留下什么?朋友,我们应脚踏实地追逐梦想,展翅高飞,像雁过留声一样,人过留名。

中国梦中青年梦

刘安琪,男,共青团员,法学院法学专业 121 班,河北省沧州市人;任学生社团联合会宣传部部长、班长;曾获得校"优秀团干"、"优秀志愿者"等荣誉称号;参加话剧大赛获优秀奖。

五千年的斗转星移,五千年的潮起潮落,五千年的沧桑变化。今天,大千世界中树立起了这样一个伟大的民族,她走过了几千年的风风雨雨,她孕育了无数的英雄儿女,她书写了浩瀚的人类文明。她,就是我们最可爱的祖国,一个响彻世界的名字——中国。

中共中央总书记习近平带领新一届中央领导集体参观"复兴之路"展览时指出,"实现中华民族伟大复兴,就是中华民族近代以来最伟大的梦想"。习近平主席寄语全国广大青少年:"要志存高远,增长知识,锤炼意志,让青春在时代进步中焕发出绚丽的光彩。"这是党对青年的殷殷期盼,这是国家对青年的深深呼唤。在实现中国梦的征程上,飞扬的青春将是最亮丽的一道风景。

实现中国梦,让我们当代大学生懂得,"中国梦"是"自强梦",是"复兴梦",同时也是中国人民的"幸福梦"。党的十八大描绘了中国复兴的宏伟目标:到建党一百周年时全面建成小康社会;到新中国成立一百周年时,建成富强民主文明和谐的社会主义现代化国家。这两个一百年的目标,构成了"中国梦"的基本图景,是中华儿女的共同期盼,是一代代共产党人的历史重任和理想夙愿。现在,我们比历史上任何时期都更接近中华民族的伟大复兴,也更加认识到,中国梦是"宏大叙事"的国家梦,也是"具体而微"的个人梦。其实,

"中国梦"最终是由一个个鲜活生动的个体梦想汇聚而成。例如，更好的教育、更稳定的工作、更满意的收入、更可靠的社会保障、更高水平的医疗卫生服务、更舒适的居住条件、更优美的环境，这些方面虽然反映的仅仅是中国梦的一方面，但这却是中国人民对自身"幸福梦"的期盼。

大学时代，正值人生风华正茂之际，远大的理想将帮助我们真正扬起生命的风帆，开辟和探索人生新的航程。

实现中国梦，确定了我们大学生人生的奋斗目标。

实现中国梦，给予了我们大学生人生的前进动力。

实现中国梦，提高了我们大学生人生的精神境界。

实现中国梦，让我们当代大学生坚信，千里之行，始于足下。实现中国梦，需要的是实实在在地行动。人生如船，梦想如帆，我们应在追逐中国梦的旅途中不断成熟，用"中国梦"丰富自己的价值愿景；用爱国主义情怀提升自己的思想境界；用扎实的专业知识和技能提升自己的本领。

理想源于现实，又超越现实，脱离现实而谈理想，理想就会成为空想。光有对美好理想的向往是不够的，还需用辩证地眼光看待和处理理想与现实的矛盾，坚信自己的理想是能够实现的。正确认识社会发展的规律，对科学理想坚信不疑，才能坚定自己的向往与追求，并将理想落实到行动上。对于自己的国家，应该树立起为国家和民族的社会理想而献身的精神，不断磨炼自己的意志和毅力，在追求理想的过程中进一步坚定理想。理想必须通过实践和行动才能转变为现实。艰苦奋斗，其主旨在于奋斗，敢于吃苦、勇于奋力精神落实到日常的学习、生活和工作中。在学习中，刻苦钻研、不畏艰难，孜孜不倦地学习理论和专业知识，不断提高思想道德和专业知识水平；在生活上，提倡艰苦朴素、勤俭节约，抵制和反对铺张奢华的思想和生活作风；在工作上，奋发图强，不怕困难，不避艰险，努力完成各项任务。饯行艰苦奋斗精神，才是当代大学生实现中国梦的根本途径。

我的梦想很平凡

刘高雷,男,共青团员,化工与制药学院环境工程专业1201班,河南省驻马店市人;任学院学生会主席;曾荣获"优秀志愿者"、校"三等奖学金";参加环保创业大赛优秀奖。

曾经,我觉得一切都在嘲笑我,连书桌上我手书的"达则兼济天下,穷则独善其身"的笔迹也嘲笑我。我嘲笑自己,像个疯子一样嘲笑我自己,嘲笑自己的梦想,嘲笑自己的一切一切。也是在那一刻,我曾经炽热的梦想摇摇欲坠,似乎只要有一丝的风吹草动,这座大厦就会轰然倒塌。

但是我很庆幸它没有倒塌,具体为什么我也不知道,我只知道我走出来了,并没有像电影里那些多么激励人的故事发生,我的爸爸妈妈也没有对我说多么多么感人至深的话,我就这样自然而然地走出来了。后来我思考过这个问题,觉得唯一能回答的是,也许这就是一个过程,一个我们成长路上必须经受的一个过程,当我拼命地嘲笑自己,不停地否定自己,把自己批的体无完肤,这个过程让我重新认识了自己。也许,一个对生命充满敬畏的人,当绝望到不能再绝望的时候留给他的也只有希望。

在过完一个惨淡的暑假之后,我开始了自己的大学生活。我并没有别人那样到大学的惊奇与欣喜,我只是一个带着伤口,给自己贴了失败标签的落魄者。我清楚地知道,也许在这里学到什么对我来说不重要,重要的是我需要时间真正去站起来,去重拾曾经的那份自信与坦然。

我给自己定了一个计划:不参与任何社团,不参与任何活动。我不知道当时我为什么会有这样的想法,可能我只是想沉下来,也许曾经那么活跃的我给我带来的是失败这个阴影我挥之不去。但计划永远是计划,也许上帝在很久很久之前,就把我们每个人的剧本写好。

一个阴差阳错的机会促使我还是迈进了社团,成为我们学院办公室一名普通的干事。无休止的活动,不停地与人交流,忙得没时间吃饭,甚至没时间睡觉。正是这样的忙碌,让我从过去的阴影里脱离出来,一些活动的组织策划,与各式各样的人沟通,让我快速成长着,同时也让我不停地思考着。

我渐渐地明白,一个人在哪里不重要,关键是你认为你在哪里。过去的失败不代表着现在的失败,现在的失败不代表着未来的失败。那点已经微弱到不能再微弱的理想之火再次燃起,我也渐渐走出自己给自己设定的牢笼。

在不影响自己学习的情况下,我也开始了我的追梦计划。读书,第二学位,我一步步去朝着自己的目标去迈进。我渴望有自己的事业,有自己的一片天,所以我思考着,为自己将来的一切准备着,思考自身存在的问题,一个个纠正。我明白成功不只是一个结果,而是一种状态,今天你不计划成功,那么你就是在计划失败。

我在社团里也走的更加稳健,我的努力也得到了老师和同学们的认可,从一名学生会干事成长为学院学生会主席,参与到更广阔的活动当中去。

现在回过头来,去审视我曾经走过的路,觉得自己真的太幸运太幸运了,因为我在可以犯错的年纪里犯了错,让我有机会去重新去剖析自己,认识自己。

我也懂得梦想并没有界限,并不是我们处在不好的境遇里我们就无法追逐我们的梦想,关键看我们怎样去审视自己。

我真的很感谢我们的学校,给了我这样一个平台。在大学里不仅是学到一些必备的科学知识,更重要的是在大学里,我们学会如何让自己成长,如何去发现自己,找到自己,以及我们学会用不一样的眼光去看待这个世界。就像乔布斯说的"改变世界的是我们的思维方式"。

我们都是平凡的人,我的梦想很平凡。它不像电影里的轰轰烈烈,也不像小说里的催人泪下。但,即便再平凡的梦想,也需要我们踏踏实实,一步一个脚印去实现。

不可逆转的时光

卢博,男,共青团员,建筑学院建筑学专业 111 班,河北省承德市人;任学院团学联合会主席;曾获得"三等奖学金"、"模范干部"等荣誉。

时光滴滴答答,片刻不息,却又一成不变地走着昨天、今天、明天的路线。昨天,我们用自己的今天谱写历史;今天,我们用明天照亮前行的道路;明天,我们用昨天推动前行的方向。

昨天,初现,仿若孔雀,本能的极尽绚丽,礼貌羞涩,收敛着脾气,绽放美好。久而久之,羽翼渐退,偶然间转身,留下一毛稀、褪色、突兀的屁股,让人顿生尴尬。每个人都去追逐美好的生活,抑或是生活的美好,却总是忽略了美好背后的代价,忘却了沿途风景的美好。其实,放下全部的包袱,随心而动,随性而行,恰如电影里真爱的演绎:有情不必终老,暗香浮动恰好,无情未必就是决绝,只要你记得,初见时彼此的欢笑。人生若只如初见,愿邂逅时刻谈笑自若、百无禁忌的刹那凝固,留一最初的自我。

今天,万物的开始,每一个今天都是一个新的开始。一年之计在于春,一日之计在于晨。每天走在通往象牙塔的路上,一步,两步,三步……每一步都很用力地踩在地上,每一步又都走得那么小心。众所周知,千里之行,始于足下,却又有谁记得,千里之堤,溃于蚁穴。每个人都在时时刻刻地绷紧自己的神经,努力让自己的历史不留下任何瑕疵,正如和氏璧的珍贵在于完美无瑕。一步一个脚印地走下去,也许哪天,蓦然转身,望着留下的一串远去的脚印,完美的弧线会诉说对昨日的依恋;或者,哪天在某个特定的地方故地重游,突然发现今天的自己创造了昨天那些美妙的波澜和涟漪。

明天，希望。时间凝固成句点，然后又延伸成一条线，长镜头轻轻旋转，把镜面里的空间虚化再虚化。流年似水，世事难料。许多既定的开始都有一个想不到的结局，也正因此，所以才耐人寻味，不管是喜的还是悲的，是自己期待的，还是自己拒绝看到的，矛盾和落差给了这个世界太多的美丽，一切都是美好的，所有的时光都是快乐的，即使偶尔有一些不如意的地方，也甘心消受。因为抱着憧憬，所以相信一切只会越来越好，所有的困难，都是微不足道的。时光匆匆，所有往事都会成为历史，我们已回不到过去，也许曾经一见倾心，但是再见之时，也许会是伤心之时。若是如此，何不保留初见时的那份感觉，放大，虚化，再放大，再虚化，化为我们心目中的那个乌托邦。

时光滴滴答答地不停转动，昨天、今天、明天的路线依然不变，或许需要改变的应该是走在路上的人。昨天已经是历史，充实自己的历史；今天是在创造自己的历史，改变自己的历史；明天是我们前进的灯塔，是我们一辈子在追寻的乌托邦。

仔细回味历史，以史为鉴，一步一个脚印地把握现在，朝着明天的灯塔努力前行，去欣赏一路的无限风景，去创造那个属于自己的乌托邦。

无悔青春情

孟昭滢,女,共青团员,经济学院国际经济与贸易专业1301班,河南省平顶山市人;任学院分团委组织部委员;曾荣获2014年大学生挑战杯创业计划竞赛团队省级三等奖。

有人说,有梦想的人生不寂寞。有人说,梦想是灿烂的,拥有梦幻般的华美、纯洁和甜蜜,是每个人心中最崇高的净土。而我相信,不管你的梦想是什么,有了梦想,就有了前进的动力,就充满了热情与希望,就会去努力地追求,让自己的青春无怨无悔。

我必须承认,在通往梦想的道路上我很幸运,拥有一个很棒的创业团队。为了大家共同的梦想,小伙伴们煞费苦心的选择创业方案,写创业计划书,制作PPT。如今我们的比赛结果已经出炉,获得了省级三等奖的好成绩。虽然对于没有能够更进一步有些怅然,但对于尚处大一的我们无疑是一个极大的鼓励,激励着我们在梦想的路上越行越远。而那些在一起奋斗的日子如今仍旧历历在目,我们深刻地理解到通过自己的努力完成一件事情是多么的有意义,披风沐雨我们一同走过,风雨同舟我们一起前行。原来人生最精彩的不是实现梦想的瞬间,而是坚持梦想的过程。没有一颗心会因为追求梦想而受伤,当你真心想要某样东西时,整个世界都会联合起来帮你完成。

当然,在创业竞赛的美丽画卷铺开时,我们时常受到来自项目本身、导师,或其他参赛团队的打击,我发现在我追求的尽头,并不都能获得"那人却在灯火阑珊处"的喜悦。那个时候,我迷茫过,徘徊过,但实现梦想的心一直没有改

216

变过。遇到的困难，"兵来将挡水来土掩"。受挫后的郁郁寡欢那是懦夫的表现，只要我们的梦想不灭，一息尚存，就握紧双拳更加勇敢，来迎接挑战。我知道梦想似洪水奔流，不遇到岛屿和暗礁，就难以激起美丽的浪花。它即使模糊，也总潜伏在我们心底，使我们的心境永远得不到宁静，直到这些梦想成为事实。像种子在地下一样，一定会萌芽滋长，伸出地面来，寻找阳光。

参加"挑战杯"创业计划竞赛的梦想现在已初步完成，接下来的梦想也已浮出水面——参加"挑战杯"全国大学生课外学术科技作品竞赛。梦想有时温暖，有时无情，甚至冷酷。我懂得在通往梦想的路上充满艰辛，但梦想一旦被付诸行动，就会变得神圣，令我肃然起敬。可能挫折会一次次把我绊倒，甚至如大军压境令人窒息，但我不会停住脚步，就算变成别人眼里的疯子和傻子，也会爬起来继续向前跑，这就是赤子的骄傲。

如今，大一这一年正在悄然过去，而我们已经相信，梦想其实离我们并不遥远，我们会在梦想的指引下，不断地前进，不断地超越自己，对未来充满希望和信心，让我们的青春绽放华彩。

如果说人生是一座巍然屹立的大厦，如果说人生是一艘破浪前行的帆船，如果说人生是一列奔驰千里的列车，如果说人生是一条气势磅礴的大河，如果说人生是一只翱翔蓝天的苍鹰，那么梦想就是那穹顶的栋梁、引航的罗盘、夯实的铁轨、坚固的河床和扇动的翅膀！

如果不曾真切地拥有过梦想，就不会理解梦想的珍贵。愿每位科大学子都能够拥有属于自己的梦想，并努力为之奋斗！

你我有梦共奋斗

邵亚鹏,男,共青团员,食品与生物工程学院食品科学与工程专业 122 班,江苏省兴化市人;任学院学生会副主席;曾获校"模范团员"、"暑期社会实践优秀个人"等荣誉称号。

世界东方,一个数千年传承下来的国度,她的梦想由炎黄子孙缔造,正被 13 亿国人热情点燃。不久前习近平总书记在参观"复兴之路"展览时特别阐述了对"中国梦"的理解,他说:"实现中华民族伟大复兴,就是中华民族近代以来最伟大的梦想"。从那一刻起"中国梦"吹拂亿万国人的心,一如"春天的故事"在人心中生根发芽。

"中国梦"不是宏大口号,而是隐藏在每一位中华儿女心中的期许、希冀。它使每一个中国人都心情舒畅地工作和生活在自由民主、公平正义、平等有序的和谐社会中;它使每一个积极进取的中国人,经过自己的勤奋、勇气、创意和决心都能达到自己心中的梦想。过全国各族人民同舟共济、艰苦奋斗,在不远的未来将把中国建设成一个人民富裕、国家强盛、社会安定的社会主义现代化强国。"中国梦"既是对近百年来中华民族为之奋斗的高度概括,也是当下中华儿女对自己未来的渴望的代名词;既是对中国人共同命运的深情凝练,也是对普通个体人生价值的表达和升华。

梦想的最终实现,当从教育开始。一个国家的繁荣与富强,与其国民教育发展水平密不可分。少年强,则国强。科学技术是第一生产力。而在国民教育中,高等教育又是培养高素质,高能力人才的前沿阵地。一个国家大学的发展水平,直接反映了国家的发展程度。

当初怀着对大学生活的憧憬和渴望,我迈入了科大的校园,在这梦想与现实交接的地方,站在这崭新的人生起点,站在这青春的起跑线上,我充满幻想与希冀。我要用燃烧的热情谱写我的大学生活交响曲,那是对青春的礼赞,对理想的歌唱。我知道在大学生活中,要抛开琐碎的是非,把信念装进背包,一路行走,采撷生命的美丽,活出年轻人的风采,活出大学生的自信。

科大是个有梦想的学府,每位学子都拥有梦想,可言或不可言,相同或不尽相同,但都为这份梦想坚持追逐着。迎着清晨曙光的他们在琴湖畔边大声诵读,是有梦想的孩子;忍耐酷暑严寒的他们在篮球场上驰骋,是有梦想的孩子;往返于各种兼职活动中的他们努力锻炼,是有梦想的孩子;在图书馆低头学习、阅读图书的他们,是有梦想的孩子;在实验室严谨实验的他们,是有梦想的孩子。梦想不尽相同,但我们看到科大学子为追逐梦想所付出的行动,不禁感叹我因拥有梦想而美丽。在莘莘学子追逐梦想的征程中,每个人的梦想都将会实现,科大梦也将尽显其华。

在这两年里,我见证了科大的变化。学校的学科建设不断完善,形成了一所工科优势突出、文理农医等特色明显、多学科协调发展的综合性大学,我校秉承"一切以人才培养和学术进步为本"的办学理念,深化教育教学改革,着力培养创新型人才,不断向社会输送了一批又一批优秀人才,为我国社会主义建设献策献力。近年来,随着学校图书馆等一些基础设施相继落成,科大学子有新的更优越的学习环境,我坚信我们会借科大这一大花园耕耘出自己的灿烂艳丽的牡丹,为母校献礼,为祖国母亲献礼。成长成为一名优秀的国之栋梁,这是我的梦想,科大作翅膀,祖国为天空,让我能翱翔于世界。

空谈误国,实干兴邦。作为一个追逐梦想的当代大学生,我们应该放下好高骛远的浮躁,脚踏实地,勤奋学习,不断为心中的理想而奋斗,为实现科大梦贡献自己的一份力,为中国梦的实现做出自己的贡献。我们要明白身上所肩负的社会责任和历史使命,把我们个人的理想与国家民族的前途命运紧紧相连。加强修养,磨炼意志,陶冶情操,全面提高自己的素质。在大学校园中努力地学好专业知识,练就扎实本领,锻炼自身的综合能力,成为全面发展的大学生,在为实现中国梦奋斗之中,在将来报效祖国、服务人民的实践中,让青春的价值得以展现,让自己的热血为中国梦实现而燃烧,为民族复兴而燃烧。

为了我的工程师梦想

沈振帅,男,共青团员,土木工程学院建筑工程专业 122 班,山东省烟台市人;任土木工程学院第十二届分团委学生会体育部部长、学院 12 级副年级长;曾荣获校级"三好学生"、"优秀团员"、"二等奖学金"、"优秀志愿者"等荣誉称号。

时间如逝,岁月如梭。转眼间我来到大学已经快两个春夏秋冬。两年的岁月让我不断地完善自身,提高自我修养,正往我所向往的目标中不断前进,并不断为之付出努力。每个当代大学生心中都有自己的青春梦想,都有着属于自己的大学梦,我内心中也存在着一个理想的科大梦。

来到河南科技大学,选择了土木工程作为我今后的工作方向。既然选择了它,以后就想在土木行业里有所作为。小的时候我就对建筑物有着强烈的兴趣,对一些新奇的建筑总是抱着好奇的心态追根问底。我的梦想就是经过我大学不断努力,做一名建筑类管理型的工程师,这个目标鞭策着我在人生道路中不断前进。很多人说,建筑行业是最艰辛的一项工作,它肩负着巨大的责任与使命,承受着严寒酷暑,没有像白领那种朝九晚五的职场生活。既然选择这个行业,我就要对自己的选择负责,要培养良好的责任心。建筑行业是一个良心行业,对施工者的综合素质要求很高。但对于我来说这些困难险阻压根不算什么,因为我选择了它,就要学会承受这些困难,肩负起应该有的责任,做一个合格的工程师。

为什么选择做一名建筑行业的工程师呢?这与我所处的家庭背景有关,

我的父亲是建筑行业的一名技术员。小时候，每逢周末节假日，就会好奇地跟着父亲来到他所工作的单位，看着那些工人施工操作，建造起一幢幢大楼大厦，再看看他们自豪兴奋的表情，我也从内心为他们感到自豪，就在那时培养了我对建筑行业的兴趣与向往，对我日后的学习方向起到了很大的导向作用。在大学的生活中，我积极学习专业知识，培养对建筑物的兴趣爱好，积极跟随专业导师完成一些自己能力范围内的专业项目，不断完善自己的各方面不足之处。一个好的行业工作者，不但要掌握好的行业技巧，还要有良好的交流能力，宽广的人脉，以及一定的管理能力。因此，来到大学后，我不但努力学习科学文化知识，也在平常的课余时间积极锻炼各方面的能力，加入了学生会和社团，在班级担任班委，锻炼自己的组织能力。在学生会积极做好老师布置的各方面工作，锻炼自己的执行力。日常学习生活中积极帮助同学、朋友分担学习生活上的烦恼与痛苦，培养乐于助人的良好品德。在大学不到两年的时间里，我努力让自己变得更强、更好、更容易与别人相处，各项能力有了长足地进步，我的努力也获得了学院领导老师的肯定。对于领导老师的肯定我深深感谢，我不会骄傲自满，我会继续努力，完成属于自己的科大梦。我相信通过我四年的努力，我定会完成属于我的科大梦，踏入社会成为有用之才。

奋斗中成长　拼搏中蜕变

汤军亚,男,共青团员,艺术与设计学院包装工程专业1202班,河南省郑州中牟人;获党校"优秀学员",校级"优秀团员"等荣誉称号。

科大梦是我们通往社会的地图,只有付出了行动,迈出我们坚实的步伐,才能让我们到达成功的彼岸。确定我们的目标,就要为了它努力拼搏。志当存高远!我们要立长志不要常立志。我的科大梦就是提高自己的综合素质,不断成长和蜕变。

大学生活是多姿多彩的,但也需要我们去把握和深入体会。有人说:"平凡的大学生有着相同的平凡,而不平凡的大学却有着各自的辉煌。"你可以选择平凡,但却不可以选择平庸。人生的花季是生命的春天,它美丽,却短暂。作为一名大学生,就应该在这一时期努力学习、奋发向上,找到一片属于自己的天空。

历史的重任在肩,我们责无旁贷。我们一定会勇敢地挑起肩上的责任,虽然前方会有巨浪滔天,但是也会有长虹贯日。让我们拿出"吹尽狂沙始到金"的毅力,和"直挂云帆济沧海"的勇气,去迎接人生中的风风雨雨!"宝剑锋从磨砺出,梅花香自苦寒来",我坚信一分耕耘,一分收获,学习的根是苦的,而成功的果子是甜的。我们奋发努力、勇往直前,一定会迎来收获的那一天。希望几年后的今天,我们能够收获自己辛勤劳作换来的累累硕果。让我们告别盛夏的流火,迎接金秋的丰硕,用青春诠释我们曾经的誓言,用汗水锻造我们明日的辉煌。未来的日子我们将共同走过,我们有着共同的追求。

梦想是一面旗帜,它一直飘扬在你心灵深处,指引着你前进的方向,你感受到了吗?青春有梦就去追,为自己的梦想而努力,为自己的梦想而奋斗。虽然一路走来很辛苦,但也无怨无悔,因为我们时刻有梦想在心中,也时刻在努力着。作为河南科技大学的一员我们应该以身作则要求自己,去践行我们身为科大人的责任,为建设和谐优秀的科大而努力。

在大学期间,我始终以提高自身的综合素质为目标,以自我的全面发展为努力方向,树立正确的世界观、人生观、价值观。为适应社会发展的需求,我认真学习各种专业知识,发挥自己的特长,挖掘自身的潜力。我珍惜每年的暑期社会实践机会,逐步提高自己的学习能力和分析处理问题的能力,以及一定的协调组织和管理能力。所以我的科大梦可以归结为提高自己的综合素质,为踏上社会打下坚实的基础。下一步我就要踏入社会了,所以在大学期间培养自己的能力尤为重要。在大学我们蜕变的如何,能力增长的多少,决定着将来我们走向社会所处人生地位的高低。

科大为我们创造了良好的条件,就是让我们在这里成长,在这里蜕变。农村生活铸就了我淳朴、诚实、善良的性格,培养了我不怕困难挫折,不服输的奋斗精神。刚开始什么也不会,什么也不懂,在各种学生组织中学到了很多经验和方法,这是一笔宝贵的精神财富。如今大学已经过去一半,我的能力不断增长。遥望未来,我成长的道路还很长,我将一如既往携手科大梦,完成我大学四年的蜕变,走向社会,奉献社会。

你若盛开　清风自来

魏淑贤,女,共青团员,外国语学院英语134班,山东省淄博市人;任外国语学院团委办公室副主任;获得河南科技大学诚信校园行辩论赛"最佳辩手"。

我就像一朵飘零的蒲公英,从不畏惧秋冬交替的枯黄,因为我满载希望,因为我知道,"你若盛开,清风自来"那美好的寓意。一个偶然,落脚在河科大这片沃土上,我带着梦想来,只有一个愿望——飞得更远。

我带着憧憬与懵懂,梦想采撷下满腹经纶的硕果。其实每个人,都是一束紫色的蒲公英,因为那是希望。我们已亭亭,无惧亦无忧。然而,我们脱离了父母,便是飘零无根的蒲公英,落到哪里便会生根,继续着追寻。我中途的驿站便是河南科技大学,坐落在一座沉淀着千百年底蕴的小城,古朴却又温馨的城市。当我独自拖着沉重的行李箱踏进校门时,我就告诉自己,这里,会是我实现梦想的地方,这里将会留下我走过的痕迹。

看那飘零的蒲公英,淡淡的色彩,质朴的花朵,遮不住丝丝浓浓执着的情怀。缓缓飘飞的羽屑,永远传达着深深的挚爱。那飘飘洒洒并不是孤独的流浪,而是生命的延续,是梦想的追求。我们就应像它们一样,尽管生命是短暂,却时刻准备着用纷飞迎接新的生命。静静地看着它们的飘扬,然后默默地执念它们的飘落。就像我们的人生,就应用毕生的信念去追寻那永恒的归宿,哪怕粉身碎骨!

时光使最美的花凋零,岁月使浩瀚的大海枯竭,但诗化的生命会使这些变成一种别致的美。大学生活里的真正快乐不是拥有了多少安逸,而是做了值得做的事情。所以,我的大学梦很简单,那便是知识与道德。然而,实现这个梦想仅仅只有四个大字——努力、友善。

年少时,我用大把的时间彷徨,然而现在,我却用了几个瞬间成长。人都应该有梦想,我不该浑浑噩噩地活着,大学梦是人生的梦,大学梦是永恒的梦,他会激励一个人奋进,他会督促一个人成长。实现我的"知识之梦",只有自己饱读诗书,满腹经纶的高度,便是自己攀登的珠穆朗玛。我的"道德之梦",是平易近人,就像爱默生说的那样,"人,之所以寂寞,是因为他们不会修桥,反而筑墙将自己围起来"。人之一生,如负重远行,要学会做一个有道德的人,那你已经胜出了人生的一半。

要为了这个梦想去努力,去拼搏。我们不可以仅是做梦,要为梦付诸行动,才能无悔于我们的青春。我将以青春为代价,以社会为跳板,向世界展示我的梦。青春与梦是一个等量的交换,我们为青春付出多少,就能够收获多少,我以全部的青春付出,我只要属于我的梦,现在便用青春种下我的梦。

我静静阖上双眼,我仿佛看到往昔;透过往昔的面纱,我又好像看到了未来。不拘泥于个性的浮狂,只愿沉溺于崇高的圣堂,感受"问苍茫大地,谁主沉浮"的豪迈。睁开双眼,梦醒了,梦想也圆了。只是未来,还很遥远,另一个梦想又开始了,于是,我们又开始追寻,向着属于我的大学,迈着坚定的步伐,勇敢前进……

我依旧是一朵蒲公英,飘零着追梦。以后的以后,当我忆昔往事,不管我的根会落在何方,我都会带着河科大的一份清风如许的洒脱;后来的后来,我一定会实现"你若盛开,清风自来"的安然;那时的那时,花开无言,叶落无声,风过无影,水逝无痕……

梦飞扬

文亚州,男,共青团员,农业工程学院农业电气化与自动化农电专业 111 班,河南省驻马店市人;任学院学生会主席;荣获校"优秀团员"、"优秀团干"、"优秀学生干部"、省级"优秀学生干部"等荣誉称号。

寂静的夜,行走在红枫路上,感受着片刻的宁静。抬头望天,月高悬,月光朦胧的光辉滋润着全身三万六千个毛孔,享受着科大的温暖,感受着科大的关怀,我愿躺在草坪上美美地睡到地老和天荒。

忽然想起那句话:"若无梦,江南三月的柳絮如何飘飞? 若无梦,那满树的落花落叶怎能飞扬出诗人诗句中的烂漫妙境? 若无梦,怎会有诗的朦胧、月的情话"? 我有梦,关于红枫路下;我有梦,关于琴湖夜话;我有梦,关于我爱的科大。

一转眼,三年就这样过去了,时间比钱还不经花,仿佛已经忘记了第一次见到洛阳的场景,却清晰地记得第一次见到科大,我曾举起稚嫩的小手向着天空高喊,我的人生要从这里起航,我的梦想要从这里开始飞扬,我要成为一个不老的神话,我要努力学习,我要掌握自己的命运,我命由我不由天,天不容我我猎天。

三年里,时光荏苒,岁月变迁,然那颗奋斗的心却始终不曾变换。三年里,哭过笑过,恨过骂过,酸甜苦辣,百种滋味萦绕心田。然而一切过去,到了第二天,还是要给自己说一声早安,与晨曦相伴,收拾梦中的心情,开始新一轮的奋斗。

226

因为有梦,我一直前行。

从大一开始,便一直在学生会工作,另外还负责青鸟阳光协会的工作。记得那时外联部招新的时候有一百四五十个人报名,最后经过层层选拔,只剩下四五十个人。经过两年的工作,到了大二下学期就剩下了四个人,努力、拼搏、奋斗、坚持,我是那四人中的一个。大一刚来,当别人还在考虑加哪个社团的时候,我已经在负责招人了,记得我们那一届招的人是最多的,两天的时间里,嘴上都起了泡,但是,值!

因为有梦,我一直前行。

从大一我开始在班里担任团支书。刚开学,大家谁也不认识谁,我把大家的联系方式都收集起来跑到机房里制成联系卡,给每人复印一份,组织大家去洛河烧烤,组织班级联谊等。因为大家信任,我一直担任团支书至今。有时候也会被人误解,有时候也会心酸的流下眼泪,但是,值!

因为有梦,我一直前行。

到了大三,我们从车动学院独立出来,成立了农业工程学院。记得那时手底下没有一个兵,在老师支持下,临时拉起一支队伍便冲在了第一线。记得迎新那几天,第一次全面统筹工作,每晚三点睡六点起;记得学风建设月活动期间,学院网站刚建好,为了不耽误学院工作,熬通宵赶发新闻稿;记得在校运动会开始前的一个多月里,每天和运动员一起出现在训练场上,只为能随时掌握第一手资料,并作出处理;记得……付出了时间,付出了精力,但是,值!

因为有梦,我一直前行。

前几日,学院举行送大四签名活动,当时学院里一个学妹非让我写,拿着笔久久凝思,最后写下下面这样一段话,送给他们,其实也是送给明年的自己吧。

四载春秋,品味大学酸甜苦辣

八度期终,感受人生悲欢离合

昨日学生,缤纷如画、草长莺飞

今日送别,相看泪眼、无语凝噎

明日奋斗,坚持不懈、持之以恒

前程似锦,还需努力去搏

未来辉煌,仍当不懈追求

人生不易,且行且珍惜

王侯将相,岂宁有种乎

　　人生就像一场戏,而导演却是一个忘了剧本的疯子,谁也不知道未来将走向何方,又将去向何处? 所以我们唯一能做的就是:努力现在、拼搏现在、把握现在,这样我们才能拥有未来。

　　我命由我不由天,天不容我我猎天。

　　因为有梦,我一直前行。

为了父母而梦想

许洋洋,女,共青团员,软件学院软件工程专业 1302 班,河南省开封市人;任学院学生会组织部副部长。

我常常在想如果我现在不努力,以后会是什么样的生活等着我? 如果我不努力,我的后代、我的父母将会过上什么样的生活?

我想要我的父母脱离农村,脱离靠种地为生的地方。每当看到在田间劳作的父母,我心里都会暗下决心,没有人可以阻挡我前进的步伐,我想要的我一定要通过自己的努力去得到,我一定要我的父母过上好日子,不再为了种地起早贪黑。

2013 年的夏天,我被河南科技大学软件学院录取了。开学的第一天是妈妈送我的,在火车站我们不知道该怎么走,就看到了河南科技大学接新生的校车,感觉很温馨,坐着校车,看着不同于家乡的风景,就开始有些想家了。我看着妈妈,妈妈似乎感觉到了我的心情,就告诉我说,你长大了,要上大学了,妈妈不能陪着你了,你自己要照顾好自己,好好学习,不要想家。

来到学校,下了校车,学长们接了我的行李,把我送到宿舍。之后,妈妈陪我逛了校园,看到校园宽敞的道路和一栋栋教学楼,顿时,感到大学与中学的不同。第二天,送走了妈妈,留我自己一个人在这个陌生的城市,我告诉我自己:要坚强,我已经长大了,必须自立,爸爸妈妈不能每天都陪伴着我,我要努力学习早点把他们接到我的身边,不让他们太劳累。我最害怕的就是,树欲静而风不止,子欲养而亲不待。

　　在大学里,我学着去适应陌生的环境,学着长大。在军训期间,我做了我们小组的队长,之后又加入了学院学生会,就是为了让自己得到更多的锻炼和成长。在学习中,我一直严格要求自己,就是为了不枉我来到大学,花了父母那么多的血汗钱。

　　在上期学期末考核中,我的成绩70%达到优秀。我想我来自农村的家庭,家庭条件不富裕,爸爸妈妈供我上学也花费了很多的心血,我不想像有些学生一样整天碌碌无为,在宿舍看电视剧,玩网络游戏。我认为,每个人的青春都是短暂的,人生只有一次,前二十年父母替我们分担这一切,而以后的时间需要我们为父母承担一切。我的梦想就是,让自己做到最好,成为父母的骄傲,不让他们在为已经成年的我担心。

　　我首先要突破自己,在原有的基础上让自己更加的大胆、开朗、阳光。我相信,蜗牛缓缓地爬向着金字塔的顶端爬行,纵然烈日当头,因为蜗牛相信,虽然没有鹰的矫健,但毅力是它最大的天赋;蜘蛛没有翅膀却可以把网结在空中,因为蜘蛛相信,梦想是最好的翅膀;叶子在风雨中飘摇却依然坚守在枝头,因为叶子相信,一生执着的绿一定会换来一个金色的秋天……而我相信,为梦想插上翅膀,就一定可以冲上云霄。

与科大同行

左胜辉,男,共青团员,人文学院汉语言文学专业1203班,河南省兰考县张君墓镇人;任学院分团委学生会记者团副团长、校学生社团联合会网通部副部长等职务;荣获校"优秀团员"荣誉称号。

有人说,梦想是青年人的象征,一代一代青年人都是在对梦想的追寻与实现中成长起来的。而今,全国范围内掀起的"中国梦"热潮经久不息,作为当代青年,如何将自身的梦想同中华民族伟大复兴的梦想相契合,以个人梦想推动集体梦想,由集体梦想推动国家梦想,最终通过努力实现个人的价值,通过青年的担当筑起中国梦实现的阶梯,成为我们不得不深刻思考的问题。

我第一次走进河南科技大学,便注定要将自己的梦想与这所学校紧密的交织在一起,无关其他,命运使然。我觉得,与其说是我的科大梦是什么,倒不如说是我在科大的梦想是什么。大学梦想这一提法也最好是推至其广,即每一所大学乃至每一所学校的学生都应该树立一个集体的梦想,这一梦想离我们更近一些,更容易实现一些,却又囊括于中华民族的伟大梦想之中。如果说中国梦是每一个国人梦想的总和,那科大梦就是所有科大人集体梦想的写照,是科大人通过努力,实现个人价值,实现科大发展的梦想地反映。如果问及科大梦是什么,我想也许"明德博学,日新笃行"的校训会给我们一些启示。这一校训首先奠定了所有科大人追梦历程的根基,其次也是我们个人追求的价值实现。我的大学梦的树立也许并非是受到"明德博学"校训的直接影响,但却又有所契合,即通过大学养成良好的人生习惯,树立正确的三观,努力学习足够的科学文化知识，锻炼自身能力。将我的这一个人梦想融入结合到集体梦想之中的话，就是通过自身的努力和成长成才，为学校的发展做出贡献。

九十余年前，蔡元培先生在《就任北京大学之演说》中，从立定宗旨、砥砺德行、尊重师友三个方面告诫当时北大学生重视完成学业，修身明德，承担起大学学生的责任，引领道德风尚，为国家和民族出力。此一演说虽距今已有近百年时间，但结合当今大学实际，仍是振聋发聩。"平时则放荡冶游，考试则熟读讲义，试验既终，书籍束之高阁"的现象在当今大学又何曾少见了。曾子说，"吾日三省吾身"。我觉得每个大学生也应该有三省，是否学习了知识、是否砥砺了德行、是否锻炼了能力，唯有问清了这三个问题，才能知道自己的大学生活是否过的有意义，是否还记得初入大学的理想，是否还记得来时的路，是否还能看到未来的方向。

梦想的作用不是功利性地回报，而是循着梦想而行不至于迷失途中。也许我还不能对科大梦的实现对中国梦的实现做出大的贡献，但起码能够做好自己的分内之事，把自己的梦想和集体的梦想联系在一起，同民族的、国家的梦想联系在一起，承担起历史赋予当代青年的重任。大学生的首要任务是学习科学文化知识，积极履行作为学生的责任，学好知识，学精专业是我们大学生的应尽之责和应有之义。当代大学生不仅是当代青年的典型代表，同时也是时代先进道德风尚的重要体现，对引领社会风尚有义不容辞的责任。只有做好了这两方面的事情，切实履行了这两个责任，我们才敢说有能力去实现自己的个人梦想，实现全体科大学子的科大梦，实现全体国人的中国梦。

"大学之道，在明明德，在亲民，在止于至善"，每一个科大学生都要有以大德成就大业的明德意识，以实践求真知的求知意识，践行"明德博学，日新笃行"的校训要求，将个人梦想同科大梦结合在一起。未来的我们会怎样，靠的是我们每一个人对自己梦想地坚持和努力奋斗；未来的科大会怎样，靠的是每一个科大人积极的奋斗与付出，积小胜为大胜，积个人力量为集体力量，共建科大的美好明天。我们真正的骄傲不是今天我们从母校那里得到的，而是明天我们能给予母校的。情系科大，让科大见证我们的成长，由我们见证科大的发展。

让生命更漂亮

崔仕健,男,共青团员,材料科学与工程学院金属材料工程专业1202班,内蒙古通辽市奈曼旗大沁他拉镇人;曾获2012年陕西师范大学民族教育学院"优秀学生干部",河南科技大学广播站"优秀主持人"、"优秀播音员"等荣誉称号;2013年河南科技大学材料科学与工程学院血铸中华演讲比赛第二名。

如何让自己生命更漂亮,更精彩?这个问题始终萦绕在我的心头。而让我的生命更精彩,成了我追逐的梦想。白岩松老师曾经提到过怎样让自己的生命更加精彩,那就是:不要用恐惧看待未来,而要用好奇心;有梦想,但绝不梦游;敢于赢,但也敢于有尊严和体面地输;当你真正无私,你得到的是最多的;不要总谈成功和事业,做一点无用的事,珍惜眼前一切,让人生更漂亮。

看待未来,要用好奇心。对于未来,许多人抱着一种畏惧的心态。但是若你畏惧、怯弱,就只能停在原地。所以,好奇心对于自身的进步是非常重要的。保持一颗好奇心,对于周遭的一切都有一种想要深入了解地冲动,会让自己在学习的道路上越走远。随之而来的是知识的拓宽,自身素养的提高。

要有梦想,但绝不能梦游。梦想,每个人都有,但是务实,却不是人人都能做到的。夸大梦想,被梦想冲昏头脑,就变成了梦游。作为当代大学生,亟须的就是务实。其实,好多事情都是看起来容易做起来难,因为现实比我们想象的更加残酷,会有更多的波折和挑战。在生活中,有百分之九十甚至更多的时光,是在平淡中度过的。怎样在平淡中找到前进的动力,找到坚持的乐趣?这也是务实给我们上的一堂必修课。

　　人生的路上，胜利是常客，但是有尊严的输，其实也是另外一种胜利。在这个社会中，有一个非常糟糕的现实——一切都要成功，一切都要赢。但我认为这是极端的说法。要成功，不单单要务实，还要不断地调整心态，其实有尊严的输，也是另一方面的胜利。赢在精神，赢在态度，赢在经验。而这种态度，会在成功的道路上助你一臂之力。白岩松老师说，希望从我们这一代人开始，接受另外一种成功，那就是体面和有尊严的输。趁着年轻赶紧试着去输，岁数大了，机会就不多了。

　　冯晓兰老师说："中国，每一个想要成功的人，都要有立言、立德、立功。"其中"立德"是指做人，"立功"是指做事，"立言"是做学问，也就是说，做人最为重要，然后才是做事做学问。人们常说，最大的欢乐，最大的幸福就是把自己的精神力量奉献给他人。你永远想象不到，你在竭力履行自己义务的同时，向别人展示了你的价值有多大。

　　成功，是必须要谈论的。但是我们在做有用的事的同时，也能注意到春天的绿叶、夏天的阳光、秋天的微风和冬天的白雪。生活中，那根努力地心弦若是绷得太紧，就容易断裂。如果没有这些仿佛无用的事情，怎么能让我们的生活更加精彩？

　　插曲也有自己的价值。珍惜眼前的一切，不管是失败，还是成功，抑或是在人生路途中的稍稍停歇，都有他们各自的价值所在——有舍必有得。在一生中，总有一件事是不会改变的，那就是让我们的生活更加漂亮。而这，也是我现在努力做的。

　　人生的路上，我们都在奔跑。生命有多短，也许就是从花开到花落，生命有多长，也许可以从沧海到桑田。没有人能够完全诠释生命是什么，也许它仅仅是一段尘世的路，从出生到结束，沿途的风景就是生命的意义所在。